光文社古典新訳文庫

1ドルの価値／賢者の贈り物　他21編

O・ヘンリー

芹澤恵訳

kobunsha classics

光文社

Title : ONE DOLLAR'S WORTH/
THE GIFT OF THE MAGI
Author : O. Henry

目次

多忙な株式仲買人のロマンス　The Romance of a Busy Broker　8
献立表の春　Springtime à la Carte　18
犠牲打　A Sacrifice Hit　34
赤い族長《レッド・チーフ》の身代金　The Ransom of Red Chief　47
千ドル　One Thousand Dollars　74
伯爵と婚礼の客　The Count and the Wedding Guest　90

しみったれな恋人　A Lickpenny Lover　107
1ドルの価値　One Dollar's Worth　124
臆病な幽霊　A Ghost of a Chance　143
甦った改心　A Retrieved Reformation　164
十月と六月　October and June　183
幻の混合酒《ブレンド》　The Lost Blend　190
楽園の短期滞在客　Transients in Arcadia　205
サボテン　The Cactus　220
意中の人　'Girl'　230

靴　Shoes　245
心と手　Hearts and Hands　270
水車のある教会　The Church with an Overshot-wheel　277
ミス・マーサのパン　Witches' Loaves　306
二十年後　After Twenty Years　316
最後の一葉　The Last Leaf　325
警官と賛美歌　The Cop and the Anthem　340
賢者の贈り物　The Gift of the Magi　356

解説　　齊藤昇　370
年譜　389
訳者あとがき　393

1ドルの価値／賢者の贈り物　他21編

多忙な株式仲買人のロマンス

The Romance of a Busy Broker

午前九時三十分過ぎ、株式仲買人ハーヴェイ・マクスウェルは若い婦人速記者を伴い、きびきびした足取りで事務所に入ってきた。それを見たとき、マクスウェルの秘書のピッチャーの、いつもは無表情な顔に、控えめな興味と驚きの色が浮かんだ。

「おはよう、ピッチャー君」マクスウェルは歯切れよく言うと、まるで飛び越えてやろうといわんばかりの勢いでデスクに突進し、そこで主人《あるじ》を待ちかまえていた手紙やら電報やらの山に食らいついた。

マクスウェルが同道してきた若い婦人は、一年ほどまえから彼の速記者を務めていた。速記者でありながら、速記ではとても表現しきれないような美貌の持ち主でもあった。が、前髪を盛大に膨らませた派手なポンパドールに髪を結いあげるでもなく、ネックレスの鎖も腕輪もロケットすら身につけていなかった。お昼食《ひる》に誘ってくださるならいつでもご一緒しますわ、といった風情も見せなかった。着ているものはグレイの無地のワンピースで華やかさはなかったが、はしたなくない程度に彼女の身体にしっくりと馴染んでいた。ターバン型の清楚な黒い帽子には、緑に金色の混じった金《こん》剛鸚哥《ごういんこ》の羽根が挿してあった。今朝の彼女は物柔らかな、はにかんでいるような雰囲気をまとっていた。夢でも見ているかのように眼をきらきらさせ、頬《ほお》をうっすらと染めて、何やら思い出にひたっているのか、ずいぶんと幸せそうな表情を浮かべていた。

ピッチャーの控えめな好奇心はまだ持続していたので、今朝の彼女の様子にはどこか、いつもとちがうところがあることに気づいた。彼女はいつものように速記者用のデスクのある隣の部屋には直行しようとしないで、なんとなく心を決めかねた様子でその場にぐずぐずと居残っていた。一度はマクスウェルのデスクのすぐそばまで、マクスウェルが彼女の存在に気づくぐらいの距離まで、近づいた。

だが、デスクに向かっているのは、もはや人間ではなかった。一台の機械だった。うなりをあげて回転する歯車と勢いよく弾けるぜんまいで動く、多忙きわまりないニューヨークの株式仲買人という機械だった。

「ええと――なんだね？　何か用かね？」

マクスウェルはつっけんどんに尋ねた。雑然とものが載っているデスクに開封済みの郵便物が、舞台に降らせた雪のようにうずたかく積み重ねられていた。機械と化したマクスウェルの鋭いグレイの眼が、いささかじれったそうな光を放ち、すばやく彼女に向けられた。

「いいえ、別に……」若い婦人速記者は小さく微笑《ほほえ》んで、マクスウェルのデスクのまえから退いた。

「ピッチャーさん」彼女は秘書に言った。「マクスウェルさんから聞いてないかしら？　昨日、新しい速記者を雇うことになさったはずなんだけど」

「ええ、うかがってますよ」とピッチャーは答えた。「新しい速記者を雇うつもりだっておっしゃってました。だから、昨日の午後、紹介所に頼んでおいたんです、今日の午前中に候補者を何名か寄越してほしいって。でも、もう九時四十五分になるのに、ピクチャー・ハット[1]も見えなけりゃ、パイナップル・チューインガムの匂いもしてこない」

「だったら、わたし、いつものように仕事をするわ」若い婦人速記者は言った。「代わりの人が決まるまで」彼女はすぐに自分のデスクに赴き、金剛鸚哥《こんごういんこ》の緑と金色の羽根がついた黒いターバン型の帽子を、いつもの場所に掛けた。

仕事が立て込んでいるときの猛烈に忙しいマンハッタンの株式仲買人を見たことのない者は、人間学を極めたとは言い難い。詩人は「輝ける人生のめまぐるしいひと時[2]」について詠《うた》っているが、株式仲買人のひと時は、ただめまぐるしいだけにあらず。ひと時を構成する分や秒が、ぎゅう詰めの満員電車のように、すべての吊革にぶら下がり、それでも足らずに車輛のまえとうしろのデッキにまであふれているのである。

おまけにこの日は、ハーヴェイ・マクスウェルにとって、とりわけ多忙を極める日となった。株価表示機が痙攣《けいれん》でも起こしたように震えながら巻きテープを吐き出しは

1　羽根や花飾りのついた婦人用のつばの広い帽子。
2　イギリスの軍人、詩人であるトマス・オズバート・モーダント（一七三〇～一八〇九）の詩「蜜蜂」の一節にちなむ。

じめると、デスクのうえの電話は難治性の発作に見舞われ、しつこく鳴り続けた。何人もの顧客が事務所に押しかけ、奥に陣取ったマクスウェルに向かって間仕切りの手すり越しに、ある者は喜色満面で、ある者は毒舌の限りを尽くして、ある者は猛々しく、ある者は興奮を抑えきれずに叫びたてた。伝言や電報を持ったメッセンジャー・ボーイが駆け込んできたり、飛び出していったりした。事務所の従業員は時化《しけ》に襲われた船乗りさながら、猛然と動きまわった。そうした雰囲気に呑まれて、ピッチャーの生真面目な顔にさえ、活気の色と呼べなくもないものが浮かんでいた。

株式取引所には台風《ハリケーン》もあれば地滑りもあるし、吹雪や氷河や火山もある。それらの天変地異は縮図となって仲買人の事務所でも再現される。マクスウェルは椅子を壁際に押しやり、バレエのトウ・ダンサー並みの軽やかな足捌《あしさば》きで片づけるべき事柄を片づけていった。株価表示機から電話へ、デスクから戸口へ、訓練を積んだ道化役者も恐れ入る敏捷さを発揮して、跳びまわった。

せわしなさと切迫感がいやますなか、マクスウェルは突然、眼のまえに、駝鳥《だちょう》の羽根飾りが揺れるヴェルヴェットの帽子と、盛大に縮《ちぢ》らせた金髪の前髪と、まがいものの海豹《あざらし》の毛皮のコートと、ヒッコリーの実ぐらいあるビーズ玉を連ねたネックレスと、その先端で床すれすれに垂れ下がっている銀のハート形のペンダントが存在していることに気づかされた。それらの服飾品を身に着けているのが、なんら動ずるところのない、ひとりの若い女だということにも。女の横には、その紹介役としてピッチャーが立っていた。

「募集の件で速記者紹介所から見えた方です」とピッチャーは言った。

マクスウェルは書類と株価表示機の吐きだした紙テープを両手に持ったまま、身体を半分だけそちらに向けた。

「募集？　なんの？」眉根を寄せてマクスウェルは尋ねた。

「昨日おっしゃってた速記者の募集です」とピッチャーは言った。「今日の午前中にひとり寄越すよう、紹介所に頼んでおけとのことでしたので」

「ピッチャー君、きみはどうかしてるんじゃないのか？」とマクスウェルは言った。「ぼくがなぜ、そんなことを頼まなくちゃならないんだね？　ミス・レズリーが来てくれてからこの一年、仕事ぶりに不満を持ったことなど一度もない。彼女が辞めると言い出さない限り、うちの速記の仕事は彼女に任せる。そういうわけだから、お嬢さん、あいにく空席はありません。ピッチャー君、紹介所に連絡して募集を取り消しておくように。これ以上こういう人に押しかけて来られてはかなわんよ」

銀のハート形のペンダントは憤然と引き上げていった。右に左に威勢よく揺れ動き、持ち主に成り代わって事務所の備品に怒りの体当たりを繰り返しながら。その隙を捉えてピッチャーは経理担当者に、うちの御大《おんたい》はこのところとみに〝仕事馬鹿〟が進行し、日常のあれこれを忘れっぽくなっているようだとこぼした。

仕事はさらに立て込み、さらにめまぐるしくなった。立会場ではマクスウェルの顧客が大口の投資をしている半ダースほどの銘柄が、激しく売り浴びせられていた。売った、買ったの叫び声が、宙をよぎる燕《つばめ》の素早さで飛び交った。自分自身の持株の数銘柄が危機に瀕したと見るや、マクスウェルはギアが高速に入った精巧で力強い機械と化した――めいっぱい張り詰め、全速力で突き進み、正確に、一瞬の躊躇もなく、時計仕掛けの機敏さで適確なことばを繰り出し、決断を下し、行動で示した。株式と債券、貸付と担保、委託保証金に有価証券――ここは金融の世界であり、人間の世界や自然の世界が入り込む余地はなかった。

昼食の時刻が近づくと、上を下へのさしもの大騒ぎにも一時《いっとき》の凪《なぎ》が訪れた。マクスウェルは乱れた髪を幾筋も額に垂らし、右の耳に万年筆を挟み、電報やらメモ用紙やらを両手に持ちきれないほどつかんだまま、デスクのそばで足を止めた。デスクの奥の窓は開け放ってあった。〝春の女神〟という心優しき管理人が、眼を醒ましはじめた大地の通風装置から、ささやかながらもぬくもりを送り込んでくるようになっていたからだった。

その窓から、そこはかとなく香《かぐわ》しい匂いが、しのび込んできた。行き惑ってまぎれ込んできたのかもしれなかった。ほのかに甘いライラックの香り。株式仲買人は一瞬、立ち尽くした。それはミス・レズリーの香りだったから。ほかの誰のものでもない、彼女の、彼女だけの香りだったから。

眼のまえに彼女の姿が浮かんだ——手を伸ばせば触れることができそうなぐらい、ありありと、鮮明に。とたんに金融の世界は萎《しぼ》み、小さな染みへと退縮した。そう、彼女は今、この瞬間、隣の部屋にいる——ほんの二十歩ほどしか離れていないところに。

「そうとも、この機を逃してなんとする?」半ば声に出して、マクスウェルは言った。「今、言おう。今まで何をぐずぐずしてたのか……」

カヴァーに入る遊撃手の素早さで、マクスウェルは隣の部屋に飛び込むと、まっしぐらに速記者のデスクまで突き進んだ。

　彼女は笑みを浮かべてマクスウェルを見あげた。うっすらと頰を染めながら、抑えきれない想いに柔和な瞳が輝いていた。マクスウェルはデスクに片肘《かたひじ》をついて、身を乗り出した。両手いっぱいににぎった紙切れをひらひらさせ、万年筆を耳に挟んだままで。

「ミス・レズリー」マクスウェルは勢い込んで切り出した。「あまり時間がないんだが、そのあまりない時間のあいだに話したいことがある。ぼくの妻になってもらえないだろうか？　世間一般の手続きを踏んで求婚する時間がなかった。でも、ぼくの気持ちに嘘はない。心からきみを愛してる。黙ってないでなんとか言ってくれ、今すぐ。頼む——こうしてる間にも、ユニオン・パシフィックの株価が大暴落しかけてるんだから」

「まあ、何をおっしゃるの？」若い婦人は叫び、弾《はじ》かれたように椅子から立ちあがると、眼を丸くしてマクスウェルを見つめた。

「わからないかな」マクスウェルは食い下がった。「ぼくと結婚してほしいと言ってるんだよ。きみを愛してるんだ、ミス・レズリー。それをきみに知ってほしくて、ちょっとだけ手が空いた隙を捉えてこうして抜け出してきたんだ。ほら、もうあんなに電話がかかってきてる。おい、ピッチャー君、ちょっと待っててもらってくれ。で、ミス・レズリー、返事は？」

若い婦人速記者はなんとも不可解な反応を示した。はじめは呆気《あっけ》に取られた顔になり、次いでその驚きに大きく見開かれた眼から涙がこぼれ落ち、やがて涙のあいだから晴れやかな笑みが浮かびあがった。彼女は愛おしむように、株式仲買人の首に片方の腕をまわし、そっと抱きついた。

「わかったわ、やっと」と彼女は優しく言った。「いつものようにお仕事に夢中になりすぎたのね。それで、しばらくのあいだ、ほかのことをすっかり忘れちゃったのね。最初は、びっくりしたわ。もう、びっくりしたなんてもんじゃないぐらい。ハーヴェイ、覚えてらっしゃらない？　わたしたち、昨夜八時にあの〈角の小さな教会〉で結婚したのよ」

献立表の春

Springtime à la Carte

三月のある日のことだった。

いや、小説を書こうというときに、こういう始め方はよろしくない。非常によろしくない。書き出しとしては、おそらく最悪の部類に入るといっても過言ではないだろう。想像力に欠け、月並みで、無味乾燥で、ただ意味のないことばを連ねただけになりかねない。しかし、この場合には許されてしかるべき事情がある。なぜなら、本来この話の書き出しとなるべき次の一文を、なんの予備知識もない読者のまえにいきなり突きつけるのは、あまりに無謀で、あまりに非常識というものだからだ。
セアラは献立表《メニュー》を眺めながら泣いていた。

想像してみていただきたい、ニューヨークの若い娘が料理店の品書きに涙を注いでいる図を！

その理由として、伊勢海老《ロブスター》が品切れだったからとか、四旬節《レント》[3]のあいだアイスクリームを断っていたからとか、玉葱料理を注文したからとか、悲しい芝居の昼の部《マチネ》を見てきた帰りだからとか、どう推測されようともいっこうにかまわない。ただ、この場合、それらの推測はすべて的はずれである。だから、ここはひとつ、物語を先に進めさせていただこうと思う。

この世は牡蠣《かき》なり、われ剣を以てその口を開かん、と豪語した紳士[4]は、分不相応とも言うべき大成功を手中に収めた。剣で牡蠣の口をこじ開けるのは、難しいことではない。だが、浮き世という二枚貝の口をタイプライターで開けようとする者がいるこ

3　キリスト教で、復活祭前日までの四十六日間から日曜日を除いた四十日の斎戒期間。荒野のキリストにちなんで断食や節食、懺悔を行なう。
4　シェイクスピアの『ウィンザーの陽気な女房たち』第二幕第二場の道化の台詞にちなむ。

とを、諸君はご存じだろうか？　タイプライターが一ダースの生牡蠣の口を開けるまで、諸君なら待っていようという気になるだろうか？

セアラは、この決して扱いやすいとは言えない武器を用いてどうにか貝殻をこじ開け、冷たくねっとりとした中身を、ほんのちょっぴりだけ囓《かじ》ることができたところだった。たとえ商業学校の速記科の卒業生でも、世の中に出たばかりとあっては、いきなり実社会で通用するほどの腕があるわけではない。速記がおぼつかないものだから、事務所勤めの才媛たちに混じることもかなわず、彼女は目下フリーランスのタイピストとして、ほうぼうの事務所をまわってはタイプ複写《コピー》の半端仕事を貰い受けてきているのだった。

浮き世と戦うセアラがこれまでに立てた最も勇ましく、最も輝かしい手柄は、シューレンバーグ氏が経営する〈家庭料理の店《ホームレストラン》〉とのあいだに結んだ協定だった。〈家庭料理の店《ホームレストラン》〉はセアラが間借りしている古い赤煉瓦《れんが》造りの建物の隣にあった。ある晩、このシューレンバーグ氏の店の、五品で四十セント也の定食を注文したセアラは――ちなみに料理は、遊園地を訪れた諸君が的当ての標的めがけて野球のボールを五個連続で投げつけるほどの間隔で、つまりきわめて迅速にテーブルに運ばれてきた——食事を終えると、献立表を持ち帰った。それは英語ともドイツ語とも見分けのつかない、ほとんど判読不能の書体で書かれていて、おまけによくよく注意して見ないと、その日の食事をなんとライス・プディングの爪楊枝添えで始めて、スープとその日の曜日名で締めくくる羽目にもなりかねない、奇っ怪至極な配列になっていた。

翌日、セアラはシューレンバーグ氏に一枚のカードを見せた。それには「オードブル」に始まり、最後の「傘やコートをお忘れなく」の一文にいたるまで、料理の各品目が、それぞれのしかるべき位置に整然と、いかにも見る者の食欲をそそりそうな風情で、見事にタイプ打ちされていた。

シューレンバーグ氏は、その場でたちまちアメリカ人に帰化を果たした。つまり、セアラが帰ってしまうまえに、いそいそとひとつの契約を結ぶことにしたのである。セアラはシューレンバーグ氏の〈家庭料理の店《ホームレストラン》〉にある二十一卓のテーブルに、タイプ打ちの献立表を提供することになった。夜の食事用のメニューは毎日その日ごとに、昼食と朝食の分は料理の品目に変更が生じたり、献立表が古くなったり汚れてきたりした場合にその都度、新しいものに打ちなおす、という条件で。

その報酬として、シューレンバーグ氏は毎日三度の食事を、店の給仕に——それも、できるだけ腰の低い給仕に――セアラの部屋まで運ばせ、午後にはその夜のシューレンバーグ氏のお客のために、運命の女神が用意した献立を鉛筆で走り書きしたものを届ける、ということになった。

この取り決めは、双方に満足すべき結果をもたらした。〈家庭料理の店《ホームレストラン》〉の常連客は、自分の食べているものの正体にときどき戸惑うことはあったが、少なくともそれがなんという名前の料理かということだけは、まちがいなくわかるようになった。セアラのほうも、曇天《どんてん》続きの寒い冬のあいだ、食べるものに不自由しなかった――これは彼女にとって、何にもまして重大なことだった。

やがて、暦がしらじらしくも春が来たと嘘をつく時季になった。春というのは、来るときが来なければ来ないものである。一月の雪はいまだにダイアモンド並みの堅さで、市内のあちこちの路面にへばりついていた。街頭の手回しオルガンも、あいかわらず十二月当時の陽気さと調子のよさで『懐かしき夏は過ぎて』を奏でていた。市井の人々が復活祭《イースター》の晴れ着を新調するために一カ月後払いの小切手を切るようになり、建物の管理人がそろそろスチームの元栓を締めはじめても、人は折に触れ、己の住む市《まち》がいまだ冬の掌中にあることを思い知るのである。

ある日の正午《ひる》さがり、セアラは「暖房完備、室内清潔至極、諸設備あり、乞うご一覧」と謳われるアパートメントの約《つづ》まやかな寝室で、ひとり震えていた。その日はシューレンバーグ氏の献立表をこしらえる以外に、これといった仕事がなかったので、ぎいぎい軋《きし》る柳の揺り椅子に腰を降ろして窓のそとを眺めていた。そんな彼女に、壁のカレンダーがこう呼びかけていた——「春よ、セアラ。春が来たのよ。ほら、わたしを見てごらんなさいな、セアラ。わたしの数字《フィギュア》を見ればわかるでしょう？　あなたの姿《フィギュア》もなかなかね、セアラ。ほっそりしてて、均整が取れてて……そう、春にふさわしい姿だわ。なのに、どうしてそんな悲しそうな顔をして窓のそとばかり眺めてるの？」

セアラの部屋は建物の裏手に面していた。窓から見えるのは、通りを隔てた向こう側にある箱の製造工場の裏の、窓のない煉瓦の壁。けれども、セアラにとってその壁は、透明なことと水晶のごとしだった。セアラの眼にははっきりと見えていた——桜と楡《にれ》の木陰伝いに伸びる草深い小径《こみち》が。その際に繁る木苺《きいちご》や馥郁《ふくいく》たる香を放つ蔓薔薇《つるばら》の白い花やらが。

春のほんとうの先触れは、人間の眼や耳では捕らえきれないほど、そこはかとなく微妙なものだ。人によっては明々白々たる春の先触れを必要とする向きもある。たとえば咲き初めたクロッカスの花を、白や薄紅の星をちりばめたような満開の花水木《はなみずき》の木を、瑠璃鶫《るりつぐみ》の歌声を見たり聞いたりしないうちは——もっと食い意地の張った者であれば、旬《しゅん》を過ぎた蕎麦粉《そばこ》やら牡蠣やらに、名残りを惜しみつつしばしの別れを告げるといった儀式を経ないうちは、その鈍感な胸に春を——別名〝緑衣の貴婦人〟を——迎え入れることもできないらしい。だが、大地に選ばれた、とりわけ季節感の鋭い人々には、大地に嫁してきたばかりの花嫁から直接《じか》に、心躍る甘い便りが舞い込んでくるのである——除《の》け者にしてほしい人以外はみんな大歓迎よ、という春への誘《いざな》いが。

昨年の夏、セアラは田舎を訪れ、ある農夫に恋をした。

(物語を書くときに、このように話を逆戻りさせるのは断じてお勧めできない。手法として稚拙だし、読者の興味を削ぐことになる。物語は前進あるのみ、兎《と》にも角にも前進あるのみ)

セアラはサニーブルックという農場に二週間ほど滞在し、そこで老農夫フランクリンの息子のウォルターに恋をしたのである。農夫というものは、恋をして、結婚して、また牧草地に出かけていくのに、一週間もの期間を要する人たちではない。だが、ウォルター・フランクリンなる青年は、近代的な農業家だった。牛舎には電話を引いていたし、来年のカナダ小麦の収穫が、月のない闇夜に植えた馬鈴薯《ばれいしょ》にどんな影響を及ぼすか、というようなことまで正確に計算のできる男だった。

ウォルター青年はセアラに求婚し、セアラは承諾した——あの木苺の繁みのある木陰伝いの小径で。ふたりは仲良く腰を降ろして、セアラの髪に飾るタンポポの王冠《かんむり》を編んだ。セアラの褐色の長い髪に黄色い花の色がよく映える、とウォルターは照れもせず褒《ほ》めちぎった。セアラは花の王冠《かんむり》を頭に載せたまま、それまで被っていた麦藁《むぎわら》帽子を手に農場への家路をたどった。歩みにあわせて麦藁帽子を振りまわしながら。

春になったら結婚しよう、とウォルターは言った——春の最初の兆しが見えたらすぐに。セアラは市《まち》に戻り、タイプライターを叩く毎日に復帰して……。

ドアを叩く音がして、セアラが浸っていた、幸せだったあの日の思い出はかき消された。シューレンバーグ老人の寄越した給仕が、老人の角張った筆跡で書きなぐった鉛筆書きのメモ、〈家庭料理の店《ホーム・レストラン》〉の今夜の献立表を持ってきたのだった。

セアラはタイプライターに向かい、ローラー《プラテン》にカード用紙を滑り込ませた。彼女は仕事が速いほうだった。二十一卓分の献立表を打ちあげるのに、たいてい一時間半もあれば充分だった。

今日はいつもより献立の変更が多かった。スープはあっさりとしたものになり、豚肉はアントレから姿を消し、炙り焼き《ロースト》の欄にわずかに一皿、スウェーデン蕪《かぶ》添えで顔を出すのみとなっていた。優しい春の気配が、献立のすみずみまで行きわたっていた。つい最近まで、緑の色濃くなりつつある丘の斜面を跳ねまわって《ケイパー》いた仔羊が、その跳ねまわりぶりを讃えるべくケイパー・ソースをかけられて、供されることになっていた。牡蠣の歌声は、まだ聞こえてはいたが、音楽用語で言うところの〝愛情を込めて、《ディミヌエンド・》徐々に弱く《コン・アモーレ》〟の状態になっていた。フライパンは出番が激減し、有能なる焼き網の奥でしばしの退役生活を余儀なくされているらしい。パイのリストが長くなり、濃厚なプディング類の名はどこにも見あたらなくなり、ソーセージは衣をまとった姿でかろうじて生きのびていたが、その余命はもはや風前の灯。甘美だけれど今や死期の迫った楓糖蜜《メープル・シロップ》や蕎麦粉《そばこ》のパンケーキとともに安らかな最期を迎え、献立表から消え去っていく日も近そうだった。

セアラの指は、夏の小川を飛び交う羽虫のように軽やかに踊った。それぞれの料理名を長さに応じてしかるべき位置にぴたりと当てはめながら、一品一品打ち出していった。

デザート類のすぐうえが野菜料理の項目だった。にんじん、えんどう豆、アスパラガスのトースト載せ、早生《わせ》のトマトと玉蜀黍《コーン》のサコタッシュ[5]、リマ豆、キャベツ、それから——、

献立表を見つめたまま、セアラは泣きだしていた。底無しの絶望から湧きあがる涙が胸にあふれ、眼からこぼれ落ちた。セアラはうなだれ、小さなタイプライターのうえにつっぷした。キイの乾いた音を伴奏に、しゃくりあげ、すすり泣いた。

なぜなら、もう二週間も、ウォルターから手紙が来ていなかったし、献立表の次の料理名がタンポポだったから——正しくはタンポポの卵添え——だが、卵はこの際どうでもよろしい。問題はタンポポである。タンポポ——ウォルターが、彼の大切な愛の女神にして未来の花嫁である証《あかし》にかぶせてくれた黄金色の花の王冠《かんむり》——春の先触

5 開拓者がアメリカ先住民から習ったとされる豆と玉蜀黍の炒め煮。

れ、悲しみにかぶせる悲しき王冠《かんむり》——いちばん幸せだった日の形見草。

ご婦人方、これを嗤《わら》うのはご自分がその試練を味わってからになさることだ。あなたが愛しのパーシーに心を捧げた夜、彼が持ってきてくれたマーシャル・ニール種の薔薇の花が、シューレンバーグ氏の定食の一品として、フレンチ・ドレッシングをかけたサラダになってあなたの眼のまえに出されたとしたらいかが思《おぼ》し召す？　かのジュリエットとて、ロミオに捧げた愛の証《あかし》がそのような辱《はずかし》めを受けたら、ただちにあの心優しき修道士に薬草園の忘れ草を所望していたにちがいない。

それにしても、春とは、なんと驚くべき魔法使いであることか。石と鉄でできた、この冷たい大都会にも、季節の便りを届けてしまうのだから。その運び手といえば、粗末な緑の衣をまとった、慎ましやかで忍耐強い、あの野辺の飛脚のほかにはいない。その者こそ、フランス人の料理人が〝獅子の歯《ダン・ド・リオン》〟と呼ぶその者こそ、まさに勇猛果敢な真の戦士《もののふ》である。花が咲けば、想い人のはしばみ色の髪を飾る花冠となって求愛の仲立ちを果たし、花を咲かせるまえの若い新芽のうちは、鍋で煮えたぎる湯のなかに身を投じて、己が君主たる春の女神の言伝《ことづて》を触れてまわるのだ。

しばらくすると、セアラは無理やり涙を押さえ込んだ。献立表を仕上げなくてはならないからだった。それでも、しばらくのあいだはタンポポの夢の、淡い黄金色の輝きに浸ったまま、うわの空でタイプライターのキイを弄《もてあそ》んでいた。心のなかで、あのサニーブルック農場の若き経営者と連れ立ち、あの牧場《まきば》の小径をたどりながら。だが、それも長くは続かなかった。セアラはたちまち石造りの建物に囲まれたマンハッタンの路地裏に引き戻されていた。居並ぶキイの軽快なジャンプにあわせて、タイプライターがかたかたと、ストライキ破りの車のような威勢のいい音を立てはじめた。

午後六時、夕食を運んできた給仕が、セアラがこしらえた献立表を持って帰った。夕食を食べるとき、セアラは卵を載せたタンポポ料理の皿を、ひとつ溜息をついて脇に押しやった。愛を証した輝かしき花が、なんの興趣もないただの一把《いちわ》の野菜となってこんな黒っぽい塊《かたまり》に変わってしまったように、夏に芽吹いた彼女の希望もしぼんで枯れてしまったのだ。シェイクスピアが言ったように、恋とは己が身を食い尽くすものなのかもしれない。だとしても、セアラとしては、胸の底の偽らざる想いに、生まれて初めての恋の饗宴に、まさしく花を添えてくれたタンポポを食べる気には、どうしてもなれなかったのだった。

午後七時半、隣の部屋の夫婦が喧嘩《けんか》をはじめた。上階の部屋の男はフルートでラの音を出そうとしている。ガスの出が少し悪くなった。三台の石炭運搬車が石炭を降ろしはじめた――この物音だけは、蓄音機も羨《うらや》むすさまじい音量だった。裏の塀のうえの猫たちが、奉天《ほうてん》に退却するロシア兵のように、そろそろと引きあげていった。こうしたもろもろの状況から、セアラは読書の時間になったことに気づいた。『僧院と家庭』[6]――その月のベストセラーとはお世辞にも言えない作品――を取り出すと、両足を長持《ながもち》に預け、主人公のジェラードと共に放浪の旅をはじめた。

階下の玄関の呼び鈴《りん》が鳴った。アパートメントの女主人が応対に出た。セアラはジェラードとデニスが熊に追われて木によじ登ったところで読むのをやめて、耳をすました。そう、諸君もその立場に置かれたら、必ずや彼女と同様、聞き耳を立てたことだろう。

次の瞬間、階下の玄関から力強い声が聞こえてきた。セアラは弾かれたように立ちあがり、ドアに飛びついた。本が床に滑り落ちるのもかまわず、熊に追い詰められた主人公もあっさりと見捨てて。

その後の展開は諸君のご想像のとおりである。セアラが階段を降りようとしたところに、階下から彼女の愛しの農夫氏が、階段を二段飛ばしで駆けあがってきて彼女を腕に抱き取ったのだった。畑の穀物を一粒の落ち穂も残すことなく刈り取り、穀物倉に収めてしまうかのようにしっかりと、力強く。

「どうして——どうして手紙をくれなかったの？」セアラは泣きながら言った。

「ニューヨークっていうのは、ずいぶん大きな市《まち》なんだね」とウォルター・フランクリンは言った。「一週間まえにきみの以前の住まいを訪ねたんだ。そしたら、きみは木曜日に引っ越したと言われた。でも、ちょっとだけほっとした。引っ越したのが縁起の悪い金曜日じゃなかったから。だけど、そんなことはきみを捜さない理由にはならない。だから、警察に相談したり、あれこれ方法を考えたりしてきみを捜し続けた」

「そんな……手紙にちゃんと書いたじゃない！」セアラは唇を尖らせて言った。

「いや、受け取ってないよ」

「だったら、どうしてわたしのいるところがわかったの？」

若い農夫は春の笑みを浮かべた。

「今夜、まったくの偶然から、ここの隣の〈家庭料理の店《ホームレストラン》〉という食堂に入った」と

6　十五世紀に取材したチャールズ・リードの歴史小説。

彼は言った。「これは別に誰に知られてもかまわないことだから言ってしまうけど、ぼくは毎年この時季になると青い葉物野菜が食べたくなる。で、何かそれらしきものはないかと思って、きれいにタイプ打ちされた献立表を見ていった。キャベツの次の行を見たとたん、ぼくは椅子がひっくり返るのもかまわず猛然と立ちあがり、大声で店のおやじを呼んだ。それで、おやじさんからきみの住んでるとこを教えてもらったというわけだ」

「思い出したわ」セアラは幸せな溜息をついた。「キャベツの次の行はタンポポだったわね」

「うえに飛び出す癖のある、あのちょっとひしゃげたWの大文字は、きみのタイプライターじゃなきゃ打てない。世界中どこにいたって見逃しっこないよ」とウォルター・フランクリンは言った。

「あら、でも、タンポポの綴り（dandelion）にWの字は入ってないけれど？」セアラは驚いて言った。

若者はポケットから献立表を引っ張り出し、件《くだん》の行を指さした。

見ると、セアラがその日の午後、最初にタイプ打ちした献立表だった。カードの右上の隅に、涙がこぼれ落ちた跡が、まだはっきりと残っていた。けれども、あの牧場の草の名前が打ち出してあるはずのところには、黄金色の花にまつわるふたりの忘れがたい思い出が彼女の指にまったく別のキイを打たせていたのである。

赤キャベツと詰め物をしたピーマンのあいだにあった料理の名前は――、

「茹《ゆ》で卵添え、愛しいウォルター」

犠牲打
A Sacrifice Hit

『ハーストーン・マガジン』の編集長は、掲載原稿の選択に関して独自の考えを持っている。その見解は、別に秘密でもなんでもない。いや、尋ねられれば、マホガニーのデスクについて温厚そのものといった笑みを浮かべた編集長自ら、金縁の眼鏡で静かに膝を叩きながら、悦んで説明してくれるはずだ。

「わが『ハーストーン・マガジン』では——」編集長はきっとこんなふうに言うだろう。「——専属の原稿閲読者《リーダー》は置きません。編集部に寄せられた原稿については、さまざまな階層の、さまざまな読者から直接、意見を得ることにしているからです」

これが、この編集長の見解なのである。で、その見解は、おおむね以下のような手順で実践されている。

持ち込み原稿の束が届くと、編集長はその原稿を服のあちこちのポケットに分けて詰め込み、一日かけてそれらを配って歩くのである。会社の事務員、荷物運びのポーター、守衛、エレヴェーター・ボーイ、メッセンジャー・ボーイ、編集長が昼食時の行きつけにしているカフェの給仕、いつも夕刊を買う新聞スタンドの売子、牛乳を配達しにくる食料品店の親爺、五時三十分発のアップタウン行き高架鉄道の車掌、六十何丁目かの駅の改札係、自宅の料理人兼メイド——こうした人々が、「ハーストーン・マガジン」編集部に持ち込まれる原稿の採否を判断する閲読者《リーダー》なのだ。家族の待つ心安らぐ自宅に帰り着いてもまだポケットに原稿が残っていた場合、それらは赤ん坊が寝ついてから読むようにと細君に手渡される。そして数日後、編集長はいつもの決まった順路をたどって原稿を集めてまわると、この多士済々たる原稿閲読者《リーダー》の評価を吟味する。

この編集システムは、これまでのところ、まず大成功を収めているといえるだろう。

目下、「ハーストーン・マガジン」は、広告収入の増大に先導される恰好で、その発行部数をまさに驚異的なスピードで伸ばしているところである。

ハーストーン社はまた、単行本の出版も手がけている。奥付に同社の名が刷り込まれた書籍のなかには、大成功を収めた作品もある――編集長曰く、いずれもハーストーン社のあまたの篤志家的原稿閲読者《ヴォランティア・リーダー》によって推薦されたものである。まれに（口さがない編集者たちの言うところによると）この混成部隊のような原稿閲読者《リーダー》たちの助言を容《い》れて没にした原稿が、のちに他の出版社から出版されて有名なベストセラーになり、ハーストーン社としては大きな魚をまんまと取り逃がしてしまう、というようなこともあるらしい。

たとえば（あくまでも、人の噂に過ぎないが）『サイラス・レイサムの上昇と転落』[7]はエレヴェーター・ボーイの不評を買って却下されたし、『ボス』は編集部の使い走りの坊やに一刀両断、ばっさりと切り捨てられた。『主教の馬車にて』は路面電車の車掌に軽蔑の眼で見られたあげく、洟《はな》も引っかけてもらえなかった。『脱出』は定期購読契約の予約担当係が却下の裁定を下した。折から彼の家には、細君の母上が二カ月ほど滞在する予定で訪ねてきたところだったからである。『女王の書《クイーンズ・クエア》』の原稿は、守衛から「本書も珍妙なり」[8]という評を付けられて戻ってきた。

だが、そうした取りこぼしにもかかわらず、ハーストーン社はこの方針と編集システムを頑固に守り続けているし、今後とも篤志家的原稿閲読者《ヴォランティア・リーダー》に事欠くことはなさそうである。なぜなら、編集部の若い婦人速記者から罐《ボイラー》焚きの男――この男の反対意見でハーストーン社は『暗黒社会』の原稿を本にしそこねるという損失を被った事実があるのだが――にいたるまで、広範にわたって散在する閲読者《リーダー》のひとりひとりが、いつかは雑誌の編集者になれるのではないか、という期待を抱いているからである。

アレン・スレイトンが『恋こそすべて』という短編を書きあげたとき、彼はハーストーン社のこの方針のことはすでによく知っていた。それまでにありとあらゆる雑誌の編集部周辺をしつこくうろつきまわっていたので、ニューヨークの出版社という出版社の内部事情に精通していたのである。

7　アメリカの作家、W・D・ハウエルズの小説『サイラス・ラパムの向上』のもじりと思われる。

8　「書物」の意の quair（クエア）を「奇妙な、役に立たない」の意の queer のなまりの quare に掛けたものと思われる。

スレイトンはまた、「ハーストーン・マガジン」の編集長がさまざまな職業や階層の人たちに原稿を配って読ませていることはもちろん、センチメンタルな恋愛小説の類いはもっぱら編集長の速記者を務めるミス・パフキンのところにまわされることも知っていた。それと、この編集長がもうひとつ、閲読に独自のルールを設《もう》けているということも——原稿の閲読者《リーダー》には、その作者の名前を決して明かさないのである。作者の前評判や名前の大きさが閲読者《リーダー》の公正な判断に影響を与えないように、との配慮からだった。

スレイトンは『恋こそすべて』の執筆に、全身全霊を傾けた。心血を注ぎ、智能の限りを尽くして、完成までに六カ月を費やした。それは純然たる恋愛小説で、繊細で、高尚で、ロマンティックで、情熱的で——(原稿のなかの著者のことばをそのまま借りるなら)恋こそは神の御恵みであり、地上のいかなる贈り物よりも、この世のいかなる栄誉よりも、はるかに貴いものであって、天から与えられる極上の褒美の目録のなかに書き込まれるべきものである、という散文詩の味わいを持つ物語だった。スレイトンの文学に寄せる野心は、それはもう熱烈だった。自ら選択したこの芸術で名を成すためなら、世俗的財産など残らず犠牲にしてもかまわないとさえ思っていた。自分の労作が「ハーストーン・マガジン」の誌面を飾ったところを見るという夢が叶《かな》うなら、右手を切り捨ててしまうぐらい……いや、まあ、盲腸の切除術を得意とする医師のメスにその身を捧げることぐらいなら、なんのその、といった勢いだった。『恋こそすべて』を書きあげると、スレイトンはそれを自分でハーストーン社に持ち込んだ。ハーストーン社のオフィスは、大きな雑居ビルのなかにあって、建物の管理人として一階に守衛が詰めていた。

スレイトンがこの建物に入り、エレヴェーターのほうに行きかけたとき、玄関ホールの奥のほうからいきなり、マッシュ・ポテト用のじゃがいも潰し器が飛んできて、作家先生がかぶっていた帽子をぺしゃんこにし、さらには出入口のドアのガラスを粉みじんに打ち砕いた。この台所用品のあとを追うように、守衛の男が不健康に膨らんだ巨体を引きずり、ズボン吊りがはずれたままのだらしない恰好で、あわてふためき、息せき切って駆けてきた。次いで太った女が、なりふり構わず髪を振り乱して例の飛び道具を追いかけてきた。守衛の男はタイル張りの床で足を滑らせ、絶望の悲鳴とともにその場に倒れた。そこに女が飛びかかり、守衛の男の髪をつかんだ。守衛の男は盛大にわめきたてた。

鬱憤を晴らすだけ晴らしてしまうと、女戦士は立ちあがり、武勇の女神のミネルヴァも斯《か》くやと思われる意気揚々とした態度で悠然と、建物のどこやら裏手のほうにあると思われる人目につかない住居に引き上げていった。守衛の男は面目をぺしゃんこに潰され、苦しそうに肩で息をしながら立ちあがった。

「まあ、これが夫婦ってやつなんだろうね」スレイトンのほうに顔を向けて、守衛の男は自嘲気味に言った。「あれがその昔、おれが夜も眠れないほど想い詰めた娘なんだからね。ああ、旦那、帽子のことはごめんなさいよ。ご迷惑かけついでに、今の一件、このビルの人たちには内緒にしといてもらえませんかね。馘首《くび》になっちまうと困るんで」

スレイトンは玄関ホールの奥にあるエレヴェーターで上階《うえ》にあがり、ハーストストーン社のオフィスに乗り込んだ。編集部に『恋こそすべて』の原稿を預け、原稿の採否については一週間後に返事をする、という編集長の約束を取りつけた。

階下へ降りていくエレヴェーターのなかで、スレイトンは勝利を確実なものにする計画を練りあげた。この計画は不意に閃《ひらめ》いたものだったが、そんなことを思いついてしまう己の天才ぶりには、われながら感心しないわけにはいかなかった。スレイトンはその夜からさっそく、計画を実行に移した。

「ハーストーン・マガジン」編集長付きの速記者、ミス・パフキンは、この作家と同じ家に下宿していた。いささか古風で、身体つきは痩せていて、面やつれしていて、神経質でお高くとまっていて、ロマンチストで、未婚のまま婚期を逃しかけている女、それがミス・パフキンだった。いつぞや、もうだいぶ以前のことになるが、スレイトンも彼女に引き合わされたことがあった。

この作家が思いついた、大胆にして捨て身ともいうべき計画は、次のようなものだった。彼は「ハーストーン・マガジン」の編集長が、ロマンティックでセンチメンタルな小説の原稿については、ミス・パフキンの評価を大いに参考にしていることを知っていた。彼女の好みが、この種の長編や短編の熱心な読者である、ごくごく普通のご婦人方の大多数を代表しているからである。『恋こそすべて』の核であり主題となっているのは、いわゆる〝ひと目惚れ〟というものだった――男女を問わず、心と心が触れあった瞬間、たちまちにして相手をわが魂の伴侶と確信する、あの恍惚《こうこつ》とした、いかんとも抗しがたい、魂の震えるような想い。この世にもすばらしき人生の真理を、彼が自らミス・パフキンの胸に刻みつけたとしたら……。おそらく彼女は、生まれて初めて経験するその身もとろけるような胸のときめきを証明するためにも、短編小説『恋こそすべて』を「ハースストーン・マガジン」の編集長に強力に推薦するのではないだろうか？

スレイトンは、そんなふうに考えたのである。そこで、その晩さっそく、ミス・パフキンを観劇に連れ出した。翌日の晩は、下宿屋の薄暗い談話室で、猛然と、熱烈に口説いた。『恋こそすべて』のなかの殺し文句を、頭に浮かぶまま、気前よく引用した。最後にミス・パフキンがスレイトンの肩にそっと頭をもたせかけたとき、スレイトンの頭のなかでは文学的名声という大いなる幻影が踊りまわっていた。

だが、スレイトンは、愛を告白したところで立ち止まらなかった。これこそ人生の一大転機と思い定め、己によくよく言い聞かせて、本物の勝負師らしく〝行くところまで行く〟ことにした。木曜日の晩、彼とミス・パフキンは、〈街の真ん中にある大きな教会〉まで歩いていき、そこで結婚したのである。

あっぱれ、アレン・スレイトン、剛の者！　かのシャトーブリアンは屋根裏部屋で死に、バイロンはご亭主に先立たれたご婦人を誘惑し、キーツは死ぬほどの飢えに苦しみ、ポーはいろいろな種類の酒をまぜこぜに呑み、ド・クインシーは阿片に耽溺《たんでき》し、エイド[9]はシカゴくんだりで暮らし、ジェイムズ[10]はもっと遠方に行ったきりになり、ディケンズは白い靴下を履き、モーパッサンは拘束衣を着せられ、トム・ワトスンは人民党員となり、エレミア[11]は哀しみの涙にくれた。彼ら作家たちはいずれも、文学のためにこうした事柄を為した。だが、スレイトンよ、汝の行為はそれらすべてを凌駕す。名声の神殿に自らを祀《まつ》る壁龕《へきがん》を彫り刻まんがため、汝、妻を娶《めと》りしとは。

金曜日の朝、スレイトン夫人は、これからハーストーン社に出向いて、編集長から閲読を申しつけられて預かっている何編かの原稿を返し、それから速記者の仕事も辞めてくるつもりだ、と言った。

「きみが返しにいく原稿のなかで……なんというか、その……つまり、その……そう、きみが特にいいと思ったものはあったかい？」胸をときめかせて、スレイトンは尋ねた。

「ええ、一編だけ——短編小説なんだけど。とても気に入ったのがあったわ」と彼の妻は言った。「あれほどよく書けていて、人生の真実を穿《うが》ってると思える作品は、そ

9　ジョージ・エイド。一八六六〜一九四四、アメリカのユーモア作家。
10　ヘンリー・ジェイムズ。一八四三〜一九一六、アメリカの小説家。晩年はイギリスに帰化。
11　旧約聖書の『エレミア記』、『エレミア哀歌』の預言者。

うはないものよ。もう何年も、あの半分も面白くないものばかり読まされてきたんですもの」

その日の午後、スレイトンはハーストーン社のオフィスにいそいそと出向いた。努力が報いられるのも、もはや時間の問題だと思われた。「ハーストーン・マガジン」に掲載される一編の短編小説によって、文学的名声は間もなくアレン・スレイトンのものとなるのだ。

編集部の雑用係の若者が、来客受付の仕切り柵のところでスレイトンを迎えた。無名の著者が編集長とじかにことばを交わせるということは、ごくまれな例外を除いて、ほとんどありえないことだった。

だが、約束された成功を手中に収めた暁には、この使い走りの坊やも恐れ入って這いつくばるにちがいない。その甘美な期待感に、スレイトンはひそかに胸を膨らませた。

短編小説の原稿を預けてあるのだが、とスレイトンは言った。雑用係の若者はいったん奥の聖域に引っ込んだかと思うと、すぐに大きな封筒を持って戻ってきた。封筒は、千ドルの小切手が入っているにしては、やけに分厚く膨らんでいた。

「お気の毒ですが——」と雑用係の若者が言った。「あなたの原稿はうちの雑誌には使えない、と編集長が言ってます」

スレイトンはあっけに取られ、身動きひとつできなかった。「ひとつ確認させてくれ」とことばにつかえながら言った。「今朝、ミス・パフ……じゃなくて、ぼくの家──いや、ミス・パフキンが閲読を頼まれて預かっていた原稿を、おたくの編集長に返さなかったかな？」

「ええ、返してましたよ、確かに」雑用係の若者は小生意気な物言いで答えた。「一《いち》押《お》しの傑作だってミス・パフキンは言ったそうです。うちの御大がそう言ってました。題名も覚えてますよ、『金《かね》ゆえの結婚──もしくは働く女の勝利』っていうんです」

「あっ、そうそう」打ち明け話をする口調になって、雑用係の若者は言った。「あなたのお名前はスレイトンさんとおっしゃるんですよね。実は、ぼくがうっかりしてたもんで、つい間違えちゃったんですよ。このあいだ、うちの御大から原稿を配ってまわるようにって、いくつか預かったんだけど、ミス・パフキンに渡すはずのやつと守衛のおっさんに渡すはずのやつを取り違えちゃったんです。でも、まあ、結果的には、それでも別に問題はなかったみたいですけどね」

スレイトンがよくよく見ると、自分の原稿の表紙の『恋こそすべて』と記した題名のしたに、守衛の男が炭で走り書きした次のような寸評がついていた。

「寝ぼけたことを抜かすな！」

赤い族長《レッド・チーフ》の身代金

The Ransom of Red Chief

うまい話だと思ったんだ。いや、まあ、待ってくれって。今から詳しく話すからさ。おれたちが——つまり、おれとビル・ドリスコルが——南部のアラバマにいたときのことだ。人を誘拐して身代金をせしめるって手を思いついた。いみじくも、ビルのやつがあとになって言ったように、〝一瞬魔が差して、ついふらふらと〟そんなことを思いついちまったんだな。だが、そうとわかったときには、後の祭りってやつでね。で、その当時アラバマに、パンケーキみたいに平べったいくせに、なんとまあ、

〝頂上《サミット》〟なんて名前の町があった。住人は、人畜無害で足るを知ってる、いわゆる農民階級ばかりでね。まあ、五月祭の踊りに集まってくるような顔ぶれだな。ビルとおれには、ふたりあわせて六百ドルばかりの軍資金があったんだが、西部のイリノイあたりで土地がらみの詐欺をぶちかますには、最低でもあと二千ドルはどうしても要りようだった。おれたちは宿屋の玄関の階段に坐って、この問題を話し合った。こういう田舎に片足を突っ込んだような町では、親の子煩悩の度合いがとりわけ強いんじゃないかって話になって、そんなことから――いや、もちろん、ほかにも理由はあったけど――ひとつ子どもを誘拐するってのはどうだろうってことになった。こういう町は新聞社の守備範囲外だろうから、事件記者が乗り込んできてあれこれ突《つっ》きまわすこともない。そもそもこのサミットの町なら、おれたちを追っかけてくるとしても、しょぼくれた保安官《コンスタブル》に、せいぜいが怠惰な警察犬の数頭といったとこだろう。あとは、まあ、《週刊農民時報》が一度か二度ほど手酷く書きたてるぐらいのもんだ。そのへんのことを、おれたちはちゃんと読んでた。で、こいつはなかなかの名案じゃないかと思ったんだな。

そんなわけで、おれたちはエベニーザー・ドーセットというこの町きっての有力者のひとり息子に白羽の矢を立てた。このエベニーザー・ドーセットは、いわゆる町の名士ってやつだが、これがけっこうなしぶちんでね、高利貸しもやっていた。教会の礼拝で回ってくる献金皿にも小銭一枚入れたことがないし、借金のかたはさっさと流しちまうって男さ。で、そのせがれってのは御年《おんとし》十歳で、顔は雀斑《そばかす》だらけ、しかもその雀斑が浮彫りにしてあるんじゃないかってぐらい目立つんだ。髪の毛は列車を待ってるあいだに駅の売店で買う雑誌の表紙みたいに赤いんだよ、これが。大事な息子の身代金となりゃ、いくら締まり屋でも、二千ドルぐらいあっさり渡して寄越すだろう。ビルとおれはそう踏んだ。ところがどっこい……いや、待ってくれ、順を追ってちゃんと話そう。

サミットの町から二マイルほどのとこに、杉の木がびっしりと生い繁った小さな山があるんだが、その裏側の斜面に洞窟がひとつあるんだよ。おれたちはそこに食糧を運び込んだ。

そしてある日、陽が沈んでから、一頭立ての馬車でドーセットの家に向かったんだ。エベニーザーのせがれは家のまえの通りに出ていて、向かいの塀のうえの仔猫めがけてせっせと石を投げつけてた。

「よお、そこのぼうず」とビルが声をかけた。「飴玉買ってやるから乗らないか？」

子どもは煉瓦のかけらを、ビルのちょうど目ん玉のとこに命中させた。

「この分は別料金だ。こいつの親父からあと五百ドル余分にふんだくってやる」馬車の車輪に足をかけて座席によじ登りながら、ビルは言った。

子どもは、ウェルター級の黒熊並みに暴れやがった。それでも、しまいにはビルとおれとでどうにか馬車の床に押さえ込み、おれたちはそのまま馬車でその場を離れた。で、例の洞窟まで連れて戻ったわけさ。おれはひとまず近くの杉林に馬をつなぎ、暗くなってから三マイル先の小さな村まで借りてきた馬車を返しに行き、徒歩で山に戻った。

ビルは、顔じゅうにこしらえたひっかき傷や打ち身に、絆創膏を貼ってるとこだった。洞窟の入口の大きな岩の陰で焚き火がたかれ、ぐらぐら煮えたぎるコーヒーポットを例の小僧がじっと睨《にら》みつけていた。見ると、赤毛の髪に禿鷹《はげたか》の尾羽根を二本挿してるじゃないか。おれが近づくと、くそガキはいきなり棒きれを突きつけて、こう言いやがった。

「おい、待て、憎き白人野郎。この大平原じゃ泣く子も黙る〝赤い族長《レッド・チーフ》〟の陣地に、きさまは無断で入ってこようと言うのか？」

「こいつめ、すっかり元気になっちまいやがった」ビルはズボンの裾をまくりあげて、向こう臑《ずね》の打ち身を調べながら言った。「インディアンごっこの相手をさせられてるとこさ。ぼうずの言うインディアンごっこに比べたらバッファロー・ビルの芝居だって所詮は芝居だって思うね。絵空事って意味じゃ、町の公会堂の幻灯《げんとう》会でパレスチナの景色を見てるようなもんだって。おれは罠で猟をする〝ハンク爺《オールド・ハンク》さん〟で、〝赤い《レッド・》族長《チーフ》〟の捕虜になってるらしい。でもって、明日の朝、日の出とともに頭の皮をひん剝《む》かれることになってるんだと。おまけに、こいつの蹴りの強烈なこと。まったく、とんでもないくそガキだ！」

そう、確かに、小僧はすっかり調子づいていた。洞窟で野営できるのが楽しくて、自分が人質になってることなどすっかり忘れちまったんだな。おれにはすぐさまスパイの〝蛇の眼《スネーク・アイ》〟とかいう名前をつけ、そのうち手下の戦士たちが戦いから戻ってくるから日の出とともに火焙《ひあぶ》りにしてやる、と宣《のた》もうた。

それから、晩めしにしたんだが、小僧は口いっぱいにベーコンやらパンやら肉汁やらを頰ばったまま喋りだすんだよ。お坊ちゃまの食卓での会話は、まあ、だいたいこんな具合だった――。

「こういうの、楽しいよ。だって、戸外《そと》で泊まったりするの、生まれて初めてだもん。けど、袋鼠《ふくろねずみ》を飼ってたことはあるよ。こないだ、九歳の誕生日のときにもらったんだ。学校は大っ嫌い。ジミー・タルボットのおばさんが斑模様《まだら》の鶏を飼ってるんだけど、鼠が出てね、鶏の卵を十六個も食べられちゃったんだよ。この森には本物のインディアンがいるの？　ねえねえ、肉汁をもっとかけてくれない？　風が吹くのは、木が動いてるから？　以前《まえ》うちには仔犬が五匹いたよ。ハンク、どうしてそんなに鼻が赤いの？　おれんちの父さん、すっごい金持ちだぜ。女子星って熱いの？　土曜日にエド・ウォーカーを二度もひっぱたいてやったんだ。女子なんて好きになれるわけないじゃん。紐を使わないで蟇蛙《ひきがえる》を捕まえる方法、あんたたちは知らないだろ？　雄牛も鳴く？　オレンジって、どうして丸いの？　この洞穴で寝るとき、ベッドはある？　エイモス・マーレイは足の指が六本あるんだよ。鸚鵡《おうむ》は喋れるけど、猿や魚は喋れないね。いくつといくつで十二になるか知ってる？」

数分置きに、小僧は自分が抜け目のないインディアンだったことを思い出しては、憎棒きれのライフル銃を手に取り、洞窟の入口まで抜き足差し足で忍び出ていって、憎き白人の斥候《せっこう》はいないかと首を伸ばしてあたりをきょろきょろ見まわした。ときどき、インディアンの鬨《とき》の声をあげて、猟師の〝ハンク爺さん《オールド・ハンク》〟を震え上がらせた。そう、この小僧は初っ端からビルをびびらせちまったのさ。

「〝赤い族長《レッド・チーフ》〟」とおれは小僧に言った。「家に帰りたくないかい？」

「えっ、なんで？」と小僧は言いやがった。「家なんかつまんないよ。学校には行きたくないし。戸外《そと》で寝泊まりしてるほうがずっと楽しい。ねえ、〝蛇の眼《スネーク・アイ》〟、まさかぼくを家に連れて帰ったりしないよね？」

「ああ、しない。今すぐには」とおれは言った。「もうしばらくは、おれたちと一緒にこの洞穴にいてもらう」

「いいよ」と小僧は言った。「それで全然平気だよ。こんな面白いこと、生まれて初めてだもん」

その夜は十一時ぐらいに寝床に入った。幅の広い毛布と上掛けを何枚か拡げて、ビルとおれとで〝赤い族長《レッド・チーフ》〟をあいだに挟んで横になった。小僧が逃げ出す心配はなかった。こっちはそれから三時間近くも眠らせてもらえなかったんだから。小枝が折れたり、木の葉がかさこそと鳴ったりするたびに、小僧はぱっと飛び起き、棒きれのライフル銃を引っつかんで、ビルやおれの耳元で「しっ、相棒、静かに！」なんてわざとらしい囁《ささや》き声で言うんだよ。子どもっぽい想像力を刺激されて、無法者の一団がこっそりと忍び寄ってきてると思い込むんだ。そんなふうにさんざっぱら邪魔をされながら、やっとのことでうつらうつらしかけると、今度はおれのほうが荒くれ者の赤毛の海賊に誘拐されて木に縛りつけられる夢を見る始末だった。

ちょうど夜が明けるころ、ビルのすさまじい悲鳴で眼が醒めた。わめき声でも、うなり声でも、叫び声でもなく、怒鳴り声でも、金切り声でもなかった。およそ男の発声器官から出たとは思えないような声——女が幽霊や毛虫を見たときに振り絞るような、実に情けない、聞いているほうが居たたまれなくなるような、みっともない悲鳴だった。どうにもぞっとしないじゃないか。夜明けに洞窟のなかで、人一倍でかくて屈強な命知らずの男がひいひい悲鳴をあげてるなんざ。

なにごとが起きたのかと、おれは慌てて飛び起きた。見ると、〝赤い族長《レッド・チーフ》〟がビルの胸に馬乗りになって、一方の手でビルの髪の毛をつかんで捻《ねじ》りあげていた。もう一方の手に、ベーコンを切るときに使う細身のよく切れるナイフを握って。前の晩に捕虜に申し渡したとおり、ビルの頭の皮を本気でひん剝こうとしていたんだよ。

おれは小僧の手からナイフを引ったくって、もう一度寝かしつけた。だけど、その一件以来、ビルはすっかりしょぼくれちまった。もとの場所に横にはなったが、ぼうずがそばにいる限り、二度と眠り込むつもりはないようで、眼をつむろうともしなかった。おれはしばらくうとうとしたが、太陽が顔を出すころになると、〝赤い族長《レッド・チーフ》〟がおれを日の出とともに火焙りにすると言ってたことを思い出した。別に本気で恐がってたわけじゃないぜ。びくびくしてたわけでもない。けれど、とりあえず起きあがってパイプに火をつけ、岩に寄りかかった。

「なんでそんなに早く起きるんだ、サム?」とビルが言った。

「おれかい?」とおれは答えた。「いや、肩がちょっと痛くてね。身体を起こしてるほうが楽なんじゃないかと思ったんだよ」

「嘘つけ」とビルは言った。「おまえ、恐いんだろ? 日の出とともに火焙りにすると言われたもんだから、ほんとにやられるんじゃないかって心配なんだろ? ああ、このくそガキならやりかねない。マッチさえ見つけりゃ、ほんとにやるって。とんでもないことになっちまったな、サム。こんな悪たれを連れ戻すために大枚はたく物好きが、ほんとにいると思うか?」

「そりゃ、いるって」とおれは答えた。「こういう悪たれに限って、親にはかわいいものなんだよ。さあ、あんたも〝赤い族長《レッド・チーフ》〟も起きるんだ。おれはちょっくらこの山のてっぺんに登って偵察してくるから、そのあいだに朝めしの支度をしとけ」

おれはその小さな山の頂上に登って、眼の届く範囲の様子を満遍なくうかがった。サミットの町のあたりには、おそらく卑劣な誘拐犯を狩り出すべく、草刈り鎌やら干し草用の三つ叉《ピッチフォーク》やらで武装して付近を捜しまわる屈強な農民たちの姿が見えるものと思いきや……なんと、川原毛《かわらげ》の騾馬《らば》を使って畑を耕す男がひとり見えただけ。のどかとしか言いようのない光景だった。小川の底を浚《さら》っている者もいないし、気も狂わんばかりの両親のもとに、なんの手がかりもないことを知らせる急使が駆け込んでいく姿も見あたらなかった。おれの眼のまえに拡がるアラバマの大地には、とりあえずこの眼に見えるその表面の部分に限っては、いたって牧歌的な、どこか眠気を誘うような物憂い空気が漂っているだけだった。「ははん、わかったぞ」おれは声に出さずにつぶやいた。「まだ気づいていないんだな、狼どもが柵囲いのなかの可愛い仔羊をさらってったことに。神よ、狼どもに御恵みを！」おれは朝めしを食うため、山をおりた。

洞窟に戻ってみると、ビルは息も絶え絶えに洞窟の壁にへばりつき、小僧のほうは椰子の実の半分ほどはあろうかという石を手に、ビルに打ちかかろうと身構えていた。

「このくそガキ、おれの背中に茹だったばかりのあつあつのじゃがいもを放り込みやがった」とビルは説明した。「おまけに、そいつを踏み潰したんだからな。ああ、横っ面を張り飛ばしてやったさ。サム、あんた今そこに銃を持ってないか？」

おれは小僧の手から石をもぎ取り、なんとかその場を収めた。「覚えてろ」小僧はビルに食ってかかった。「〝赤い族長《レッド・チーフ》〟を殴ったやつは、ただじゃすまない。必ず復讐してやるからな。楽しみに待ってろよ！」

朝めしをたいらげると、小僧はポケットから革の切れっ端に紐を巻きつけたものを取り出し、その紐をほどきながら洞窟のそとに出ていった。

「今度は何をやらかそうってんだ？」ビルは不安そうに言った。「あのくそガキ、まさか逃げだそうってんじゃないよな、サム？」

「ああ、そいつはまったく心配ない」とおれは言った。「家を恋しがって泣くようなたまじゃなさそうだからな。それより、身代金だ。具体的な計画を立てないとな。子どもがいなくなったってんで大騒ぎになっててもよさそうなもんなのに、今のとこサミットの町にそんな気配はなさそうだ。たぶん、ぼうずがいなくなったことにまだ気づいてないんだろう。家族の連中も、昨夜はきっとジェーン叔母さんのとこか、近所の家にでも泊まったんだろう、ぐらいに思ってるのさ。だけど、いくらなんでも、今日中にはぼうずの姿が見えないことに気づくはずだ。今夜には、脅迫状を出さないとならんな。ぼうずを返してほしけりゃ、二千ドル寄越せって、ドーセットの親爺に言ってやろう」

ちょうどそのとき、勝ち鬨《どき》のような叫び声が聞こえた——闘士ゴリアテを斃《たお》したときのダビデの喚声もかくやと思われるようなやつだった。〝赤い族長《レッド・チーフ》〟がポケットから引っぱり出したもの、あれは投石器だったのだ。小僧はそいつを頭のうえでびゅんびゅん振りまわしてた。

おれはすばやく身をかわしたが、どさっというやけに重量感のある音に続いて、ちょうど鞍をはずしてやったときに馬が洩らす溜息みたいな息の音が聞こえた。嚙み煙草みたいな真っ黒い色をした鶏の卵ぐらいの大きさの石が、ビルの左耳のすぐうしろに命中したのだ。ビルはくたっとのびちまった。皿を洗うのに湯を沸かしてたフライパンにおっかぶさるようにして火のなかに倒れちまったのさ。おれは慌ててビルのやつを引きずり出し、それから小半時近く、冷たい水を頭から、じゃんじゃんぶっかけてやったよ。

そのうちビルはやっと身を起こした。そして、耳のうしろを触ってみて、こう言った。「サム、聖書のなかで、おれがいちばん好きな人物は誰かわかるか?」

「まあ、落ち着け」とおれは言った。「じきに頭もすっきりするさ」

「ヘロデ王だ[12]」とビルは言った。「おい、サム、まさかおれをここにひとり残して、どっか行こうってんじゃないだろうな、ええ?」

おれは洞窟のそとに出て小僧をとっ捕まえると、顔の雀斑《そばかす》が飛び跳ねるほど揺さぶってやった。

「おとなしくしねえと、まっすぐ家に追い返すぞ」とおれは言った。「どうする? いい子にするか、それとも追い返されたいか?」

「ちょっとふざけただけなのに」小僧はむくれて言った。「〝ハンク爺《オールド・ハンク》さん〟に怪我させようと思ってやったんじゃないよ。でもさ、あいつはどうして、ぼくのこと殴った

12　キリストを幼児のうちに殺すため、ベツレヘムの幼児をすべて殺すよう命じた。

の？　ぼくを追い返したりしないんなら、おとなしくしてもいいよ、〝蛇の目《スネーク・アイ》〟。あと、それから、今日は〝黒い斥候隊《ブラック・スカウト》〟ごっこをしてくれたら」

「そんな遊びは知らん」とおれは言った。「ビルおじさんに相談してみな。今日はビルおじさんと遊ぶんだ。おれは仕事があって、これから出かけなくちゃならない。ほら、なかに入って、おじさんと仲直りしな。怪我させてごめんなさいって謝るんだ。それとも、今すぐ家に追い返されたいか？」

おれは小僧とビルを握手させ、それからビルを脇に呼んで、これからこの洞窟の三マイルほど先にあるポプラ・グローブという小さな村に行って、小僧の誘拐事件がサミットの町でどんなふうに受け取られてるかをできるだけ調べてくるつもりだ、と言った。それと、今日じゅうにドーセットの親爺に身代金を要求し、その受け渡し方法を指示した脅迫状を送りつけるのが、段取りとしちゃいちばんの上策だ、と考えてることも。

「なあ、サム」とビルは言った。「おれは今まで、地震だろうと、火事だろうと、大洪水だろうと、瞬きひとつしないでおまえの相棒を務めてきた。ポーカーで大博打をうったときも、ダイナマイトが爆発したときも、警察《サツ》の手入れがあったときも、列車強盗のときも、台風のまっただなかに突っ込んじまったときも、どんなときもへいちゃらだった。怖じ気づいたことなんか、ただのいっぺんもなかった。あの二本足のロケット花火みたいなくそガキをさらってくるまでは。あのガキには、ほとほとまいった。頼むよ、サム、あんまり長いこと、あいつとふたりきりにしないでくれ、なっ？」

「正午《ひる》過ぎには戻るよ」とおれは言った。「おれが戻ってくるまで、あのぼうずの相手をしてやって、なんでもいいからともかくおとなしくさせとけ。よし、まずはドーセットの親爺に手紙を書くか」

ビルとおれは紙と鉛筆を取り出して、手紙を書きはじめた。そのあいだ〝赤い族長《レッド・チーフ》〟は毛布を身体に巻きつけ、ふんぞり返って洞窟の入口を行ったり来たりしながら見張り番を務めた。ビルは、身代金を二千ドルから千五百ドルに値下げしよう、と泣かんばかりに懇願してきた。「そりゃな、確かに親の愛情ってのは、親となったからには持ってなくちゃならないもんさ。世間一般にそう信じられてる。おれは何も、そのことにけちをつけようってんじゃない」とビルは言うんだよ。「けど、相手は人間なんだぜ。あんな、体重四十ポンドぽっちの雀斑《そばかす》だらけの山猫なんかで二千ドルもせしめるってのは、どう考えても人間相手にすることじゃねえ。おれとしちゃ、千五百ってのがいい線だと思うんだよ。差額の五百は、おれの取り分からさっ引いてくれてかまわないから」

というわけで、ビルの気持ちをなだめるため、おれは承知した。で、ふたりで知恵を絞って手紙を書きあげたわけだ。まあ、こんなふうに――。

エベニーザー・ドーセット殿

われわれは貴殿のご子息を、サミットから遠く離れた某所にて預かっている者である。ご子息を発見しようと努められても、貴殿ご自身はもとより、たとえ腕利きの探偵を雇われようと、それは無益であるとご忠告しておく。ご子息を無事に取り戻したければ、以下の条件を呑むこと、それに尽きる。すなわち――ご子息を返還する見返りとして、われわれは高額紙幣で千五百ドルを要求するものなり。同金額を今夜半、貴殿の返信と同一地点の同一箱内――詳細は後述する――に入れておくべきこと。この条件を承諾されるなら、その旨書面にしたため、今夜八時半にただ一名の使者の手にて届けられたし。ポプラ・グローブに至る街道を同村方向に進み、〝みみずく川《アウル・クリーク》〟を渡ると、向かって右側の小麦畑の柵に沿って、およそ百ヤード間隔で三本の大木がある。その三番目の木と向かい合う位置にある柵の杭の根元に、ボール紙の小さな箱を見つけられたし。

使いの者は、その箱に返信を入れ、ただちにサミットに引き返すものとする。

貴殿の側で裏切りの企みが為された場合、あるいは以上の要求が容れられなかった場合、ご子息には二度と会えないことになるものと心得るよう。

こちらの要求どおりの金額が支払われた場合、ご子息は三時間以内に無事、貴殿のもとにお返しする。以上の条件は決定事項であり、この条件に応じられない場合には以降の連絡はいっさいなきものと承知されたい。

ふたりの生命《いのち》知らずより

この手紙にドーセットの宛名を書き、おれはポケットにしまった。出かけようとしたとき、小僧が寄ってきてこんなことを言うんだよ。

「よう、よう、〝蛇の目《スネーク・アイ》〟よう、あんたが留守のあいだ、〝黒い斥候隊《ブラック・スカウト》〟ごっこをしてもいいって言ったよな」

「ああ、いいとも」とおれは言った。「ビルおじさんが相手をしてくれる。で、どんな遊びなんだい、そいつは？」

「ぼくが〝黒い斥候《ブラック・スカウト》〟になるんだ」と〝赤い族長《レッド・チーフ》〟は言った。「インディアンが襲撃してくるってことを、開拓者の村まで知らせに行かなくちゃならないんだ。村の防御柵のとこまで馬を飛ばして。インディアンをやるのは、もう飽きちゃった。ぼく、〝黒い斥候《ブラック・スカウト》〟になりたい」

「よし、いいだろう」とおれは言った。「それなら危ないこともなさそうだしな。ビルおじさんが、その執念深いインディアンをやっつけるのを手伝ってくれるだろうよ」

「で、おれは何をすりゃいいんだ？」ビルは不信感もあらわに小僧を見ながら言った。

「おまえは馬だよ」と〝黒い斥候《ブラック・スカウト》〟は言った。「手と膝をついて、馬になってよ。馬がいなくちゃ防御柵のとこまで走っていけないんだから」

「ぼうずは何かに夢中にさせといたほうがいい」とおれは言った。「計画が動き出すまでの辛抱だよ。まあ、そうカッカしなさんなって」

ビルは手と膝をついた恰好になった。その眼に浮かんだ表情は、そう、罠にかかった兎《うさぎ》に似ていた。

「防御柵まではどのぐらいあるんだ、ぼうず？」とビルは言った。心なしか声がうわずり、かすれていた。

「九十マイルだ」と〝黒い斥候《ブラック・スカウト》〟は言った。「うんと頑張って走るんだぞ。じゃないと、間に合わない。よし、ほら。どう、どう、どう」

〝黒い斥候《ブラック・スカウト》〟はビルの背中に飛び乗り、踵《かかと》で脇腹を蹴りつけた。

「頼むから、早く帰ってきてくれよ、サム」とビルは言った。「なんでもいいから、ともかく早く帰ってきてくれ。やっぱり身代金は千ドルにしといたほうがよかったかもしれないな。おい、こら、くそぼうず、蹴るんじゃない。やめろと言ってんだ。やめないと、起きあがってぶん殴るぞ」

おれはポプラ・グローブの村まで歩き、郵便局を兼ねた雑貨屋に腰を据え、買い物にやってくる田舎っぺ連中とのお喋りに勤《いそ》しんだ。そのうちのひとり、髭面《ひげづら》の男の話だと、サミットの町は目下、エベニーザー・ドーセット旦那んとこの息子さんの姿が見えなくなっちまって、迷子になったか、さらわれたか、そりゃもうどえらい騒ぎになってるらしい。それだけ知れば充分だった。おれは煙草を買い、世間話のついでに大角豆《ささげまめ》の値段を訊いたりして、手紙をこっそりと投函し、その場を去った。一時間もすれば、集配人がサミット行きの郵便を取りにやってくるはずだ、と郵便局長は言っていた。

洞窟に戻ると、ビルも小僧も姿が見えなかった。おれは洞窟の近くを捜し、危険を承知でどら声を張りあげ、ひと声ふた声呼んでもみたが、返事はなかった。

そこでパイプに火をつけ、苔むした土手に腰を降ろして、ひとまず待ってみることにした。

小半時ほどしたとき、灌木《かんぼく》ががさごそと鳴ったかと思うと、洞窟のまえの狭い空き地にビルがよろめき出てきた。そのうしろから、小僧が満面の笑みを浮かべて、まるで本物の斥候みたいに足音を忍ばせて歩いてきた。ビルは立ち止まると、帽子を脱ぎ、赤いハンカチを取り出して顔を拭った。ビルのうしろ八フィートほどのところで、小僧のほうも立ち止まった。

「サム」とビルは言った。「おまえには、裏切り者と思われるかもしれないが、もうどうにもしょうがなかったんだ。おれだって一人前のおとなだ。男としての気概ってもんもあるし、他人《ひと》に踏んづけられて黙って引き下がる性質《たち》でもない。だがな、人間、意地も突っ張りも利かなくなるときがあるんだよ。ぼうずは行っちまったよ。おれが家に帰した。これでぱあだよ、何もかも」ビルはなおも喋り続けた。「昔は、悪党の大義として、せっかく儲けたもんを吐き出すぐらいなら死んだほうがましだ、なんてうそぶく連中もいたらしいけど、そういう連中はおれが味わったみたいな、この世のものとは思えないような責め苦を味わってないんだよ。ああ、おれだって大事な大事な人質なんだから、できるだけ言うことを聞いてやろうと努力したさ。でもな、ものには限度ってもんがあるだろうが」

「なんなんだ、ビル？　何をぐだぐだ言ってるんだ？」とおれは尋ねた。

「馬になれと言うからなってやったよ」とビルは言った。「馬になって、防御柵のとこまで九十マイル、たっぷり走ってやったよ。一インチも負けちゃくれないんだ。で、開拓者たちが無事に救出されると、飼い葉の燕麦《からすむぎ》を食えと言うんだよ。ぼうずの言う燕麦《からすむぎ》ってのは砂だぜ、とてもじゃないが食えたもんじゃねえ。お次は質問攻めだ。一時間ってもの、穴のなかはどうして空っぽなのか、道路はどういうわけで左右に伸びてるのか、草はなぜ緑色をしてるのか、いちいち説明させられた。はっきり言って、サム、人間の我慢ってのはそのへんで限界なんだよ。おれはぼうずの襟首をひっつかんで、山のふもとまで引きずっていった。その道々、さんざっぱら臑《すね》を蹴飛ばされた。

おかげで膝からしたは青や紫の痣《あざ》だらけだ。おまけに親指と手に二度も三度も嚙みつかれた。まだじんじん痺《しび》れてやがる。けど、ぼうずはもういねえ」――ビルは続けた――「家に帰っちまった。サミットの町までの道を教えてやって、ついでにひと蹴り食らわして八フィートばかり町に近づけてやった。身代金を逃しちまったのは、そりゃ惜しいことをしたと思うよ。でも、そうでもしないことには、このビル・ドリスコルさまはおつむのねじがぶち切れちまって病院行きになってたね」

ビルは息を切らし、ぜいぜいと喘《あえ》いでいたが、薔薇色に上気したその顔からは、えも言われぬ安堵の色といや増すばかりの満足感が見て取れた。

「ビル」とおれは言った。「おまえんとこは、心臓病の家系じゃなかったよな？」

「ああ、ちがう」とビルは言った。「マラリアを患ってるやつと事故で死んだやつならいるけど、心臓の病気持ちはいない。なぜだ？」

「なら、回れ右して――」とおれは言った。「うしろを見てみな」

ビルは振り向き、小僧に気づくと、顔色を失い、地べたにどてっと尻餅をついた。それからでもって、そこらへんの草やら小枝やらを手当たり次第にむしりはじめた。それから一時間ほど、おれもビルのやつの精神状態を本気で心配したよ。だから、おれの計略どおりに運べばじきにけりがつくはずだ、と言ってやった。ドーセットの狸親爺がこっちの条件を呑んだら、真夜中には身代金が手に入る、そしたらそいつをポケットにねじ込んで即刻とんずらいたすんだよ、と。ビルもそれでようやく気力を取り戻し、小僧に向かって弱々しく笑ってみせると、もう少し気分がよくなったら日露戦争ごっこをしてやる、ロシア兵になってやってもいいと約束した。

身代金の回収についちゃ、あちらさんに裏をかかれてとっ捕まっちまうことのないよう、ちゃんと一計を案じてあった——本職の誘拐屋も思わずうなることまちがいなしの妙案ってやつだ。返信が置かれることになってる木ってのは——そのあと身代金が置かれることになってる木でもあるわけだが——道端の柵のそばに生えてるんだが、そのあたりはどっちを向いても何もないただの野っ原が拡がってる。だから、保安官《コンスタブル》の一連隊が手紙を取りにくる者を見張ってりゃ、そいつは野っ原を突っ切って来ようが、街道を歩いて来ようが、まだはるか遠くにいるうちから、あっさりと見つかっちまうわけだ。だが、誰がその手に引っかかる？　おれは早々と八時半にはその木に登り、雨蛙みたいにうまいこと身を隠して、使いの者がやってくるのを待った。

きっかり刻限どおりに、まだおとなになりきれてない年恰好の若造がひとり、自転車に乗ってやってきて、柵の杭の根元に置いてあるボール紙の箱を見つけ出し、そのなかに折りたたんだ紙切れを滑り込ませると、サミットの町のほうにペダルを踏み踏み引き返していった。

おれはさらに一時間ほど待った。そして罠ではないことを確認したのち、木から滑り降りて手紙を回収し、人目を避けて柵沿いに森まで戻り、それからさらにまた三十分ほどかけて洞窟に帰り着いた。手紙を開き、ランプのそばに持っていってビルに読んで聞かせた。ペン書きの読みにくい筆跡で、内容は、かいつまんでいうと、まあ、こんな感じだ。

ふたりの生命《いのち》知らず殿

拝復、本日の郵便にて、愚息と引き替えに身代金を要求する旨の貴殿の手紙、正に落手いたしました。貴殿の要求はいささか高額に過ぎるかと思われ、ここに対案を提示いたします。当方としましては、これを受諾いただけるものと信じます。貴殿が愚息ジョニーを拙宅までお連れくださり、現金にて二百五十ドルお支払いいただける場合に限り、愚息をお手元から引き取ることに同意いたします。

ちなみにご来訪は夜分がよろしいかと思われます。実は当家の近隣においては、愚息はすでに行方不明になったものと見なされておりますので、愚息を連れた姿を見られた際に、近隣住民からいかなる行為を受けることになるものか、当方は責任を負いかねるからです。

敬白

エベニーザー・ドーセット

「なんて野郎だ！」とおれは言った。「いけしゃあしゃあと、よくもまあ――」

だが、ビルのほうにちらっと眼を遣ったとたん、言いかけたことばを思わず呑み込んじまったよ。訴えることばを持たない生き物か表情の豊かな動物にしかできない、実に説得力に富んだ、世にも情けない眼をしていたからだ。

「サム」とビルは言った。「二百五十ドルがなんだってんだよ？　そのぐらいの金《かね》なら持ってるじゃないか。このぼうずともう一晩一緒にいたら、おれはまちがいなくおつむがいかれちまって病院行きだ。ドーセットさんってのは紳士のなかの紳士ってだけじゃない、実に気前のいい大人物じゃないか。たったこれっぽっちしか要求してこないんだから。サム、おまえ、まさかこの機会を逃すつもりじゃないだろうな、ええ?」

「実を言うとな、ビル」とおれは言った。「この悪たれのちび助には、おれもいささかげんなりしてる。こいつを家に連れて帰って、身代金を払って、さっさとずらかることにするか」

その晩、おれたちは小僧を家まで送り届けた。おまえの父ちゃんが銀の飾り金具をつけたライフル銃と鹿革の靴《モカシン》を買ってくれたそうだから、明日みんなで熊狩りに行くことになったんだ、と言い聞かせて、やっとのことで連れて行った。

エベニーザーの家の玄関のドアを叩いたのは、ちょうど午前零時だった。当初の計画では、おれが木の根元のボール紙の箱から千五百ドルを頂戴しているはずのちょうどその時刻に、ビルはドーセットに二百五十ドルを手渡してたってわけさ。

小僧は、おれたちに置いていかれそうだと感づくと、蒸気オルガンみたいに甲高い声でわめき散らし、蛭《ひる》のようにビルの脚にしがみついた。ドーセットの親爺は傷口から絆創膏でも剝がすみたいにほんのちょっとずつ、やけに悠長に小僧をビルから引き離した。

「どのぐらいのあいだ、この子を抑えてられますか？」とビルは尋ねた。

「わたしも、もう昔ほど力はないからな」とドーセットの親爺は言った。「だが、まあ、十分間ぐらいなら保証できるよ」

「充分です」とビルは言った。「その十分で、中部の州と南部の州と中西部の州を越えてやる。カナダとの国境めざして、すたこらさっさの一目散だ」

そして、戸外《そと》は真っ暗闇なのに、おまけにビルはでぶちんで、脚の速さにかけちゃ、おれとちょぼちょぼのはずなのに、おれがようやくビルに追いついたときには、サミットの町からたっぷり一マイル半は離れていたってわけなんだ。

千ドル
One Thousand Dollars

「そう、千ドルです」弁護士のトルマンは、堅苦しく厳《いか》めしい口調で繰り返した。「で、こちらがその現物です」

ジリアン青年は、ためらいも迷いもない、いかにも楽しそうな笑い声をあげると、真新しい五十ドル紙幣の薄い束を手に取っていじくりまわした。

「はっきり言って、実に始末に悪い額ですね」ジリアン青年は弁護士に向かってにこやかに説明した。「一万ドルなら、ぱっと景気よく散財して、ぼくの株を大いにあげることもできたかもしれない。逆に五十ドルなら、これまたこんなふうに使い途に困ることもなかったでしょう」

「叔父上の遺言が読みあげられるのをお聞きになったはずです」と弁護士のトルマンは法律の専門家らしく乾いた口調で言った。「細かい項目にいたるまで充分に注意を払われていたかどうか、こちらとしてはいささか不安に思うところもありますので、ここで改めて一点だけご注意申しあげておきます。その千ドルをお使いになられたら、その使途を決算書の体裁にて、ただちにわれわれまでご報告いただきたい。遺言にはそう明記されているのです。亡くなられたジリアン氏のご希望である以上、あなたとしてもそれに応じるぐらいのことはしてくださるものと信じておりますが」

「その点は大丈夫ですよ」青年は丁重に言った。「そのために余分の出費を余儀なくされるとしても。秘書を雇うことになるかもしれませんからね。ぼくは生まれつき、金《かね》の計算ってやつが、どうも苦手なんです」

ジリアン青年はクラブに出かけた。クラブに着くと、彼が日頃、ブライスン翁と呼んでいる人物を捜し出した。

ブライスン翁は年齢は四十歳だが、すでに第一線を退き、日々是泰然と暮らしている人物だった。クラブの部屋の片隅で読書をしていたが、ジリアン青年が近づいてくるのに気がつくと、溜息をつき、本をしたに置いて眼鏡をはずした。

「ブライスン翁、寝たふりなんかしてる場合じゃないですよ」とジリアン青年は言った。「おもしろい話があるんです」

「だったら、撞球室にいる連中の誰かに聞いてもらいなさい」とブライスン翁は言った。「きみも知ってるだろう、わたしがきみの話ってやつをどれほど嫌ってるか」

「でも、こいつはいつものよりも傑作なんです」ジリアン青年は紙巻き煙草を巻きながら言った。「だから、ぼくとしては是非ともあなたに聞いてもらいたくて。球撞きの球がごろごろいってるようなとこで話すには、あまりに情けなく、あまりに滑稽な話なんでね。実は今、亡くなった叔父の合法的な海賊どもの事務所に寄ってきたとこなんです。叔父はぼくにちょうど千ドル遺《のこ》してくれました。そこで思うわけなんです、人は千ドルでいったい何ができるのかって？」

「ほう、それはそれは」ブライスン翁は、蜜蜂が酢の壜に示す程度の関心しか示さずに言った。「わたしはまた、あのセプティマス・ジリアンのことだから、五十万ドルぐらいは持ってるものと思ってたよ」

「持ってましたよ」とジリアン青年は屈託なく相槌を打った。「だから、笑っちゃうんじゃないですか。叔父は、金貨の詰まった宝の箱を丸ごと細菌に遺していったんです。つまり、一部は、新たに病原菌を見つけるべく日夜研究を重ねている男に与えられ、残りはその病原菌を退治するべく病院を建てるのに使われるんです。あとはもう、みみっちいほどささやかな遺贈ばかりでした。執事と家政婦に、それぞれ印章つきの指輪と十ドル。で、甥っ子には千ドルというわけです」

「まあ、金《かね》についちゃ、きみはこれまで使いたい放題に使ってきたからな」ブライスン翁は見てきたままを述べた。

「ええ、湯水のごとく」とジリアン青年は言った。「こと小遣いに関する限り、叔父はおとぎ話に出てくる親切な妖精でしたからね」

「ほかに相続人は?」とブライスン翁は尋ねた。

「いません」ジリアン青年は眉間に皺《しわ》を寄せて紙巻き煙草を見つめ、それからどこか苛立った様子で革張りの長椅子を軽く蹴った。「いや、叔父が後見人をしていたミス・ヘイドンがいましたよ。叔父の家に住んでるんですが、おとなしい娘で、音楽が好きで……叔父の友人だったという、なんとも気の毒な人物のお嬢さんです。言い忘れてましたが、彼女もあの冗談みたいな〝印章つきの指輪と十ドル〟組のひとりです。どうせなら、ぼくもそっちのほうがよかったな。そっちなら、辛口のシャンパンを二本も空けちまえば、めでたく一件落着ですからね。指輪はチップ代わりに給仕の坊やにくれてやりゃいい。いやだな、ブライスン翁、そんな先輩面して。あまりぼくに恥をかかせないでくださいよ。教えてください、人は千ドルでいったい何ができるのか」

ブライスン翁は眼鏡を拭きながら笑みを浮かべた。ブライスン翁が笑みを浮かべたということは、それまでにも増して攻撃的になる心積もりでいるということを意味する。ジリアン青年もそれは心得ていた。

「千ドルといえば」ブライスン翁は言った。「大した金額でもあるし、取るに足らない金額でもある。千ドルあれば、それで楽しいわが家を手に入れて、ロックフェラーを笑い飛ばすこともできるだろうし、病弱な奥方を南部に避寒に行かせて健康体にしてやることもできるだろう。また、六月、七月、八月の三カ月間、百人の赤ん坊に混ぜもののない純正なミルクを買ってやって、そのうちの五十人の生命を救ってやることもできるだろう。はたまた、それを原資《もとで》に、どこぞのカジノでトランプ賭博をやるなりして小半時ばかり気晴らしをすることもできなくはない。あるいは、向学心に燃える名もなき少年の教育費に充てることもできる。そう言えば昨日、どこだかの競売会に本物のコローが出品されて、その値段で落札されたとかいう話も小耳に挟んだ。ああ、それに、ニュー・ハンプシャーあたりの小さな町に引っ越して、二年ぐらいのあいだ、まずまず見苦しくない暮らしを営むって手もある。でなけりゃ、マディソン・スクエア・ガーデンを一晩借り切り、聴衆に向かって――まあ、運良く聴衆がいてくれたとすれば、だが――推定相続人という立場の不確実性について一席ぶつ、なんて使い方もできる」

「そう、その説教癖がいけないんですよ、ブライスン翁」いつ何時、いかなる場合でも苛立つことのないジリアン青年は言った。「それさえなければ、もっと人から好かれるようになりますよ。ぼくが訊いたのは、叔父から相続した千ドルの使い途です。その千ドルでぼくに何ができるか？」

「きみに？」ブライスン翁はそう言うと、物柔らかに小さく笑い声をあげた。「それなら、ボビー・ジリアン、理論的に考えてきみにできることはひとつしかないよ。その金《かね》でミス・ロッタ・ローリアにダイアモンドのペンダントでも買ってやってから、きみ自身はアイダホあたりに引っ込んで牧場の居候になることだ。できれば羊牧場を選ぶことをお薦めするよ。わたしはとりわけ羊が嫌いだから」

「いや、助かりました」ジリアン青年は礼を言って立ちあがった。「あなたなら頼りになると思ってたんだ。まさに名案ですよ、ブライスン翁。この金《かね》は、できれば一度で使い切ってしまいたいと思ってたんです。何しろ、決算書なんてものをこしらえて使途を報告しなくちゃいけないもんで。細かい使い途をいちいち書き出すなんて、考えただけでぞっとしますからね」

ジリアン青年は電話で馬車を呼び、駆者《ぎょしゃ》にこう言った。

「コロンバイン劇場の楽屋口まで」

ミス・ロッタ・ローリアは、観客がどっさり詰めかけてきている昼の部の公演に備えて、舞台用の顔をこしらえ、白粉《おしろい》のパフで仕上げをしているところだった。支度はあらかた整っていて、あとは呼び出しの声がかかるのを待つばかりとなったとき、専属の衣装係がジリアン氏の名前を伝えてきた。

「お通しして」とミス・ローリアは言った。「あら、ボビー、どうしたの？　あたし、あともう二分で出《で》なんだけど」

「右の耳をちょっとこっちに」批評家のような口調でジリアン青年は言った。「ああ、それでいい。ぼくの用件は二分とかからないからね。ひとつ訊きたいんだ、あの首から提げるペンダントってやつなんだけど、それに関してきみには何か好みとか注文とかあるかい？　こちらが提示できる予算は、ゼロが三つで、先頭の数字は一だけど」

「まあ、なんでも嬉しいわ、あなたが選んでくれるものなら」ミス・ローリアは歌うように言った。「アダムズ、右の手袋を取って。そうそう、ボビー、このあいだの晩、デラ・ステイシーがしていたネックレスを見た？　ティファニーのお店で二百二十ドルもしたんですって。でも、もちろん――待って、アダムズ、このサッシュをもうちょっと左に引っぱってちょうだい」

「ローリアさん、幕開きのコーラス、お願いします！」楽屋のそとで呼び出し係の少年が叫んだ。

ジリアン青年は悠揚迫らぬ足取りでそとに出ると、待たせてあった馬車のところまで戻った。「もし千ドルあったら、きみならどうする？」と馭者に尋ねた。

「酒場を開くね」馭者はしゃがれ声で即座に言った。「実はいい場所を知ってんですよ。酒場をやったら、もうがっぽがっぽ儲かること間違いなしってとこを。通りの角にある、四階建ての煉瓦造りの建物なんだけどね。で、あっしなりにいろいろ考えてこんな計画を立ててみた。二階は中華料理とチャプスイ屋、三階は爪の手入れをしてくれる店と伝道活動をしてる団体の本部に貸して、四階は撞球場にするんです。だんなが本気なら、本気で考えてもいいってことなら――」

「とんでもない」とジリアンは言った。「好奇心から訊いてみただけだよ。この馬車を時間決めで借りたい。ぼくが停めろと言うまで走らせてくれないか？」

ブロードウェイを八ブロックほど走ったところで、ジリアン青年は馭者台との仕切り板をステッキで叩いて馬車を停めさせ、通りに降り立った。盲目の男が歩道に置いた腰掛けに坐って、鉛筆を売っていた。馬車から降りたジリアンは、その男のまえで足を止めた。

「失礼ですが」と声をかけた。「ひとつお尋ねしたいことがあるんです。もし千ドルあったら、あなたならどうしますか？」

「あんたは、今そこに停まった馬車から降りてきなさったお人だね？」と盲目の男は言った。

「ええ、そうです」とジリアン青年は答えた。

「昼日中から馬車を乗りまわせるご身分のお人なら——」と鉛筆売りの男は言った。「そのままとんずらこかれちまう心配もなさそうだ。よかったら、ちょいとこいつを見てもらえますかい」

男はコートのポケットから小さな手帳のようなものを取り出して、ジリアン青年に差し出した。開いてみると、銀行の預金通帳だった。盲目の男の口座には千七百八十五ドルの差引残高があることが記されていた。

ジリアン青年は通帳を返し、再び馬車に乗り込んだ。

「用事を思い出した」と彼は言った。「トルマン・アンド・シャープ法律事務所に行ってくれ——ブロードウェイだ」

弁護士のトルマンは金縁の眼鏡越しに、宿敵《かたき》を見るような眼を向けることで、ジリアン青年の来訪の用向きを尋ねた。

「お邪魔して申し訳ない」ジリアン青年は悪びれた色もなく言った。「ひとつ教えてほしいことがあるんです。教えてもらっても差し支えないことだと思うんだけど。ミス・ヘイドンのことですが、叔父の遺言では彼女に印章つきの指輪と十ドルのほかにも何か遺されているんでしょうか?」

「いや、それだけです」とトルマン氏は言った。

「そうですか。いや、忙しいところ、どうもありがとう」ジリアン青年はそう言うと、事務所を出て馬車のところに戻り、馭者に亡くなった叔父の家の所番地を告げた。

ミス・ヘイドンは書斎で手紙を書いていた。小柄でほっそりとした身体つきの女で、黒い服を着ていた。だが、彼女に会った人は、何よりもその眼に、惹きつけられるものを感じるはずだ。ジリアンは例によって例のごとく、この世の営みを他人事《ひとごと》として傍観する者の浮游感をまとって、ふらりと書斎に入っていった。

「今し方、トルマン氏の事務所に寄ってきたんだけど」とジリアン青年は説明した。「ちょうど叔父の遺言に関するもろもろの書類を検討しなおしているところでした。それで見つかったんです、叔父の遺言状に——」ジリアン青年は懸命に記憶をたぐり、あるしかるべき法律用語を探し当てた。「——修正条項というか、補遺というか、いわゆる一種の付け足しがあるってことがわかった。要するに叔父貴は気が変わったんです。あとから考えなおして、あなたにはもうちょっと気前よくしてもいいと思ったんでしょうね、もう千ドルほど遺すことにしたらしいんです。ぼくがたまたまこっちのほうに用事があったもんだから、だったらついでにその分を届けてもらえないかとトルマン氏に頼まれましてね。これがその金《かね》です。確認してください、まちがいなく千ドルあるかどうか」ジリアン青年は紙幣の束を、机のうえの、ミス・ヘイドンの手のすぐ横に置いた。

ミス・ヘイドンの顔から血の気が引いた。「まあ……」と彼女は言った。それからまた「まあ……」と言った。

ジリアン青年は半分だけ背を向けると、窓のそとに眼を遣った。

「たぶんご存じだと思いますが」彼は低い声で言った。「実はあなたのことを愛しているんです」

「そういうことは……」ミス・ヘイドンは口ごもり、金《かね》を手に取った。

「言うだけ無駄、ですか？」ジリアン青年は、むしろさばさばしたような口調で言った。

「……ごめんなさい」とミス・ヘイドンは言った。

「迷惑でなければ、ここで短い手紙を一通だけ、書かせてもらいたいんだけど」ジリアン青年は笑みを浮かべてミス・ヘイドンに許可を求めると、書斎用の大きな書き物机についた。ミス・ヘイドンは彼に紙とペンを渡し、自分の書き物机のところに戻った。

ジリアン青年は、叔父に遺贈された千ドルの使途に関する報告書を、次のようにしたためた。

一族のもてあまし者、黒い羊のロバート・ジリアンは、永遠の幸福を手に入れるため、天の導きにより、この世で最も善良にして最も慕わしい婦人に、千ドルを支払ったものである。

この書きつけを封筒に入れ、ミス・ヘイドンに軽く頭を下げて、ジリアン青年は叔父の家をあとにした。

彼を乗せた馬車は、再びトルマン・アンド・シャープ法律事務所のまえで停まった。「例の千ドル、きれいさっぱり使い切ってきましたよ」ジリアン青年は金縁眼鏡のトルマン氏に向かって快活な口調で言った。「それで、約束どおり、その使途に関する決算報告書ってやつを持ってきました。戸外《そと》はもうすっかり夏ですね、トルマンさん——おや、そんなことはない、ですか?」ジリアン青年は弁護士の机に白い封筒を置いた。「その封筒に、当該資金の費消における使途の覚え書きが入ってます」

だが、トルマン氏は封筒には触れずに席を立ち、ドアのところまで行って事務所の共同経営者であるシャープ氏を呼んだ。そして、ふたりして巨大な金庫という洞窟の踏査に乗り出した。そして、その成果として蠟《ろう》で封印された大判の封筒を持ち帰った。ふたりの弁護士は封印を力強く破り、中身を取り出すと、眼を通し、威厳たっぷりにうなずきあった。ふたりを代表して、トルマン氏が口を開いた。

「ジリアンさん」とトルマン氏は堅苦しい口調で言った。「実は、叔父上の遺言状には、補足書がありました。叔父上はそれを内密にわれわれに託されたうえで、遺言状にあった千ドルの使途について、あなたから綿密な決算報告が書面にて提出されるまでは、開封まかりならぬ、と厳命なさったのです。先刻、あなたはその条件を満たされたわけです。それで、わたしは共同経営者と共にこの補足書に眼を通しました。難解な法律用語であなたの理解をさまたげるのは、わたしの本意とするところではないので、ここでは内容の要点だけをお知らせするに留めたいと思います。

先に遺贈された千ドルの使途により、報奨に値する資格ありと判断された場合、あなたには莫大な追加遺贈が為されることになっています。その判断を下す審査人として、シャープ氏とわたしが指名されておりますので、われわれは正義に則り、厳密に――しかしながら寛容の心をもって、その義務を遂行することをあなたに保証いたします。ジリアンさん、われわれとしてもあなたのなさることを、一事が万事否定的に解釈するつもりは毛頭ないということです。さて、補足書の内容に移りましょう。あなたに遺贈された千ドルの使途が、慎重に考えられた分別のあるもので、かつ利己的ではなく他者を尊重するものであると判断された場合、われわれはあなたに、その目的のために当方に保管している五万ドル相当の債券をお渡しする権限を有しています。しかし、万が一、あなたに遺贈された千ドルが――当方の依頼人である故ジリアン氏が明確に規定なさっているように――従来と同じように費消されていた場合は――故ジリアン氏のことばを引用させていただくなら――好ましからざる連中と不《ふ》埒《らち》なる事共に蕩尽《とうじん》せし場合は、この五万ドルはただちに、故ジリアン氏の被後見人であるミス・ミリアム・ヘイドンに贈られることになっています。それでは、ジリアンさん、シャープ君とわたしとで、千ドルの使途についてのあなたの決算報告を検討することにします。書面にしていらしてますね？　われわれの判断を信頼していただけるものと思っていますよ」

トルマン氏は手を伸ばして封筒を取ろうとしたが、一瞬の差でジリアン青年のほうが素早かった。彼は決算報告書の入った封筒を取りあげると封筒ごと悠然と引き裂き、細長い紙切れの束にしてポケットに押し込んだ。

「いや、それには及びません」晴れやかな笑みを浮かべて、ジリアン青年は言った。「こんなことでおふたりを煩わせては申し訳ない。それに、ごらんになったところで、おわかりになるとも思えませんからね、賭け金の内訳を詳細に書き出したリストなんて。そう、あの千ドルは競馬で擦《す》ってしまったんです。では、おふた方、ごきげんよう」

ジリアン青年が事務所を去ると、トルマン氏とシャープ氏は顔を見合わせ、嘆かわしげに首を横に振った。廊下のほうから、エレヴェーターを待つジリアン青年の、なんとも陽気な口笛が聞こえてきたのだった。

伯爵と婚礼の客
The Count and the Wedding Guest

ある晩、アンディ・ドノヴァンが二番街にある下宿先で夕食の席につくと、下宿屋の女主人のスコット夫人から新しい下宿人を引き合わされた。ミス・コンウェイという若い婦人だった。ミス・コンウェイは小柄で、慎ましやかな娘だった。地味な暗褐色の無地のドレスを着て、さしたる興味もなさそうに、物憂げに料理の皿に視線を落としていた。その伏せた瞼《まぶた》を遠慮がちにあげると、冷静でいかにも賢そうな眼差しを一瞬だけドノヴァン青年に向け、礼儀正しく彼の名前をつぶやいてから、また羊肉《マトン》料理に眼を戻した。ドノヴァン青年は、彼の立場を社交的にも事業的にもまた政治的にも日々向上させるのに大いに役に立っている、あの慇懃《いんぎん》で優雅な雰囲気と晴れやかな笑顔で挨拶を返した。そして、嗅ぎ煙草色のドレスの娘の存在を、心のメモ帳から消し去った。

その二週間後、アンディ・ドノヴァンが正面玄関の階段に腰を降ろして葉巻を楽しんでいたときだった。頭のうえのほうで、柔らかな衣擦れの音がした。彼は音のしたほうを振り向き——振り向いたままになってしまった。

玄関のドアから出てきたのは、ミス・コンウェイだった。彼女は夜の闇のように黒い、クレープ……クレープ・デ……ええと、ほら、あの黒い薄手の布地……あれでできたドレスを着ていた。帽子も黒で、その帽子の縁から蜘蛛《くも》の巣のような、薄い靄《もや》のような黒いヴェールが垂れさがり、緩やかに波打っていた。階段のところでいったん足を止め、ミス・コンウェイは手袋をはめた。シルクの黒い手袋だった。彼女の出で立ちに、白いものやら色物やらは、ただのひとつも用いられていなかった。豊かなブロンドの髪もウェーブが目立たないよう滑らかに梳《と》かしつけ、首筋のところで束ねてつややかな髷《まげ》に結っていた。よく見ると、美しいというより、むしろ平凡な顔立ちをしていたが、今はその大きなグレイの眼に浮かんだ悲しみと憂いに満ちた訴えかけるような表情のせいで、あるいは通りの向かい側の家並みを越えてはるか遠くの空を眺めやる眼差しのせいで、何やら魅力が増していた。美しいといってもいいぐらいだった。世のお嬢さんがた、お察しいただきたい。頭のてっぺんから爪先までそれこそ全身黒ずくめで――それも、できればクレープ・デ……ああ、そうそう、クレープ・デ・シン……そのクレープ・デ・シンの布地をまとってみるのである。で、その黒ずくめの衣装で、悲しげな、どこか放心したような表情を浮かべて、つややかに撫でつけた髪（もちろん、これはブロンドでなくてはいけない）に黒いヴェールをかぶり、自分の若さはもう枯《か》れ萎《しぼ》んでしまったのだから今すぐにでも三段跳びで人生の敷居を跳び越えてしまいたいと思っているけれど、でも、公園を散歩でもすれば少しは気も晴れるかもしれないとでも言いたげな風情で、ここぞというタイミングでさりげなくドアから姿を現してみたら――どんな殿方の心であろうと、まちがいなく捕らえることができようものを。いや、しかし、これは筆者が稀代の皮肉屋であることを割り引いたとしても、あまりに薄情な言いようかもしれない――喪服のことをこんなふうに言ってしまうというのは。

ドノヴァン青年は、すぐさま心のメモ帳を開いて、ミス・コンウェイの名前をあらためて書きつけた。そして、一インチと四分の一ほど残っていた吸いさしの葉巻を、あとまだたっぷり八分間は楽しめたはずだったけれど、思い切りよく投げ捨て、急いで身体の重心を、エナメル革の短靴に移した。

「天気もいいし、気持ちのいい夕方ですね、コンウェイさん」ドノヴァン青年は自信に満ちた、やけにきっぱりした口調で言った。気象局が聞きつけたら、すぐさま快晴の印である白くて四角い気象信号旗をマストのてっぺんまで高々と揚げて、そのまま釘で固定しかねないところだった。

「でしょうね、ドノヴァンさん、楽しむ心を持ってらっしゃる方には」ミス・コンウェイはそう言うと、ひとつ溜息をついた。

ドノヴァン青年は、晴れあがった夕空を、心のなかで呪った。なんと思い遣りのない天候だろうか！　ミス・コンウェイの心情を慮《おもんぱか》れば、霰《あられ》を撒き散らし、寒風を吹かせ、雪を降らせてしかるべきところだろうに。

「もしかして、お身内に……ご不幸でも？」ドノヴァン青年は思いきって尋ねた。

「亡くなったのは――」ミス・コンウェイは、ためらいがちに言った。「――身内の者ではありません。わたしにとっては、もっと……でも、ドノヴァンさん、悲しみの押し売りはしたくありませんから」

「押し売り？」ドノヴァン青年は異議を申し立てた。「何を言うんです、コンウェイさん、ぼくは歓んで……いや、その、つまり、心からご同情申しあげますよ。ええ、これだけは断言してもいい、今のぼく以上に心からあなたに同情できる者はほかにいません」

ミス・コンウェイは小さな笑みを浮かべた。その笑みのなんと淋しそうなこと。笑みを浮かべていないときよりも、なおさら見る者の哀れを誘う。

「〝笑え、されば世は汝とともに笑わん。泣け、されば人は汝に笑いを与えん〟ってことね」詩人のことばを借りて、[13]ミス・コンウェイは言った。「それが今になって身にしみてわかりました、ドノヴァンさん。この市《まち》にはお友だちもいないし、知り合いと呼べる人もいません。でも、あなたはいつもとても親切にしてくださるわ。感謝申しあげてます、心から」

ドノヴァン青年は食事のときに二度ばかり、彼女に胡椒《こしょう》をとってやったことがあった。

「ニューヨークでひとり暮らしをしていくのは、なかなかたいへんです――それを否定しようとは思いません」ドノヴァン青年は言った。「でも……そう、この小さな古い市《まち》はいったん打ち解けて親しくなってしまえば、あとはもう果てしなく寛大です。どうです、コンウェイさん、公園でも散歩なさってみたら？　鬱《ふさ》いだ気持ちもいくらかは軽くなるかもしれない。よければ、ぼくが――」

「ありがとうございます、ドノヴァンさん。胸に憂鬱を溜め込んでいる人間がご一緒でもかまわないと思ってくださるのなら、歓んでお伴します」

ふたりはダウンタウンに昔からある公園に足を向けた。周囲に鉄柵をめぐらせたその公園の開放中の門を抜け、かつて選ばれた人々が散策を楽しんだ場所を歩き、途中で静かなベンチを見つけた。

若者の悲しみと年寄りの悲しみには、次のような違いがある。若者の悲しみは、分かち合う者がいればその者が分かち合った分だけ軽くなる。年寄りの場合は、その悲しみを他者に分け与え、さらに分け与えても、最初に抱えていた悲しみは決して軽くならない。

13　ジャーナリストでもあったアメリカの詩人、エラ・ウィーラー・ウィルコックスの詩のもじり。

「亡くなったのは、わたしの婚約者《いいなずけ》です」一時間ほどして、ミス・コンウェイは打ち明けた。「来年の春に結婚することになってたんです。こんなことを言っても信じていただけないかもしれないけれど、でも、その人は伯爵なんです――正真正銘の伯爵なんです、ドノヴァンさん。イタリアに領地とお城を持っていて、名前はフェルナンド・マッツィーニ伯爵というんです。品があって洗練されてることにかけて、はっきり言ってあの人以上の人を見たことがありません。父は、もちろん、反対しました。駆け落ちまでしたのに、父が追いかけてきて、連れ戻されてしまいました。そのときは父とフェルナンドとで決闘になるんじゃないかと思ったわ。父は貸し馬と貸し馬車の仕事をしてるんです――ポーキプシという町で。

それでも父も最後には許してくれました。来年の春になったら結婚してもいいと言ってくれたんです。フェルナンドが証拠の書類を見せたんで、父もあの人の称号や財産が嘘じゃないって納得したんでしょう。新生活に備えてお城に手を入れるため、フェルナンドはイタリアに帰ることになりました。父はとても気位の高い人なんで、フェルナンドがわたしのお嫁入り支度の費用に何千ドルか贈りたいと言ってきたときも、それはもうものすごい剣幕で撥ねつけてしまって。指輪はおろか、贈り物をいただくことすら許してもらえませんでした。そうしてフェルナンドが船でイタリアに発ってしまうと、わたしはこの市《まち》にやって来て、キャンディ・ストアのレジ係の仕事を見つけました。

ところが三日前に、イタリアから手紙が届きました。正確にはポーキプシから転送されてきたんです。フェルナンドが、ゴンドラの事故で死んだという知らせでした。だからなんです、わたしがこうして喪服を着ているのは。わたしの心は、この先ずっと永遠に、あの人のお墓のなかにあるものと思ってください、ドノヴァンさん。せっかく誘ってやったのにずいぶん陰気臭いことを言うやつだとお思いになるかもしれないけど、でも、わたしはもう、相手がどんな方であってもそちらに気持ちを向けることができないんです。だとしたら、これ以上あなたをお引き留めすべきじゃないわね。陽気な気分に戻って、ちゃんと笑顔を見せてくれるお友だちと楽しいひと時を過ごしていただかないと。そろそろ下宿に戻りたいと思ってらっしゃるんじゃありません？」

さて、世のお嬢さんがた、若い男が今にも鶴嘴《つるはし》とシャベルを手にせんばかりにしゃかりきになるところを見たければ、自分の心は別の男の墓のなかにあるのだと言うだけで事足りる。若い男というものは、そもそもが墓泥棒なのだ。夫に先立たれたご婦人なら誰でもいい、その人に尋ねてみたまえ。クレープ・デ・シンをまとって泣き濡れる天使たちに、求愛という失われてしまった営みを思い出してもらうべく、あれやこれやの試みが男たちによってなされたはずだから。死んだ男というのは、真《まこと》にもって踏んだり蹴ったりである。

「なんとお慰めすればいいのか……」ドノヴァン青年は優しく言った。「いや、まだ下宿に戻るにはおよびません。それに、コンウェイさん、この市《まち》には友だちがいないなんて言わないでください。ほんとに、なんとお慰めすればいいのか……。でも、これだけは信じてほしい、ぼくはあなたの友だちです。あなたの力になりたいと思ってます」

「このロケットに写真を入れてるんです」ハンカチで涙を拭いてからミス・コンウェイは言った。「誰にも見せたことはなかったんだけど、あなたにはお見せするわ、ドノヴァンさん。本当のお友だちだって信じられる方だから」

ミス・コンウェイが開けてみせたロケットのなかの写真を、ドノヴァン青年は多大なる関心を持って長いこと眺めた。マッツィーニ伯爵は関心を持たれるに値する顔立ちをしていた。髭は蓄えていなかったが、いかにも知的で、才気煥発としていて、美丈夫と言ってもよさそうな顔立ち——仲間内で指導者的存在と見なされていそうな、包容力に富んだ朗らかで大らかな人柄を思わせる顔立ちをしていた。

「部屋には、額に入れたもっと大きな写真があります」とミス・コンウェイは言った。「下宿に戻ったら、お見せしますわ。フェルナンドを偲《しの》ぶよすがは、もう、その写真とこのロケットに入れてる写真しかありません。でも、あの人はわたしの心のなかでいつまでも生き続けてます。それだけははっきりと言い切れる自信があります」

ドノヴァン青年は、実になんとも微妙な課題に取り組むことと相成った——不運な伯爵をミス・コンウェイの心から追い出し、その後釜に坐るという課題である。ミス・コンウェイを讃美する気持ちが、ドノヴァン青年をしてその課題を実行に移す決意を固めさせた。課題の困難さに臆するところは、彼に限ってはなさそうだった。ドノヴァン青年は試みに、思い遣りに満ちた快活な友人という役所《やくどころ》を演じてみることにした。そして、それを見事に演じきった。おかげで、そのあと半時間ほど、ミス・コンウェイの大きなグレイの眼は依然として悲しみの色を浮かべてはいたものの、ふたりはふたつのアイスクリームの皿を挟んで、睦《むつ》まじくことばを交わしたのだった。

その日の夕方、下宿屋の玄関ホールで別れるまえに、ミス・コンウェイは二階に駆けあがり、大切そうに白い絹のスカーフにくるまれた額縁入りの写真を抱えて降りてきた。ドノヴァン青年は、なんとも表現しようのない眼で、その写真を見つめた。「イタリアに旅立つまえの晩に、あの人から手渡されたものなんです」とミス・コンウェイは言った。「ロケットの写真は、この写真をもとに作らせました」

「立派な風采に恵まれてる」ドノヴァン青年は思ったとおりのことを口にした。「ところで、コンウェイさん、今度の日曜日なんですが、午後からコニー・アイランドにご一緒できたら嬉しいのですが、ご都合は?」

一カ月後、ふたりは下宿屋の女主人のスコット夫人とほかの下宿人たちに向かって、ふたりが婚約したことを発表した。ミス・コンウェイは、それでもまだ黒いドレスを着続けていた。

この発表から一週間後、ふたりはダウンタウンの公園のいつかと同じベンチに腰を降ろしていた。風に揺れる木の葉が月の光を搔《か》き乱し、世に出たばかりのころの映画の画面のようにふたりの姿にちらちら瞬く影を投じていた。なのに、ドノヴァン青年は、その日は一日じゅう心ここにあらずといった様子で浮かない顔をしていた。その夜の彼があまりにも無口なので、恋する唇は恋する心の発する疑問を、それ以上はもう抑えていられなくなった。

「どうなさったの、アンディ？　今夜のあなたはずいぶん無口で、ずいぶん機嫌が悪そうね」

「なんでもないよ、マギー」

「なんでもなくなんかないわ。わたしにわからないと思う？　こんなことはこれまで一度もなかったもの。どうなさったの、ほんとに？」

「大したことじゃないよ、マギー」

「いいえ、そんなはずがない。わたし、知りたいの。ああ、きっと誰かほかの娘さんのことを考えてるのね。いいのよ、それならそれで。その娘さんのことが好きなら、その人のとこに行けばいいじゃないの。悪いんだけど、その腕をどけてちょうだい。お願いだから」

「それなら言おう」ドノヴァン青年は慎重に言った。「でも、たぶん一から十までわかってもらえるとは思わないけど。マイク・サリヴァンって名前を聞いたことはないかな？　巷《ちまた》では〝傑物《ビッグ》マイク〟サリヴァンって呼ばれてるんだけど」

「いいえ、知らないわ」マギー・コンウェイは言った。「それに、あなたのご機嫌がこんなふうに斜めなのがその人のせいだって言うんなら、そんな人のことは別に知りたいとも思いません。どういう人なの、その人?」

「ニューヨークきっての大立者だ」アンディ・ドノヴァンは、ほとんど崇拝していると言ってもいいような口調で言った。「相手が不正な手段で市政を牛耳ろうとするタマニー派の連中だろうと、政界の古株どもだろうと、臆することなく自分のやろうと思ったことをやる人だ。体格も立派でね、背丈は一マイル、横幅はイースト・リヴァーの川幅と同じだとも言われてる。おまけにその〝傑物《ビッグ》マイク〟に逆らうようなことをひと言でも言おうものなら、二秒とたたないうちに百万人の男から鎖骨を踏みつぶされる羽目になる。何しろ〝傑物《ビッグ》マイク〟がちょっと古巣に舞い戻っただけで、その土地の大物連中がこぞって、兎が穴に引っ込むみたいに鳴りを潜めちまったぐらいだから。

実は、その〝傑物《ビッグ》マイク〟と、ぼくは親しくさせてもらってる。もちろん、人望とか影響力ってことで言えば、ぼくなんか足下にも及びやしないんだけど、マイクは力のある連中だけじゃなく、なんの取り柄もなさそうな凡人や貧しい者とも親しく友だちづきあいをするんだよ。で、今日、そのマイクにたまたまバワリーで行き合わせたんだけど、どうなったと思う？　マイクのほうから近づいてきて、ぼくの手を握ってこう言うんだよ。『アンディ、おまえさんの働きぶりをずっと見てきたが、果たすべき職務を実に手堅く果たしてくれてるし、仕事ぶりにも光るものがある。今やおまえさんはわたしの自慢の懐刀だ。どうだね、ちょいと一杯やろうじゃないか』──マイクは葉巻を吸い、ぼくはハイボールを呑んだ。そのとき、二週間後に結婚するってことを話したんだ。すると、マイクはこう言った。『招待状を送ってくれ、アンディ。そうすりゃ、忘れないだろうから。わたしも出席させてもらうよ』──ぼくに向かってそう言ったんだよ、あの〝傑物《ビッグ》マイク〟が。それにマイクは言ったことは必ず実行する人なんだ。

マギー、きみにはわからないだろうけど、〝傑物《ビッグ》マイク〟サリヴァンがぼくたちの結婚式に出席してくれるなら、ぼくは片腕をもがれてもいいとさえ思ってる。きっとぼくの人生で最も誇らしい日になるだろう。マイクが結婚式に出席してくれるってことは、出席してもらった男には一生の運が開けるってことだからね。そう、だからなんだ。ぼくが今夜、ふてくされた顔をしてるとしたら、それが理由だよ」

「その方がそれほど素晴らしい人物なら、招待なされればいいじゃない？」マギー・コンウェイは屈託なく言った。

「いや、招待できないわけがあるんだ」アンディ・ドノヴァンは悲しそうに言った。「出席してもらっちゃ困る理由があるんだよ。でも、その理由は訊かないでほしい。ぼくの口からは言えないことなんだ」

「そう？　ならば訊かないわ」とマギーは言った。「きっと何か政治に関係したことなんでしょうから。でも、それは、あなたが笑顔を見せてくれない理由にはならなくてよ」

「マギー」しばらくしてアンディ・ドノヴァンは言った。「きみはぼくのことを想ってくれてるかい？　きみが以前にあの人を――マッツィーニ伯爵を想っていたのと同じぐらい大切に想ってくれてるかい？」

ドノヴァン青年は長いこと待ったが、マギー・コンウェイは返事をしなかった。ややあってドノヴァン青年の肩にもたれかかったかと思うと、いきなり声をあげて泣きはじめた――涙にむせび、身を震わせ、彼の腕をぎゅっとつかみ、クレープ・デ・シンを濡らしながら、マギーは激しく泣きじゃくった。

「おいおい、どうした？」自分の悩みをそっちのけにして、ドノヴァン青年はなだめにかかった。「何をそんなに泣いてるんだい？」

「アンディ」マギーはしゃくりあげた。「わたし、嘘をついてたの。これを言っちゃったら、わたしなんかとはもう結婚したくなくなっちゃうだろうし、愛してもらえなくなるに決まってる。でも、やっぱり本当のことを言うべきだと思って……。アンディ、伯爵なんていないの。そんな人、存在すらしてないのよ。わたしには恋人なんていなかった、これまでひとりも。でも、世の中の女の子たちにはみんな恋人がいて、みんな恋人の話をするでしょう？　そうすると男の人たちは、そういう子たちにますます惹かれていくように思えたの。それに、アンディ、わたし、黒いドレスがよく似合うのよ――それはあなただって認めてくださるでしょう？　だから写真屋さんに行ってあの写真を買って、ついでにロケットに入れられるサイズのものも作ってもらったの。そして伯爵の話をでっちあげたのよ。婚約者の伯爵に死なれてしまったって話を。そうやっていつも黒いドレスを着てられるようにしたの。でも、嘘つき女は誰にも愛してもらえない。アンディ、あなただって、こんなわたしには愛想が尽きたでしょう？　わたし、恥ずかしくて死んでしまいたい。好きな人なんてあなた以外に誰もいなかったのに――これで全部よ、全部話したわ」

ところが、押しのけられるものと思いきや、マギー・コンウェイはドノヴァン青年の腕に強く抱き締められるのを感じた。見あげると、アンディ・ドノヴァンは晴れやかな笑みを浮かべていた。

「アンディ、わたしを……わたしを許してくれるってこと？」

「もちろん」とアンディ・ドノヴァンは言った。「そんなのはどうだっていいことじゃないか。伯爵には改めて墓場にお引き取り願おう。マギー、きみのおかげで何もかもきれいさっぱり解決した。結婚式までにはきっと打ち明けてくれると思ってたけど……よくぞ言ってくれた。あっぱれだよ、マギー」

「アンディ」許してもらえたことが確信できると、マギーはいくらか決まり悪そうに小さな笑みを浮かべて言った。「伯爵の話だけど、本気で信じてくれてたの？」

「いや、それほどでもないかな」葉巻のケースを手探りしながら、アンディ・ドノヴァンは言った。「きみがロケットに入れてたあの写真ね、あれは〝傑物《ビッグ》マイク〟サリヴァンの写真なんだ」

しみったれな恋人
A Lickpenny Lover

市《まち》でいちばん大きな、その百貨店では、三千人の女子従業員が働いている。メイシーもそのひとりだった。年齢は十八、紳士用手袋売場の売子をしている。その売場で、メイシーは二種類の人間について、詳しく知るようになった——ひとつは百貨店で自分の手袋を買う紳士たち、もうひとつは不幸な紳士のために手袋を買ってやる婦人たちだ。人間に関するこの広範な見聞に加えて、メイシーは別の知識も身に付けていた。ほかの二千九百九十九人の女子従業員たちの叡智に富んだことばにじっと耳を傾け、マルタ島原産のあの青みがかった灰色の猫のように秘密主義で用心深い頭脳のなかに、それらをしまいこんでおいたのだった。天にましますイ造物主はおそらく、メイシーが賢明な相談相手に恵まれないことを見越して、ちょうど高価な毛皮の持ち主である銀狐に狡猾《こうかつ》さを与えたもうたように、メイシーにはその美貌と抱き合わせで、抜け目のなさという自衛的要素を混ぜ込んでおいてくれたのだろう。

そう、メイシーはすこぶるつきの美人だったのである。深い色合いのブロンドの髪に、落ち着いた物腰。その冷静で動じるところのない立ち居振る舞いは、のぞかれることなど意にも介さず、窓辺でバターケーキなんぞこしらえる一家の主婦の貫禄を思わせた。メイシーは売場のカウンターを担当していた。売場を訪れる紳士諸君は、手袋のサイズを測るために手を巻尺のうえに差し出すときには彼女の姿に青春の女神《へーべ》を思い浮かべ、そのあとふと眼をあげて見たときに、同じ娘がなんと知恵と武勇の女神《ミネルヴァ》の眼を持っていることに気づいて驚くのである。

メイシーは売場監督が見ていないと、果物の砂糖漬け《トゥティ・フルッティ》を嚙んでいた。売場監督が見ているときには、空を流れる雲でも眺めるように上目遣いになって、憂いをたたえた思わせぶりな笑みを浮かべた。

それがショップ・ガールの笑みというやつだ。心によほど硬い鎧《よろい》を着込んでいるか、キャラメルでもなめているか、あるいは気まぐれな愛の使者《キューピッド》の悪戯を軽く受け流すぐらいの気持ちの余裕があるか、いずれかの防御手段を講じておられないようなら、この手の笑みは避けたほうが無難だとここに強くご忠告申しあげておきたい。メイシーの場合、この手の笑みを浮かべるのは休憩時間に限られた。売場に出ているときに利用するような真似は慎んでいた。が、売場監督に対しては用いないわけにはいかなかった。何しろ相手は百貨店のシャイロックなのだ。店内を嗅ぎまわるときの彼の鼻の柱《ブリッジ》は、通行料を徴収する有料の橋《ブリッジ》だった。きれいな女の子のほうに眼を向けるとき、それは相手の異性としての関心を要求する流し眼か、もしくは相手の非を打つ「さっさと働け」の眼と相場が決まっている。もちろん、売場監督という人種がすべてそうだというわけではない。ほんの数日まえの新聞にも、御年八十過ぎの売場監督の記事が載っていた。

ある日のこと、市《まち》でいちばん大きな、この百貨店に、画家で、百万長者で、旅行家で、詩人で、自動車の持ち主でありその愛好家でもあるアーヴィング・カーターが偶然立ち寄った。当人のためにつけ加えておくと、自ら進んでやって来たわけではない。

彼のご母堂がブロンズやらテラコッタやらでできた小型の彫像に凝っていて、あちこち物色して歩いているという事情があり、アーヴィング・カーターとしては親孝行の義務に襟首をつかまれ、無理やりこの百貨店まで引きずってこられたようなものだったのである。

時間を有効に遣《つか》いたかったので、カーターは手袋売場に足を向けた。たんなる時間潰しや冷やかしではなく、必要に迫られて。その日はたまたま、手袋を持ってくるのを忘れたのである。しかし、彼のこの行動にそんな弁解がましい説明は不要かもしれない。そもそもアーヴィング・カーターには、手袋売場というのは女の子と疑似恋愛を楽しむところでもある、という発想自体がなかったからだ。

運命の場所に近づきかけたとき、カーターの足取りが鈍った。愛の使者《キューピッド》の仕事というにはあまりに低俗な光景に、不意に気づいたのである。なんとも不可解な光景だった。

きざな恰好をした軽佻浮薄の輩《やから》が三、四人、カウンターのうえに身を乗り出すようにして恋の仲介者である手袋をしきりにいじくりまわしていた。店員の女の子たちのほうも、くすくす笑いながら男たちに調子を合わせ、媚びを含んだ陽気なアルトを奏でていた。カーターは一瞬引き返すことも考えたが、そのときにはもう、あまりにもそばまで来てしまっていた。メイシーは、カウンター越しにカーターと向き合った。南氷洋を漂う氷山に夏の陽光がきらめくように、冷たく、美しく、温かなブルーの眼に物問いたげな表情を浮かべて。

とたんに、画家であり、百万長者であり、その他もろもろでもあるアーヴィング・カーターは、頭に血が昇り、顔がかっと熱くなるのを感じ、実際に彼の貴族的な顔の頬のあたりにうっすらと赤みが射した。だが、気後れを感じているわけではなかった。顔が赤くなったのは、もっぱら知的な分析に起因する。そのときふと、自分もあのふやけた連中と同列にいることに気づいてしまったからだった。くすくす笑っている女の子たちの気を惹きたくて、手袋売場のカウンターにへばりついている、平凡を絵に描いたようなあの若造たちとどこが違うというのか？　彼もまた心中密かに、手袋売場の女の子の好意をわがものとしたいと願い、三流どころの愛の使者《キューピッド》が提供するオーク材造りの逢瀬《おうせ》の台に寄りかかっているではないか。要するに彼も、そこらへんにいるビルやジャックやミッキーと少しも変わらないということだった。すると、そういう若者たちに対して、にわかに寛大な気持ちになった。同時に、これまで自分がなんの疑問も持たずに丸呑みして育ち、拠り所とも頼んできた慣例やら因襲やら規範やらに対して猛然と、怒濤のごとく、抑えようもなく軽蔑の念が湧き起こってきた。その酔ったような高揚感のなか、アーヴィング・カーターはこれっぽっちもためらうことなく、この完璧なる美の化身をわがものにしようと決意した。

代金を支払い、手袋を包んでもらったあとも、カーターはすぐにはその場を離れなかった。メイシーの薄紅色の唇の両端がきゅっと持ちあがり、えくぼが深くなった。手袋を買った紳士たちは、みんなこうして売場にぐずぐず居残るものなのだ。メイシーは片方の腕を軽く曲げ、シャツ・ブラウスの袖口からプシュケー[14]の素肌をのぞかせながら、カウンターの縁に肘を預けた。

カーターはこれまで一度も、その場を掌握できないような状況に陥ったことがなかった。ところが、このときばかりは、そこらへんにいるビルやジャックやミッキーよりもはるかに無様な、ぎこちない姿勢でその場に突っ立っていた。世にも美しいこの娘と親しく交際するきっかけが、まるでつかめなかったのである。ショップ・ガールというものについて、彼女たちの気質や習慣について、これまでに本で読んだり、人から聞いたりして得たなけなしの知識を、なんとか思い出そうと必死になった。ようやくひとつだけ、はなはだ心許《こころもと》ない記憶ではあったが、確か……彼女たちは人と知り合うときに正規の紹介の手続きを踏むことにさほどこだわらない場合もある、ということを、どこかで読むか、誰かに聞くかした覚えがあることに思い至った。この愛らしくて、見るからに純情そうな娘に、いささか型破りな方法でデートを申し込むことを思って、カーターの胸は激しく高鳴った。だが、その荒々しいほどの胸の鼓動が、却って彼の背中を押す結果となった。

あたりさわりのないことを話題に、なれなれしさと紙一重の気さくな口調で話しかけ、相手から如才のない返答を引き出すことを何度か繰り返したところで、カーターはカウンターに載せたメイシーの手のすぐそばに自分の名刺を置いた。

「厚かましいやつだとお思いになるかもしれませんが」と彼は言った。「失礼は許してください。でも、これきりになってしまうのは、あまりに残念すぎます。ぼくはどうしても、あなたにもう一度お目にかかりたいんです。ぼくが胡散臭《うさんくさ》い人間じゃないってことは、その名刺を見てもらえばわかると思います。最大限の敬意を込めてお

14　ギリシア神話でエロス（ローマ神話ではキューピッド）に愛された美少女。

願いします。どうか、ぼくの友人に——いや、あなたの友人のひとりに加えてください。その栄誉をぼくに与えてもらえないでしょうか?」

メイシーは男たちのことを——とりわけ手袋を買う男たちのことを、よく知っていた。だから、ためらいも迷いもせず、笑みをたたえた眼で相手の顔を真正面からのぞき込んで言った。

「いいわ。あなたは誠実そうだから。本当は知らない方とは一緒に出歩いたりしないんだけど。そういうのは、淑女のすることじゃないでしょう? それで、もう一度っていうのは、あなたのお心積もりではいつのことなのかしら?」

「できるだけ早く」とカーターは言った。「さしつかえなければ、まずはお宅をお訪ねして——」

メイシーは澄んだ美しい声で笑った。「いいえ、それは駄目!」ときっぱりした口調で言った。「あなたなんて、きっとひと目見るなり、びっくりしてひっくり返っちゃうもの。うちの家族は共同住宅に住んでるんです。三部屋しかないアパートメントに一家五人で。そんなところに男のお友だちをお連れしたりなんかしたら、母がどんな顔をするか」

「それなら、場所はどこでも」恋に落ちたカーターは言った。「あなたのご都合のいいところでけっこうです」

「だったら、そうね、こうしましょう」いかにも名案を思いついたという表情で、頬のあたりをうっすらと紅色に染めながら、メイシーは提案した。「木曜日の夜なら、たぶん都合がつくと思うから、七時半に八番街四十八丁目の角まで迎えにきていただけません？　あのすぐ近くに住んでるんです。でも、十一時までにはうちに帰らないと。十一時過ぎても出歩いてるなんて、母が絶対に許してくれませんから」

カーターに異存のあろうはずがなかった。必ず迎えに行く旨、歓び勇んで約束すると、急いでその場を離れ、ブロンズの月の女神《ダイアナ》像を買うのに息子の諒承を得ようと彼を捜しまわっていた母親に合流した。

眼が小さくて、丸まっちい鼻をした女店員がメイシーのそばに寄ってきて、親しい者同士の気安さでメイシーの顔を横目を遣ってのぞき込んだ。

「見るからにお金持ちって感じの人だったじゃない？　で、メイシー、うまいことお目に留めてもらえたわけ？」これまたなんの遠慮もなく訊いてきた。

「さっきの紳士のことなら、お宅をお訪ねしてもいいですかって訊かれたけど」少しばかりもったいぶってそう答えると、メイシーはカーターから貰った名刺をシャツ・ブラウスのポケットにそっと滑り込ませた。

「お訪ねしてもいいですか、なんて……！」小さな眼をした女の子はメイシーの口調を真似て言い、忍び笑いを洩らした。「で、ウォルドーフでお食事して、そのあとはぼくの自動車でドライヴしましょうって？」

「もう、馬鹿なこと言わないで」メイシーはうんざりした顔で制した。「あなたったら、こないだからなんでも話を大きくしちゃうんだから。あの消火ホースの運搬係だとかいう消防署の人に、チャプスイ屋さんに連れていってもらったもんだから、舞いあがっちゃってんのね。いいえ、あの人は、ウォルドーフなんてひと言も言ってません。でも、名刺には五番街の住所が書いてあったから、あの人が夕食をご馳走してくれるとしたら、少なくとも注文を取りにくる給仕が頭から辮髪《べんぱつ》を垂らしてるようなお店じゃないってことだけは確かね」

カーターは、小型自動車に母親を乗せて、市《まち》でいちばん大きな百貨店をあとにしたとき、胸に鈍い痛みを感じて唇を噛んだ。この世に生を受けて二十九年めにして初めて、恋の訪れを知ったのである。けれども、カーターとしてはその恋の相手が、あれほどあっさりと再会の約束に応じたことが、街角での待ち合わせを提案してきたことが、それはそれで不安になり、それは彼にとっては希望に向けての第一歩には違いないのに、不審と懸念に胸を掻き乱されるのだった。

彼は、このショップ・ガールのことを、まだ何も知らなかったのだ。彼女のうちが住まいとしては控えめに言ってもかなり手狭で、なのに親類縁者の類《たぐ》いが年がら年中押しかけてきていて、常に定員オーヴァーの状態にあることも知らなかったし、彼女にとっては街角が応接間であり、公園が居間であり、市《まち》の通りが庭園の散歩道であることも知らなかった。そんな住環境にありながら、当の彼女自身は、贅沢な私室で一日の大半を過ごすどこぞの令夫人のように折り目正しく暮らし、乙女の誇りを自ら捨ててしまうような真似は決してしない娘だということも。

ふたりが初めて出会ってから二週間後のある夕暮れ時、カーターとメイシーは小さな公園に足を向け、街灯にぼんやりと照らされた薄暗い小道を、腕を組んでそぞろ歩いた。木陰に人目につかないベンチを見つけ、ふたりはそこに腰を降ろした。

15　ニューヨークの一流ホテル、ウォルドーフ・アストリアのこと。

カーターは、そのとき初めて、彼女の背中にそっと優しく腕をまわした。メイシーは濃いブロンドの頭を静かに彼の肩にもたせかけた。

「ああ、すてき……」メイシーは満足そうに溜息をついた。「どうして、もっと早く、こうすることを思いついてくれなかったの？」

「メイシー」カーターは熱っぽく言った。ぼくは本気だ。「ぼくがきみを愛してるってことは、きみもうわかってくれてると思う。結婚してほしい。ぼくという人間のことはもう充分にわかっただろう？　信じられなかったり、疑わしかったりするところなんて、もうどこにもないだろう？　ぼくにはきみが必要だ。きみがいてくれなくちゃ、どうにもならないんだ。身分の差なんて、ぼくは気にしない」

「なんなの、その差って？」メイシーは怪訝《けげん》そうに尋ねた。

「いや、そんなものはない」カーターは慌てて言った。「ああ、そんなものは、愚かな人間どもの心のなかにあるだけだ。ただ、ぼくの力をもってすれば、きみにはかなり贅沢な暮らしをさせてあげられる。ぼくの社会的な地位については、これはもう疑いを差し挟む余地もないはずだし、ぼく個人の財産だって、遣いきれないほどあるし」

「男の人って、みんなそういうことを言うんだから」とメイシーは言った。「そうやって女をからかうのよ。あなただって、本当はお総菜屋さんあたりで働いてるんでしょう？　でなければ、競馬で稼いでるとか？　わたし、こう見えても世の中ってものを知らないわけじゃないのよ」

「納得できないって言うんなら、ちゃんと証拠を見せるよ」カーターは辛抱強く言った。「ぼくにはきみが必要なんだ。メイシーは、おもしろがっているような笑い声をあげた。

「あらまあ、あなたも？」メイシーは、初めてきみを見たときから、愛してしまったんだ」

「男の人って、みんな、同じことを言うのね。たまには、三度めに見たときに好きになった、なんて言う人でもいないかしら？　そしたら、わたしのほうもその人に恋をする気になるかもしれない」

「お願いだ、そんなことは言わないでくれ」カーターは懇願する口調で言った。「ぼくの言うことをちゃんと聞いてくれないか？　初めてきみの眼を見たときから、ぼくにとってこの世に女はきみしかいなくなってしまった」

「あなたって、ほんとにお上手《じょうず》」メイシーは笑みを浮かべた。「その台詞《せりふ》、これまで何人の女の子に言ってきたことやら」

けれども、カーターは粘りに粘った。そして、とうとう、このショップ・ガールのかわいい胸の奥底にひそんでいた、小さく震える傷つきやすい魂を探り当てたのである。その軽やかなしなやかさを最強の鎧《よろい》としていた彼女の心の芯の部分を、彼のことばが刺し貫いたのだ。メイシーは考えを巡らせる眼でじっと彼をみあげた。見つめるうちに、その冷たく滑らかな頰に、温かな赤みが拡がった。蛾《が》が羽を小刻みに震わせ、恐る恐るすぼめて花に留まるように、彼女は今にも愛のうえに舞い降りてこようとしているかのようだった。輝かしき未来のおぼろげな曙光《しょこう》が、その可能性のようなものが、手袋売場のカウンターの向こうから彼女の頭上に射し込んできたのである。カーターは変化の萌《きざ》しを感じ取り、機に乗じてもうひと押しを試みた。

「メイシー、ぼくと結婚してくれ」と低い声で囁いた。「結婚したら、こんな汚い大都会とはさよならだ。もっときれいなところがいくらでもある。仕事も用事も日々のわずらいも忘れて、毎日を長い長い休暇のように過ごすんだ。きみをどこに連れて行ったらいいか、もうちゃんと考えてある——ぼくがこれまでに何度も行ったことがあるとこだ。想像してごらんよ、常夏の海岸を。さざ波が寄せては返すきれいな砂浜。誰もが子どものように自由で幸福に暮らしてる。ぼくたちは船に乗って、そういう海辺の土地を訪ねてまわり、気が向いたところに好きなだけ滞在する。遠くの市《まち》には、壮麗な宮殿や美しい塔があって、すばらしい絵や彫刻がたくさん飾られている。その市《まち》は通りが水路になってて、そこを行き交う人々は――」

「知ってる」メイシーは、急に背筋を伸ばして坐りなおした。「ゴンドラに乗ってるんでしょう?」

「そうだよ」カーターは笑みを浮かべた。

「だろうと思ったわ」とメイシーは言った。

「ぼくたちの旅はまだ終わらない」とカーターは続けた。「まだまだ旅を続けて、世界じゅうの見たいものをすべて見てまわるんだ。ヨーロッパの都市を見てしまったら、次はインドに行って古代のままの街を訪ねてみようよ。象に乗って、ヒンドゥー教やバラモン教の世にも不思議な寺院を見てまわるんだ。それから、日本式の庭園や駱駝《らくだ》の隊商やペルシャの戦車競走や、そのほかにも異国のめずらしいものやら景色やらを片っ端から見物する。どうだい、メイシー、楽しそうだと思わないかい?」

メイシーは立ちあがった。

「そろそろ帰ることにしたほうがいいと思うわ」彼女はよそよそしく言った。「もうだいぶ遅くなっちゃったし」

カーターは敢えて反論しなかった。彼女の移り気な、薊《あざみ》の冠毛のようにふわふわとしたつかみどころのない気性も呑み込めてきていたし、それに逆らっても無駄だということもわかってきていた。それでも、勝利の嬉しい手応えも感じていた。ほんの一瞬ではあったけれど、絹糸のようなかぼそい糸でつなぐことしかできなかったけれど、あの野生のプシュケーの魂を捕まえることができたのだ。カーターの胸の希望は、さらに膨らんでいた。一度は彼女も妖精の翼をたたみ、その冷たい手で彼の手を取ろうとするところまでいったのだから。

翌日、市《まち》でいちばん大きな百貨店では、手袋売場のカウンターの角で、メイシーの同僚のルルーが待ち構えていた。

「ねえ、どうなの、あのすてきなお友だちとはうまくいってんの?」と彼女は尋ねた。

「ああ、あの人?」メイシーは、頰にかかる巻き毛の恰好を指先で整えながら言った。「あの人は駄目、お話にならないわ。だってね、ルルー、わたしにどうしろって言ったと思う?」

「女優になって舞台に立て?」ルルーは、想像を逞しくしすぎて息を切らしながら言った。

「まさか。あのしみったれがそんなこと言うわけないじゃない。ぼくと結婚してくれ、新婚旅行にはコニー・アイランド[16]に行こうって言ったのよ！」

16　ニューヨーク市ブルックリン南部の海岸にある庶民的な行楽地。海水浴場、遊園地などがあり、娯楽街も発達している。

1ドルの価値
One Dollar's Worth

メキシコとの国境近く、リオ・グランデ河沿い一帯を管轄とする、合衆国地方裁判所の判事は、ある朝届いた郵便物のなかに次のような手紙を発見した。

判事
おれを四年の刑で刑務所《ムショ》にぶち込むとき、てめえはご大層な演説をぶっこきやがった。情けのかけらもないことをあれこれ抜かしやがって、そのときにおれのことをがらがら蛇と呼んだだろう？　なるほど、確かにそうかもしれない——こうして鎌首もたげて毒口たたいてるんだから。刑務所《ムショ》に送られた一年後、おれの娘が死んだ。貧乏だったし、世間に顔向けできなくて小さくなって暮らしてたのがこたえたんだろうって、みんなそう言ってる。判事、あんたにも娘がひとりいたはずだ。だから、あんたにも、娘を亡くすってのがどういう気持ちがするもんか、思い知らせてやることにした。ついでに、こっちの言い分を鼻であしらい、コケにしやがった、あの口の減らない地方検事も毒牙にかけてやろうと思ってる。そう、このたび晴れて自由の身になったんでね。で、せっかくだから生まれ変わって、ほんとにがらがら蛇になってやったのさ。今じゃすっかりその気になってる。言いたいことはそれだけだ。こいつはおれからのご挨拶の〝がらがら〟だと思ってくれ。まあ、せいぜい用心するこった。いつ飛びかかるか、わからないからな。

敬具

がらがら蛇

ダーウェント判事は、その手紙を一読すると無造作に脇に押しやった。判決を申し渡した無法者どもからこの手の書簡を受け取るのは、判事にしてみれば珍しいことでもなんでもなかった。動揺することもなければ、不安を感じることもなかった。それでもあとでその手紙を地方検事の青年、リトルフィールドには見せておいた。脅迫状のなかにリトルフィールドのことが言及されていたからでもあるが、判事は自分自身はもとより、一緒に働く相手の身辺に関してもきわめて厳格で、どんなこともおろそかにはしない主義だったからだ。

リトルフィールド検事は、その手紙の書き手が吐き散らす毒を、自分自身に関する部分については侮蔑の笑みを浮かべて受け流したが、判事の娘に触れているところではいくらか眉をひそめた。検事は件《くだん》のナンシー・ダーウェントと、この秋、結婚することになっていたのである。

念のため、裁判所の書記官を訪ね、彼と一緒に過去の裁判記録を検《あらた》めた。その結果、問題の脅迫状は、四年まえ、国境付近を荒らしまわり最後には殺人罪で刑務所に送られた混血の暴れ者、メキシコ・サムが送りつけてきたものではないか、というところまで調べがついた。だが、検事というのは多忙を極める仕事で、いくつもの案件に追われるうちに、そのことはいつしか、リトルフィールドの頭のなかから押し出され、執念深い蛇が発した警告の〝がらがら〟も忘れ去られてしまったのだった。

折しもブラウンズヴィルで巡回裁判所が開廷されていた。審理に付される罪状は主に密輸、通貨ならびに有価証券の偽造、郵便局強盗、越境にまつわる各種の不法行為など。そのうちの一件は、メキシコ人の若者、ラファエル・オルティスが起こした事件の審判だった。偽造の一ドル銀貨を行使した現場を、知恵のまわる連邦保安官助手に押さえられたのである。ラファエル・オルティスに関しては、これまでにもたびたび斯《か》かる不正行為にまつわる嫌疑をかけられてきたのだが、裁きの庭に引きずり出せるだけの材料が揃ったのはこれが初めてだった。オルティスは留置場にぶち込まれた。留置場のなかでのんびりとくつろぎ、安煙草をふかしながら裁判の日を待っていた。彼を捕らえた連邦保安官助手は、キルパトリックといった。キルパトリックは証拠品である偽造の一ドル銀貨を裁判所内にある地方検事のオフィスに持参し、地方検事に引き渡した。裁判では、キルパトリックと薬局の主人が出廷し、ラファエル・オルティスが一瓶の薬の代金をその偽造銀貨で支払ったことを証言することになっていた。証拠の銀貨は鉛を主な原料に造られたものらしく、やけに柔らかく、色も鈍くくすんでいて、偽造硬貨としても見るからに粗悪品だった。明日はオルティスの事件が公判に付されるという日、リトルフィールド地方検事は始業時から審理の準備に追われていた。

「こいつが偽造だってことを証明するために、大枚はたいてわざわざ鑑定の専門家とやらにお出ましいただく必要があるとも思えないんだけどね。違うかい、キル？」リトルフィールドはそう言って小さく笑みを浮かべると、証拠物件の一ドル銀貨をテーブルのうえに落とした。硬貨らしい〝ちゃりん〟という音の代わりに、パテの塊を天板に叩きつけたような鈍い音がした。

「あのメキシコ野郎は、もう刑務所《ムショ》に放り込んだも同然です」キルパトリック連邦保安官助手は、ホルスターを緩めながら言った。「今度こそ息の根を止めてやれますよ。一度だけならまだしも、こう何度も贋金《にせがね》をつかまされりゃ、このあたりのメキシコ人にも本物と偽物の区別ぐらいつくようになるってもんです。あの黄色い顔のやくざ者は仲間とつるんで集団で贋金を造ってやがる。それは以前《まえ》からわかってたんです。で、今回ようやく、ペテンの現場を押さえてやれた。あの野郎には女がいるんです、河沿いの土手の、あのメキシコ人の掘っ建て小屋が並んでる地区に。野郎を見張ってたときに見かけたことがあるけど、ぱっと眼を惹くいい女でしたよ。言ってみりゃ、花壇に迷い込んだ赤毛の若い雌牛ってとこですかね」

リトルフィールド地方検事は、その偽造銀貨をポケットにしまい込み、オルティスの事件に関して書き記した摘要書を封筒に入れた。そのとき、戸口のところから、晴れやかで愛嬌いっぱいの顔がのぞいた。率直で朗らかな少年のような顔。ナンシー・ダーウェントだった。彼女はオフィスのなかに入ってきた。

「ボブ、裁判所はお正午《ひる》の十二時でお休みになるんじゃなかったの？　法廷はもう明日まで開かれないんでしょう？」ナンシー・ダーウェントはリトルフィールドに尋ねた。

「そうだよ」と地方検事は答えた。「ありがたいことに。何しろ調べなくちゃならない判例がどっさりあるし、おまけに――」

「あら、まあ。いかにもあなたらしいけど。あなたにしろ、うちの父にしろ、法律書だか判例だかなんだかよくわからないけど、そういう類いのものに鼻の頭を突っ込んでないことなんて、ないんじゃないかしら、ほんとに。今日の午後は一緒に鳥を撃ちに行こうと思ってるのよ。ロング・プレーリーの草原まで足を伸ばせば、今の季節なら胸黒《むなぐろ》がたくさんいるわ。まさか、いやだとはおっしゃらないでしょうね？　このあいだ手に入れた、散弾銃を試してみたいの。あの新型の十二番径の。それにもう、馬を預けてる馬車屋に使いを遣って、フライとベスを馬車につないでおくよう頼んじゃったし。あの二頭は銃声にも馴れてるから。あなたが断るわけないと思ったんだもの」

ふたりは、この秋に結婚することになっている。恋の魔力は、今がいちばん効く時期だった。その日――いや、より正確に言うなら、その日の午後――胸黒はついに仔牛革装丁の法律書に勝った。リトルフィールドは書類を片づけはじめた。

ドアをノックする音がした。キルパトリックがそれに応えた。うっすらとレモン色が混じった肌に黒い眼をした、若くて美しい女がオフィスのなかに入ってきた。頭から黒いショールをかぶり、ショールの端を首にぐるりとひと巻きしていた。

女は、いきなり早口のスペイン語で喋りはじめた。流れるようなことばの連なりは、憂いに満ち、何やらもの悲しい音楽にも似ていた。リトルフィールドはスペイン語がわからなかった。連邦保安官助手のほうは心得があったので、彼が通訳を務めた。ときどき片手を挙げて女のことばの奔流を堰《せ》き止めながら、部分ごとに訳しては検事に伝えた。

「この女はあなたに会いにきたようですよ、リトルフィールド検事。名前はホヤ・トレビニャス。話したいことがあって、あなたに会いにきた、と言ってます……ええと、どうやら、例のラファエル・オルティスとつきあいがあるようなことを言ってますけど……自分はオルティスの——そうか、やつの女ですよ、この女は。オルティスは無実だと言ってます。あの贋金は自分が造ったもので、それをオルティスに遣わせたんだと言うんです。信じちゃ駄目ですよ、リトルフィールド検事。メキシコ娘の常套手段なんだから。メキシコの女ってのは、惚れた男のためなら平気で嘘をつくし、盗みも働くし、ときには人殺しだってやってのける。男にのぼせあがってる女は信用するもんじゃない」

「キルパトリックさん！」

ナンシー・ダーウェントの憤然たる抗議のひと声に、連邦保安官助手はしばしの悪あがきを余儀なくされ、日頃の思うところを不適切な場面で引用してしまったことへの拙《つたな》い自己弁護を試みた。しかるのち、また通訳に戻った。

「ええと……オルティスを出してくれるなら、自分が身代わりになって歓んで牢屋に入ると言ってます。女は病気をしたようですね……熱病で寝込み、薬を飲まないと死んじまうと医者から言われた。それで、オルティスは薬局であの鉛の偽造銀貨を遣った。そのおかげで自分は生命が助かり、こうして今も生きていられるんだと言ってます。こりゃ、本物だね、この女はあのラファエルって若造にぞっこんだ。野郎の恋人ですよ、間違いなく。この女の話には、愛だの恋だの、甘ったるくてとてもじゃないけど聞いちゃいられないような文句が、そりゃもうごってりと盛り込まれてる」

この手の訴えは、地方検事にしてみれば、珍しくもなんともないものだった。

「この人に伝えてもらいたい」と検事は言った。「わたしにできることは何もない、とね。この事件は明日の午前中に審理されることになっている。オルティスには法廷で戦ってもらうしかない」

ナンシー・ダーウェントは、そこまで割り切った考え方はできなかった。同情と好奇心の入り混じった眼差しで、ホヤ・トレビニャスとリトルフィールドの顔を交互に見つめた。連邦保安官助手は地方検事のことばを通訳して、女に伝えた。女は低い声でひと言ふた言つぶやくと、ショールの襟元を引き寄せ、顔を隠すようにして部屋を出ていった。

「あの人はなんと言ったんだい？」とリトルフィールドは尋ねた。

「大したことじゃありません」とキルパトリック連邦保安官助手は答えた。「これから先、生命が……ええと、どんなことばを使ったんだったか……シ・ラ・ヴィダ・デ・エジャ・ア・キエン・トゥ・アマス……これから先、あなたの愛する女の生命が危険にさらされたときには、ラファエル・オルティスのことを思い出すがいい……まあ、そんなような意味のことを言ってただけですよ」

キルパトリックは地方検事の執務室を出ると、連邦保安官事務所に向かって、散歩でもするようなのんびりした足取りで廊下を歩き去った。

「ボブ、あの人たちのために何かしてあげられないの？」ナンシー・ダーウェントが尋ねた。「些細なことじゃない——一ドル銀貨をたった一枚偽造しただけじゃない。そんなもののために、ふたりの人間の幸せが奪われてしまうのよ。あの人は死にかけていた、それを救うためにやったことなんでしょう？　法律は憐れみというものを知らないの？」

「法律には、そういうものが入り込む余地はないんだよ、ナンシー」とリトルフィールド検事は言った。「とりわけ地方検事の職務においては。ひとつはっきりと言えるのは、起訴というのは報復のために行われるものではないってことだ。この事件の裁判をそんなふうに進めるつもりは毛頭ない。でも、事件の審理がはじまったら、オルティスの有罪は決まったも同然だと思う。目撃証言があるんだよ。わたしが今、ポケットに入れている偽造一ドル銀貨、つまり〝証拠物件A〟をオルティスが行使するのを見たという人たちが証言席に着くことになる。陪審員にはメキシコ人はひとりもいないし、おそらく別室で相談するまでもなくその場で有罪が決まってしまうだろうね」

その日の午後の鳥撃ちは、絶好の気晴らしになった。獲物を仕留める興奮が、ラファエル・オルティスの事件やらホヤ・トレビニャスの嘆きやらを忘れさせた。地方検事とナンシー・ダーウェントは草むらを抜ける平坦な道に馬車を走らせ、町から三マイルほどのところで緩やかに起伏する草原に乗り入れ、その先に太い線のように見えているピエドラ・クリーク河岸の木立を目指して進んだ。ピエドラ・クリークの向こうには、胸黒《むなぐろ》が好んで集まってくるロング・プレーリーの草原が拡がっていた。ふたりの馬車がクリークに近づいたとき、右手のほうから疾駆する馬の蹄《ひづめ》の音が聞こえてきた。見ると、漆黒の髪に陽灼《ひや》けした顔の男が急に馬首を転じ、河岸の木立のほうに疾走していくところだった。まるで、ふたりのことを追い抜いてやろう、とでもいうような勢いで。

「あの男、どこかで見たことがあるな」とリトルフィールドが言った。彼は人の顔を覚えるのが得意だった。「どこで見たのかは思い出せないけど。どこかの牧童かな。近道をして牧場に帰ろうとしてるんだろう」

ロング・プレーリーの草原に着くと、ふたりは馬車のうえから獲物を撃ち、一時間ほど過ごした。活発で、戸外で過ごすのが好きな西部娘、ナンシー・ダーウェントは新しく手に入れた十二番径の猟銃に大いに満足した。彼女のその日の成績は、同伴者が仕留めた獲物の数にわずか四羽ほど及ばないだけだった。

ふたりは馬を緩い速歩で走らせ、帰路に就いた。ピエドラ・クリークまであと百ヤードのところで、馬に乗った男が河岸の木立から飛び出し、こちらに向かって一直線に突き進んできた。

「あの人、さっき見かけた人みたい」ナンシー・ダーウェントが言った。

双方の距離が狭まった。リトルフィールドはいきなり手綱を引き絞り、馬車を停めると、まっしぐらに向かってくる馬上の男をひたと見据えた。男が鞍につけた鞘からウィンチェスター銃を抜き出し、まえに構えた腕に銃身を載せたことに気づいたからだった。

「そうか、思い出した。メキシコ・サムだ」独り言のように、リトルフィールドは口のなかで低くつぶやいた。「おまえだな、あのご立派な手紙を送って寄越して、がらがらと騒々しく尻尾を振り立ててみせたのは」

メキシコ・サムは早々に決着をつけることをためらわなかった。こと射撃にかけてはいっぱしの眼識の持ち主だったので、彼我の距離がライフル銃なら有効射程の範囲内だが、相手の鳥撃ち用の十二番径から発射されるサイズ八号の球弾《ペレット》を喰らう危険はないと見て取るや、ウィンチェスター銃をすばやく構えなおし、馬車のうえのふたりめがけて銃弾を発射した。

一発めは、リトルフィールド検事とナンシー・ダーウェントの肩のあいだの二インチほどの隙間を通過し、馬車の座席の背板に命中した。二発めは、まずは座席の足下の泥よけ板を、次いでリトルフィールドのズボンの裾を貫通した。

地方検事は急いでナンシー・ダーウェントを馬車から抱え降ろした。彼女は顔色こそいくらか蒼ざめていたが、何も尋ねなかった。緊急事態が出来《しゅったい》したら、余計な差し出口は挟まず、黙ってその場の状況を受け入れる、という開拓者魂を持ち合わせていたのである。馬車から降りても、ふたりともそれぞれの猟銃を離さなかった。リトルフィールドは座席に置いたボール紙の箱から弾薬をひとつかみ、ふたつかみ取り出して、急いでポケットに詰め込んだ。

「ナンシー、馬の陰に隠れて」と鋭く命じた。「あの男はわたしが以前、刑務所にぶち込んでやった悪党だ。その借りを返そうってことだろう。これだけ距離があれば、こっちの弾丸《たま》が届かないことを読んでやがる」

「大丈夫よ、ボブ」ナンシー・ダーウェントは落ち着き払って言った。「わたし、恐がってなんかいないから。でも、あなたももうちょっとこっちに来てくださらない？ そのほうがいいわ。駄目よ、ベス、どう、どう。動かないで、いい子だから」

彼女はベスのたてがみを撫でた。リトルフィールドは銃を構え、無法者が射程内に入ってくることを祈った。

だが、メキシコ・サムは安全な距離を保ったまま、復讐を遂げようとしていた。彼は胸黒《むなぐろ》とは別種の鳥だった。その鋭く、狂いのない眼で、鳥撃ち用の散弾が届くぎりぎりの範囲を見極め、その範囲を想像上の円で囲って、その線上を馬で動きまわっていた。馬は右まわりに動いていた。それに合わせて標的である二名の獲物が、遮蔽物を求めて馬の横腹のほうにまわり込んだとき、メキシコ・サムの撃った銃弾が地方検事の帽子に穴を穿《うが》った。さらに円運動を続けるうちに、サムが一度だけ目測を誤って、自分が設定した安全ラインを踏み越えてしまった。すかさず、リトルフィールドの銃が火を噴いた。メキシコ・サムはひょいと軽く頭をさげ、球弾《ペレット》の雨を無傷で逃れた。飛び散った球弾の一部を浴びて、サムの馬がうしろに大きく跳び退《しさ》ったので、人馬はあっという間にまた射程のそとに出てしまった。

無法者が何発めかの銃弾を発射した。ナンシー・ダーウェントが小さな悲鳴をあげた。リトルフィールドは眼に怒りをたぎらせ、猛然と振り返った。ナンシーの頰をひと筋の血が伝っていた。

「なんでもないわ、ボブ——木の破片が当たっただけ。今のは車輪の輻《スポーク》に命中したみたいね」

「くそっ！」リトルフィールドは歯を食いしばった。「一発でいい、鹿撃ち用の装弾《たま》があれば……！」

悪党は馬を止め、慎重に狙いを定めた。次の瞬間、馬車につながれていたフライがひと声いななないたかと思うと、馬具をつけたままどうと倒れた。頸部を撃たれていた。隣のベスも遅ればせながら、狙い撃ちにされているのは鳥ではないことに気づいた。ベスは曳《ひ》き革《がわ》を振りちぎり、狂ったように駆け去った。メキシコ・サムの放った銃弾は、ナンシー・ダーウェントの狩猟用ジャケットのプリーツの部分を貫通した。

「伏せろ——伏せるんだ!」リトルフィールドは叫んだ。「もっと馬のそばに——地面に腹這いになって——早く」叫びながら、突き飛ばさんばかりの勢いでナンシーに覆いかぶさり、地面に横たわったフライの背中側の草むらに倒れ込んだ。そのとき、どうにも奇妙なことだが、その日の正午《ひる》まえにあのメキシコ人の娘に言われたことばが思い浮かんだ。

〝これから先、あなたの愛する女の生命が危険にさらされたときには、ラファエル・オルティスのことを思い出すがいい〟

リトルフィールドは、思わず声をあげた。

「ナンシー、馬の背中越しにあの男を撃ってくれ。立て続けに、できるだけ素早く。命中させることは無理でも、銃弾をかわしてるあいだ、やつの動きを封じることができる。そのあいだに、試してみたいことがあるんだ。一分だけ時間を稼いでくれ」

見ると、リトルフィールドはポケットナイフを手に、刃を引き出していた。ナンシーは素早い一瞥でそれを見て取ると、命令に従って敵に顔を向け、連射をはじめた。メキシコ・サムにしてみれば、その程度の集中攻撃など痛くも痒くもなかったので、終わるまで辛抱強く待つことにした。時間はいくらでもあった。飛び散った球弾《ペレット》が眼に当たらないよう、ほんの少し用心すればいいだけなのだから、それ以上の危険を敢えて冒す気にはなれなかった。ステットソン帽を目深《まぶか》にかぶりなおし、銃声が止むのをただひたすら待った。

それからいくらか距離を詰めた。倒れた馬の向こう側に相手の身体が少しだけのぞいていた。そこに向かって慎重に狙いを定めて引き金を絞った。ふたりはぴくりとも動かなかった。さらにもう何歩か、馬をまえに進めた。地方検事が片膝を立て、ゆっくりと散弾銃を構えるのが見えた。メキシコ・サムはステットソン帽のつばをさらに目深に引きおろし、鉛の小さな球弾が力なく空を切る音を待った。

地方検事の猟銃が鈍く重い音をあげ、火を噴いた。メキシコ・サムは溜息をつくようにひとつ大きく息を吐き出すと、鞍のうえにぐったりとくずおれ、それからゆっくりと滑るように馬から転げ落ちた——がらがら蛇は死んでいた。

翌朝、午前十時、開廷時刻となり、合衆国対ラファエル・オルティス事件の審理開始が告げられた。片腕を三角巾で吊った、リトルフィールド地方検事が立ちあがり、陳述をはじめた。

「裁判長、たいへん恐縮ですが、申しあげたいことがあります」と彼は言った。「検察側といたしまして、本件について訴追打ち切りの承認を得たいと希望しております。本件被告人は当然のことながら有罪であると考えますが、その罪状を認定するに足る充分な証拠が当局側にはないのです。本件の立件には、偽造貨幣が本当に偽造貨幣であるか否かの鑑定が前提となりますが、その偽造貨幣を証拠物件として提出することが今や不可能なのです。よって、本件の審理打ち切りを願い出るところであります」

昼の休憩時間に、キルパトリック連邦保安官助手が地方検事の執務室を訪ねてきた。

「メキシコ・サムの野郎のご尊顔を拝してきましたよ」と保安官助手は言った。「ちょうど死体保管所に運ばれてきたとこでした。あの野郎のことだ、そうとうしぶとく狙ってきたんじゃないですか？　それを仕留めちゃったんですからね。検事は何を撃ち込んだんだろうって、みんな首を傾げてる。釘じゃないか、なんて言ってるやつもいました。おれもあんな穴を穿《あ》けられる銃は見たことがない」

「あの男を撃った弾丸《たま》は――」地方検事は言った。「きみの偽造通貨事件の〝証拠物件A〟だ。あれが鉛を原料にした粗悪品だったことが、幸いした――わたしにとっても、誰かさんにとっても。ナイフで簡単に削れたからね、弾丸《たま》の恰好に細工できた。そうだ、キル、ご足労だが、河沿いの土手のメキシコ人居住区に出向いて、あのメキシコ人の娘さんがどこに住んでいるかを調べてきてもらえないだろうか？　ミス・ダーウェントが、どうしても知りたいと言っててね」

臆病な幽霊

A Ghost of a Chance

「信じられませんわ、ほんとに。煉瓦箱《ホッド》だなんて」キンソルヴィング夫人は、嘆かわしげにもう一度そう言った。

ベラミー・ベルモア夫人は片方の眉を吊りあげ、気の毒に思っていることを伝えた。そうすることで相手の気持ちをなだめ、ついでに大いに驚いていることもたっぷりと表明したつもりだった。

「あの方が、あちこちで言いふらしてらっしゃるのよ」キンソルヴィング夫人は、いったん説明したはずのいきさつをまた蒸し返した。「ここに滞在したときに泊まった部屋に――わが家でいちばん上等のお客さま用のお部屋だっていうのに――肩のとこに煉瓦箱をかついだ幽霊が出たって。作業服を着て、パイプをくわえて、煉瓦箱をかついだ老人の幽霊ですよ！　馬鹿馬鹿しいにもほどがあるわ。わたくしは、そこにあの方の悪意を感じるんです。意地悪な作り話に決まってます。このキンソルヴィング家に煉瓦箱をかついでた人間なんて、ひとりもいませんよ。ええ、確かに、キンソルヴィングの父は大きな建築の仕事をいくつも請け負って、それで財を成した人です。でも、その義父《ちち》にしたって、自分の手を汚して働いたことなんてありません、ただの一日たりとも。そりゃ、この屋敷は義父が設計したものですけど、でも――信じられませんわ、ほんとに。煉瓦箱だなんて！　あの人はどうして、そんな心ないことを、他人《ひと》の気持ちを平気で踏みにじるようなことを、言いふらさなくてはならないんでしょう？」

「ええ、本当に迷惑なお話」ベルモア夫人は控えめに相槌を打つと、優雅な仕種で視線をさまよわせ、ライラックのような赤みがかった紫色と鈍い金色に統一された広々とした客室を、好もしげに見まわした。「このお部屋なんですね、あの人が幽霊を見たとおっしゃってるのは？　いいえ、恐いなんて思いませんわ。幽霊なんか恐くありませんもの。そのことなら、どうかお気遣いなく。むしろここに泊めていただけることを歓んでるくらいですもの。お屋敷に取り憑《つ》いている幽霊なんて、なんだか面白そう。それにしても、そのお話ですけど、確かにちょっと辻褄《つじつま》の合わないとこがありますね。フィッシャー・シンプキンズ夫人だったら、もっと気の利いたことをおっしゃるかと思ってました。だって、煉瓦箱というぐらいですから、それは煉瓦を入れて運ぶものでしょう？　大理石と石材で建てたお屋敷に煉瓦を運ぶというのは、いくら幽霊でも理屈に合わないんじゃありません？　こんなことを言っちゃ申し訳ないけれど、あのフィッシャー・シンプキンズ夫人も寄る年波には勝てないってことかしらと思ってしまいます」

「この屋敷は」キンソルヴィング夫人は続けた。「独立戦争のころに先祖が住んでいた古い屋敷の跡に建てたものなんです。そういう場所柄を考えれば、幽霊が出ても別に不思議でもなんでもないのかもしれません。公式の記録こそ残ってませんけど、ナサニエル・グリーン将軍[17]の部下として戦ったキンソルヴィング大尉という人もいるんです。この屋敷に取り憑いている幽霊がいるんなら、それこそ、そういうご先祖様の幽霊であってもよさそうなもんじゃないですか？　そんなわけのわからない煉瓦運びのお爺さんなんかじゃなくて」

「そうね、独立戦争を戦ったご先祖さまの幽霊っていうのは、悪くないかもしれませんね」ベルモア夫人はうなずいた。「でも、幽霊なんて、もともと気まぐれで、いい加減なものなんじゃないかしら。恋愛と似たようなもので、〝見る人の眼から生まれる〟ものなんじゃないかと思います。幽霊を見たって言ってる人は、ある意味、有利な立場にいるんです。だって、嘘を織り交ぜたとしても、それが嘘だってことは誰にも証明できないんですもの。意地の悪い眼には、独立戦争のときの軍人さんの背嚢《はいのう》が、いとも簡単に煉瓦箱《ホッド》に見えてしまうんじゃなくて？　ですから、キンソルヴィングの奥さま、あまり深刻にお考えにならないほうがいいわ。それは雑嚢だったんです、少なくとも、わたしはそう信じてますわ」

「でも、あの方はみなさんに言いふらしたんですよ」キンソルヴィング夫人は口惜しそうに訴えた。「細かいところまで、それこそ微に入り細を穿《うが》って。パイプをくわえていた、だなんて。それに作業服のことはどう説明すればいいんでしょう？」

「そういうことは、もういちいち相手になさらないほうがよろしいわ」ベルモア夫人はそう言うと、品よくあくびを嚙みころした。「おつきあいがぎくしゃくして、余計にややこしいことになるだけです――ああ、フィリス？　お風呂の支度をしといてちょうだい。キンソルヴィングの奥さま、こちらのクリフトップ館では、お夕食は七時でしたね？　お夕食のまえに、こうしてお喋りしにきてくださって、嬉しいことでした。そういう格式張らない、ちょっとした心配りって、わたしはすてきなおもてなしだと思います。そういうお宅なら、くつろいだ家庭的な雰囲気を味わえますもの。では、ちょっと、ごめんくださいませね。そろそろ着替えをしなくてはなりませんから。わたし、愚図でのんびりしてるもんですから、身支度に取りかかるのが、いつもぎりぎりの時間になってしまうんです」

そもそもフィッシャー・シンプキンズ夫人というのは、キンソルヴィング家が社交界というパイのなかから拾い出してきた、最初の乾葡萄《ほしぶどう》――大きな大きな幸運の種だった。キンソルヴィング家にとって、まずはパイそのものが、長いこと、手の届かない棚のうえに置かれていた。それを財力と日々の努力を踏み台に、ようやく下に降

17　一七四二～一七八六、アメリカ独立戦争で活躍した将軍。

ろすことができたのである。フィッシャー・シンプキンズ夫人は、洗練された上流社交界という閲兵式の分列行進を束ねる信号鏡のような存在だった。その機知と行動力のきらめきで隊列を統率し、覗《のぞ》きからくりのような世界にあって最も大胆で最も斬新な信号を発信していた。そう、少しまえまでは。夫人の名声と統率力になんの揺るぎもなかったときには、舞踏会の記念品として生きた蛙《かえる》を配るなどという妙な小細工を弄《ろう》する必要もなかった。ところが、今や女王の玉座を確保しておくためには、そういうことも欠かせなくなってきていた。しかも、中年という制約が大きな顔で割り込んできて、悪ふざけや馬鹿騒ぎがだんだん似合わなくなってきてもいた。大衆紙も、夫人の動向を報じるために確保していた一ページ分の紙面を、二段組みの囲み記事に縮小した。夫人の機知は毒舌に変わった。行動力は、ただの行き当たりばったりの傍若無人な振る舞いとなった。因襲やしきたりを槍玉に挙げ、それに縛られている者たちを自分より一段格下におとしめることで、己の独裁体制を死守しようとしているのかもしれなかった。

キンソルヴィング家につながりのあるさる方面からの圧力に屈して、フィッシャー・シンプキンズ夫人はついに同家の別荘であるクリフトップ館を訪問して一泊するという栄誉をキンソルヴィング家に与えないわけにいかなくなった。そこで、夫人は意地の悪い歓びと皮肉なユーモアを込めて、あの煉瓦箱《ホッド》をかついだ幽霊の話を言いふらし、招待した側の女主人《ホステス》に復讐したのだった。念願だった社交界の内陣奥深くまで入り込むことに成功して有頂天だったキンソルヴィング夫人は、その結果、失意のどん底に叩き落とされた。誰もが笑うか、さもなければキンソルヴィング夫人に同情を寄せたが、このふたつの感情表現は、実は同根から発していたのである。

ところが、しばらくすると、キンソルヴィング夫人の希望と活力は、第二の、より高貴な宝を手に入れたことで甦った。

ベラミー・ベルモア夫人がクリフトップ館への招待に応じてくれたうえに、三日間も滞在してくれることになったのである。ベルモア夫人は社交界の若手の花形で、わざわざ悪趣味な手段に訴えるまでもなく、その美貌と家柄と財力とで、最も神聖な場所に指定席を得ている人物だった。こうしてベルモア夫人は寛大にも、キンソルヴィング夫人があれほど切望してやまなかった名誉回復の機会を与えたのだった。それに、今回の訪問のことはきっとテレンスも歓んでくれているにちがいない――ベルモア夫人の心には、そんな計算も働いていた。だから、彼という人間を見極めるいい機会になるはずだった。

テレンスはキンソルヴィング夫人の息子で、年齢は二十九歳、なかなかの好男子で、どことなく謎めいた、それが魅力的と取れなくもない性癖の持ち主だった。一例を挙げるなら、テレンス青年には非常に母親思いの一面があるのだが、それが人目を惹くほどの奇妙な孝行ぶりだった。また、傍にいる者がじれったくなるほど、口数が少なかった。極端に臆病なのか、並外れて計算高いのか、どちらとも判断がつかなかった。

そんなテレンス青年に、ベルモア夫人は興味を持ったのである。そのどちらともつかないところに。それで、忘れてしまえばそれまでだけれど、そうでない限り、このテレンスという若者をもうしばらく観察してみることにしたのだった。その結果、ただの臆病者だとわかれば、見切りをつけるつもりだった。臆病な男ぐらい退屈なものはないからだった。また、計算高い男だったとしても、同じく見切りをつけるつもりだった。計算高い相手には、気が許せないからだった。

ベルモア夫人の滞在三日目の正午《ひる》下がり、テレンスは夫人を捜していた。ベルモア夫人は屋敷の静かな一隅で、ちょうどアルバムを眺めているところだった。

「あなたにはどれだけ感謝申しあげているか」とテレンスは言った。「拙宅にお運びいただき、わが家の名誉を回復してくださった。もうお聞きになったと思いますが、フィッシャー・シンプキンズ夫人がここにお越しになったとき、帰り際に当キンソルヴィング号を沈没させていったんです。例の煉瓦箱《ホッド》で、船底にそりゃもう大きな穴を空けてくれちゃったもんでね。おかげで母は、寝込んでしまうほど嘆いています。それで、ベルモア夫人、折り入ってお願いがあるんです。ここに滞在してらっしゃるあいだに、わが家のためになんとか幽霊を——それもとびきり上等の幽霊を、見ていただくわけにはいかないでしょうか？　できれば王冠をかぶって小脇に小切手帳を抱えてるような幽霊を」

「あの方もいい年齢《とし》をして、ほんとにお行儀の悪いことをなさったものね」とベルモア夫人は言った。「あんなことを言いふらすなんて。あの人がお泊まりになったとき、お夕食にご馳走を食べさせすぎたんじゃなくて？　でも、あなたのお母さまだって、本気で心配なさってるわけじゃないでしょう？」

「いや、ぼくにはそうは思えない」とテレンスは答えた。「母は真剣に悩んでます。煉瓦箱のなかの煉瓦がひとつ残らず、頭のうえから降ってきたって顔をしてますからね。ああ見えても、ぼくにとってはいい母親です。そんな母が悩んでいるのは見るに忍びない。あの幽霊が煉瓦職人組合に加入していて、ストライキでもやってくれるとありがたいんだけどな。さもないと、いつまでたってもわが家に平安は戻ってきませんよ」

「わたしは今回、その幽霊が出るってお部屋に泊めていただいていますけど」とベルモア夫人は言った。「でも、とても居心地がよくて、お部屋を替えてほしいとは思わないわ。たとえ恐くても——もちろん、恐くなんかありませんけど。それで、例の幽霊の噂話に対抗して、貴族的で好もしい様子の幽霊を見たという話をこしらえる件ですけど、果たして思ったような効果があるかしら？　効果があるんでしたら、もちろん歓んでお手伝いしますけど、あまりに見え透いてるんじゃなくて？　例の噂話を打ち消すためだってことがわかってしまったら、効果は期待できないと思います」

「それもそうですね」テレンスは考え込む表情で、細かく縮れた茶色の髪を二本の指で梳《す》きあげた。「それじゃ効果は期待できない。だったら、同じ幽霊を見たってことにしましょうか？　ただし作業服を着てたなんてことは言わないで、煉瓦箱《ホッド》のなかには金塊が入ってたってことにしたら？　それで、あの幽霊を不面目な労働者階級から財産家クラスに格上げできる。どうでしょう、それなら聞こえもさほど悪くないんじゃないですか?」

「おたくのご先祖さまのなかに、独立戦争でイギリス軍と戦った方がいらっしゃるんでしょう? お母さまから、そんなお話をうかがいましたけど」

「ああ、そうらしいですね。昔々の大昔に、あのラグラン袖の上着にゴルフ用のズボンみたいな恰好をしてた連中の仲間だったみたいですね。ぼく自身には、それをありがたがる趣味はないですよ。別にどうでもいいことです。ただ母は威風堂々ってやつが好きですからね。紋章とか、打ち上げ花火とか。で、ぼくとしては、できることなら、母を歓ばせてやりたいと思ってます」

「あなたって、ほんとにいい息子さんね、テレンス」ベルモア夫人は絹のドレスの裾を片側だけ自分のほうに引き寄せた。「お母さまのこと、そこまで思い遣《や》ってらっしゃるなんて。さあ、隣に坐って。ご一緒にこのアルバムを見ましょうよ、二十年まえの人たちがしてたみたいに。写真に写ってる人たちのことを教えてちょうだい。この背の高い貫禄のある紳士は、どなた? ほら、このコリント式の柱に手をかけて、胸を張ってらっしゃる方」

「ああ、その足の大きなお爺さんですか?」テレンスは、首を伸ばして夫人の手許を覗き込んだ。「それは大伯父のオブラニガンです。バワリーで、いうところの酒場を経営してたそうです」

「テレンス、わたしはあなたに、ここにお坐りなさいと言ったはずよ。わたしの言うことをきいてくださらないんなら、わたしと一緒に楽しく過ごしてくださらないんなら、いいわ、明日の朝、エプロンをかけてビールの大きなジョッキを運んでる幽霊を見たって報告しますからね。そう、それでいいわ。テレンス、あなたのその年齢《とし》で、あまりに恥ずかしがり屋ってのも考えものですよ。そのほうがよっぽど恥ずかしいって思わなくちゃ」

翌朝、ベルモア夫人の滞在最後の日の朝食の席で、夫人は幽霊を見たとはっきりと宣言して、同席した人たちを驚かせ、かつ有頂天にさせた。

「それで、その幽霊はやっぱりかついでいましたか、あの……あの……あれを？」キンソルヴィング夫人は不安と緊張のあまり、ことばが続かなかった。

「いいえ、とんでもない――聞いていたのとは、まったく違いました」

テーブルについていたほかの人たちから、いっせいに質問のコーラスが巻き起こった。「恐かったでしょう？」「何をされたの？」「どんな姿をしてました？」「服装は?」「何か言ったりしたんですか?」「あなたは悲鳴をあげなかったの?」

「みなさんのご質問には、今すぐまとめてお答えしましょう」ベルモア夫人は犠牲的精神を発揮して言った。「――本当は、わたし、おなかがぺこぺこなんですけど。何かの気配で眼を醒ましたら――音がしたのか、それとも触られたのか、そのあたりはよくわかりません――ともかく、眼を醒ましたら、幽霊が立っていたんです。わたしは寝るときには明かりを消してしまいます。だから、お部屋のなかは真っ暗なはずなのに、幽霊の姿ははっきりと見えました。もちろん、夢なんかじゃありません。背の高い男の人でした。頭のてっぺんから足の先まで、靄《もや》でもまとってるみたいに、ぼんやりと白いんです。昔の植民地時代の正装をしてました――髪粉を打った鬘《かつら》に裾の拡がった丈の長い上着を着て、レースのひだ飾りをつけて……剣もさげてたわ。それが暗闇のなかで、ぼうっと光りながら、音もなく動くんです。ええ、さすがのわたしも最初はちょっと恐かったわ――というか、びっくりしたと言ったほうがいいかもしれません。何しろ幽霊を見るのは、生まれて初めてだったんですもの。いいえ、幽霊は何も言いませんでした。わたしのほうも悲鳴はあげませんでした。片肘をついて起きあがろうとすると、幽霊はすっと遠ざかっていって、ドアのまえで消えてしまったんです」

キンソルヴィング夫人は、第七天国に昇るとはこういうものかと思うほどの、無上の幸福に酔っていた。「そういう服装をしていたってことは、間違いありません、それはグリーン将軍にお仕えしていた、わたしどもの先祖のキンソルヴィング大尉です」夫人の声は、安堵と誇りに震えていた。「ベルモア夫人、幽霊の身内の者として、代わりにお詫びを申しあげなくては。おやすみの邪魔をしてしまって、本当に申しわけないことをいたしました」

テレンスは母親に向かって、嬉しそうに祝賀の笑みを送った。キンソルヴィング夫人の大願がついに成就したのである。テレンスは母の歓ぶ顔を見るのが好きだった。

「こんなことを打ち明けるのは、本当は恥ずかしいことなのかもしれませんけど」ベルモア夫人は朝食をおいしそうに食べはじめていた。「実はそれほど眠りを邪魔されたわけじゃありませんの。普通でしたら、こういう場合、わたしは悲鳴をあげたり、気を失ったりして、みなさんをあられもない恰好で走りまわらせたりするところなんでしょうけど、でも、最初は確かにびっくりしましたけど、そのあとはもう、大きな声を張りあげて騒ぎ立てる気にならなくなってしまったんです。だって幽霊はふわっと向きを変えると、静かに、何事もなかったかのように、そっと舞台から消えていったんですもの。わたしもそのままた眠ってしまいました」

この話を聞いた人は、そのほとんどが、これはフィッシャー・シンプキンズ夫人が見たという意地の悪い幻《まぼろし》を一掃するため、ベルモア夫人が親切心からこしらえた作り話だと考え、礼儀正しく受け入れた。だが、同席者のなかには、夫人のきっぱりとした口調に、事実を語っている者ならではの説得力を感じ取った者が、いなかったわけではなかった。ことばのひとつひとつが率直で、真に迫っているように思われたのだ。幽霊の存在など鼻で笑って信じない者でも——注意深く耳を傾けていたら——ベルモア夫人が少なくとも、非常に鮮明な夢を見て、そのなかでこの世のものとは思えない奇っ怪な訪問者に本当に出会ったのだ、ということだけは認めざるを得なかったにちがいない。

それからまもなく、ベルモア夫人のメイドが荷造りをはじめた。二時間後には自動車が到着して、夫人を駅まで送っていくことになっていた。テレンスは散歩代わりにあてもなく屋敷の東側の回廊をぶらぶらと歩いていたが、そこにベルモア夫人が、眼をきらきらさせながら親しげに近づいてきた。

「ほかの人たちがいるところではお話ししたくなかったんです」と夫人は言った。「でも、あなたには言っておきたいの。ある意味では、あなたにも責任があると思うからよ。昨夜、幽霊がどうやってわたしの眼を醒まさせたか、おわかりになる？」

「鎖をがちゃがちゃ鳴らしたのかな」テレンスは少し考えてから言った。「それとも、うなり声でもあげましたか？　幽霊というのは、普通はそのどちらかをやるものなんじゃないですか？」

「ひとつ教えていただきたいんですけど——」ベルモア夫人は、いきなり話題を変えた。「お墓でおとなしく眠っていられない、おたくのご先祖さまのキンソルヴィング大尉には、わたしによく似た近しいご婦人がいらしたんじゃなくて？」

「さあ、そんなことはないと思うけど」テレンスは、なんのことやらさっぱりわからない、といった顔で答えた。「うちの先祖に、そんな美人がいたという話は聞いたことがないですから」

「だったら、どうして——」ベルモア夫人は青年の眼をじっと覗き込んだ。「あの幽霊は、わたしにキスをしたのかしら？　ええ、あれは間違いなくキスでした」

「えっ、まさか……！」テレンスは驚きを隠しきれないように眼を丸くして、うわずった声で言った。「そんなはずは——本当ですか、ベルモア夫人？　彼は本当にあなたにキスをしたんですか？」

「わたし、彼とは言ってません」ベルモア夫人は相手のことば遣いを訂正した。「こういう場合は、非人称代名詞の〝それ〟を用いるほうが正しいと思いますから」

「しかし、ぼくに責任があるというのは……？」

「あの幽霊の一族で、今も生きてらっしゃる殿方は、あなたひとりだからです」

「なるほど。〝父の罪、子にむくいて三代四代におよぼし〟[18]ってことですか。しかし、冗談は抜きにして、彼が……いや、それがキスをしたってことが……つまり、その、あなたにはどうして——」

「わかったのか、とおっしゃりたいの？　さあ、どうしてかしら。そんなことは、誰にもわからないんじゃなくて？　わたしは眠っていたんです。でも、それで眼が醒めたってことだけは、たぶん間違いないわ」

「たぶん？」

18　旧約聖書、出エジプト記第二十章五節にちなむ。

「ですから、ともかく眼が醒めたのは……ああ、もう、わたしの言いたいこと、わかっていただけないかしら？　誰だって何かのきっかけで急に眼が醒めてしまったときって、いったい何が原因で眼を醒ましたのか、すぐには判断がつかないんじゃありません？　それが夢だったのか、あるいは……あら、やだ、テレンス、あなたまだおわかりになってないみたいね。あなたのそのきわめて現実的なおつむに理解してもらうためには、人間がごくごく当たり前に感じ取る感覚について細かく分析して、説明して差しあげなくちゃならないってことかしら？」

「しかし、相手はキスをする幽霊ですからね」テレンスはあくまでも謙虚に言った。「ぼくにはその〝当たり前〟のもっと手前のところから教えていただかないと、わからないかもしれません。ぼくはまだ一度も幽霊とキスをしたことがありませんから。つまり、それは……それは……どういうことなんでしょう？」

「そういうときの感覚というのは――」ベルモア夫人は思わせぶりな間《ま》を置き、わずかに笑みを含んだ口調で言った。「授業を希望してらっしゃるようだから、特別に教えて差しあげますけど――肉体的な反応と精神的な作用が混じり合って生じるものなんです」

「そういうことなら――」テレンスは急に真顔になって言った。「――やはり夢をご覧になったんでしょう。あるいは一種の幻覚か。今時、霊魂の存在を信じる人なんていませんよ。ひょっとして、親切心からあんな話をしてくださったんでしょうか？だとしたら、どれほど感謝申しあげているか、ほんとにお礼のことばもありません。おかげで母はこれ以上はないほどの歓びようでした。あの独立戦争のころの先祖を登場させたというのは、実に名案だったと思いますよ」

ベルモア夫人は溜息をついた。「これこそ幽霊の目撃者がたどる運命ね。わたしも例外じゃないってことだわ」夫人は諦めたような口調で言った。「せっかく幽霊に出会えたっていうのに、そんなのは海老のサラダを食べ過ぎたせいだって言われるか、嘘つきって決めつけられてしまうのね。でも、わたしの場合は、誰になんと言われようと、少なくとも思い出のよすがだけは残ったわ――眼に見えない世界からのキスってものが。ところで、テレンス、ご存じだったら教えていただきたいんですけど、キンソルヴィング大尉という方は勇敢な軍人さんだったんでしょうか？」

「確か、ヨークタウンの戦いでは敗退したと聞いてます」テレンスは記憶を探る人の口調で言った。「最初の戦闘に敗北したあと、中隊を引き連れて一目散に遁走《とんそう》したらしい」

「わたしも臆病な方だったんじゃないかと思ってました」ベルモア夫人は独り言のようにつぶやいた。「二度目の好機をみすみす取り逃してしまうなんて」

「二度目の戦闘のことですか?」テレンスは察しの悪い質問をした。

「そう、どうしてもうひと押ししてみないのかってことですわ。さあ、そろそろ失礼して帰りの支度をしてしまわなくては。あと一時間でお迎えの自動車が来てしまいますもの。このクリフトップ館では、とても楽しく過ごさせていただきました。それにしても今日は本当に気持ちのいいお天気ね、テレンス」

クリフトップ館からの帰路、崖沿いの道を駅に向かう途中、ベルモア夫人はバッグから絹のハンカチーフを取り出し、いささか複雑な笑みを浮かべてしばらくのあいだそれを眺めた。それからそのハンカチーフを何度か結んで、固い瘤《こぶ》のような結び目をいくつもこしらえると、頃合いを見計らって崖の向こうに放り投げた。

一方テレンスは、自分の部屋で召使のブルックスに指示をしていた。「このあれやこれやを荷造りして、その名刺の住所に送り返しておいてくれ」

名刺はニューヨークの衣装店のものだった。テレンスの言う〝あれやこれや〟とは一七七六年当時の紳士用衣装ひと揃いだった。銀の留め金のついた白いサテンの上着、白い絹の靴下に白い仔山羊革《こやぎ》の靴。仕上げは髪粉をまぶした鬘と一振りの剣。

「それと、ブルックス——」テレンスは少し心配そうにつけ加えた。「ぼくのハンカチーフが見つからないんだ。隅のとこにぼくのイニシャルを刺繍してあるやつなんだけど、捜してみてくれないかな。きっとどこかで落としたんだと思う」

それから一カ月後、ベルモア夫人は社交界の気の利いたお仲間の数人と、キャッツキルへの馬車旅行に備えて参加者名簿をつくっていた。最終的な絞り込みのため、ベルモア夫人はもう一度名簿に眼を通した。名簿にはテレンス・キンソルヴィングの名前も載っていた。ベルモア夫人は庶民にはとても手の出せない値段で購入した高級品の鉛筆で、その名前のうえに線を引き、あっさりと名簿から除外した。

「だって、あの人はあまりに臆病すぎるんですもの」夫人は甘い声でその理由をそっとつぶやいた。

甦った改心

A Retrieved Reformation

ジミー・ヴァレンタインは刑務所内の靴工房で革靴の甲の部分の縫製に精を出していた。そこに看守が迎えにきて、ジミーは管理本部の建物まで連れて行かれた。刑務所長が、その朝知事が署名した赦免状をジミーに手渡した。ジミーは大儀そうにそれを受け取った。彼は四年の刑期のうち、もう十カ月近くも服役していた。せいぜい三カ月ぐらいのお勤めですむだろうと踏んでいたのに。ジミー・ヴァレンタインのようにそと《シャバ》の世界に仲間が大勢いるような男は、たとえ刑務所《ムショ》にぶち込まれたところで、髪を短く刈る隙《ひま》もなく、出てくるものなのだ。

「いいかね、ヴァレンタイン」と所長は言った。「きみは明日の朝、ここを出ていくわけだが、いつも前向きな気持ちを忘れず、真人間になる努力を怠ってはならない。きみは根っからの悪人じゃない。金庫破りなどやめて、まっとうな暮らしをすることだ」

「金庫破り？」ジミー・ヴァレンタインは驚いた顔で言った。「このおれが？　とんでもない、金庫破りなんてやったこともないのに」

「ああ、そうだろう」所長は笑い声をあげた。「もちろん、そうだろうとも。だったら、ひとつ教えてくれないか。おまえさんはどうして、あのスプリングフィールドの一件でぶち込まれるようなことになったんだね？　身分の高いさるお方の清らかなお名前に傷がつくのを恐れて、アリバイの立証を拒んだからか？　さもなきゃ、おまえさんに含むところのある陪審が、こいつはばっちり懲らしめてやったほうがいいとけちな正義感に駆られたからか？　まあ、おまえさんのようにやってもいない罪で有罪になった連中というのは、たいていそのどちらかの事例に該当するものらしいからな」

「スプリングフィールド？」ジミー・ヴァレンタインは今度もまた、訳がわからないとでも言いたげな実直そのものの顔で言った。「このおれが？　でも、所長、おれはスプリングフィールドなんてとこには足を踏み入れたこともありませんよ」

「クローニン看守、この男を連れていきなさい」所長は笑みを浮かべたまま言った。「出所用の衣類を用意してやらなきゃならんだろう。明日は午前七時に監房から出して〝支度部屋〟に連れてきてもらいたい。それから、ヴァレンタイン、わたしが言ったことをよく考えてみるんだな」

翌朝、午前七時十五分過ぎ、ジミーは所長執務室手前の接見室に立っていた。腹立たしいほど身体にあっていない既製服を着込み、歩くたびにきゅっきゅっと音を立てる硬い靴を履いて。それが強制的にご滞在いただいた宿泊客にお引き取り願う際、州が支給することになっている旅支度だった。

事務官がジミーに、列車の切符と五ドル紙幣を手渡した。法の執行機関としては、それを足掛かりにジミーが善良な市民に戻って堅気の暮らしを営んでいってくれることを期待しているのだった。刑務所の所長はジミーに葉巻を一本与えて、握手を交わした。在監者名簿の囚人番号九七六二番、ヴァレンタイン受刑者の欄には「知事により赦免」と記載された。かくして、ジェイムズ・ヴァレンタイン氏は陽の光のなかに歩み出たのである。

小鳥の歌にも、風にそよぐ緑の木々にも、花のかぐわしい香りにも眼をくれず、ジミーはまっすぐに一軒のレストランに向かった。そこで鶏肉《チキン》の炙り焼きと一本の白ワインという形で、自由の最初の旨味を味わい、食後には先刻、所長から貰ったものより一ランク上等の葉巻を喫した。それから、のんびりと散歩でもするような足取りで駅に向かった。駅舎のまえに坐っていた盲目の男の帽子に二十五セント銀貨を放り込んでやってから、目当ての列車に乗り込んだ。そして三時間後、州境にほど近い小さな町で列車を降りた。マイク・ドーランという男がやっているカフェを訪ね、ひとりでバー・カウンターについていたマイクと握手を交わした。

「悪かったな、ジミー。もっと早く出してやれなくて」とマイクは言った。「だが、スプリングフィールドの連中が強硬に反対しやがってな。知事も二の足を踏んだもんだから。きわどいとこだったんだ。恨みに思ってくれるな」

「ああ、わかってる」とジミーは言った。「おれの鍵は？」

鍵を受け取ると、ジミーは二階にあがり、廊下の突き当たりの、いちばん奥の部屋のドアを開けた。何もかも、この部屋を出たときのままだった。床には、ジミーの身柄を拘束するべく警官隊がなだれ込んできて、もみあった際に、名捜査官の誉れ高きあのベン・プライスのシャツの襟から引きちぎられたボタンが、まだ転がっていた。

ジミーは壁に収納されていた折り畳み式ベッドを引き降ろすと、壁の羽目板を一枚はずして、埃《ほこり》まみれのスーツケースを引きずりだしてきた。そしてそのスーツケースを開け、東部切っての逸品であろうと思われる泥棒の七つ道具を、ほれぼれと眺めた。特別に焼き戻した鋼鉄製の道具一式――最新型のドリルに錐揉盤《ボールばん》、繰子錐《くりこぎり》と太さも形も様々な替えの刃先、組立式の鉄梃《かなてこ》、鋏《やっとこ》、螺旋錐《らせんぎり》、ジミー自身の考案になる〝新案商品〟もいくつかあって、ジミーにとっては自慢の道具箱だった。何しろその道の〝専門家〟のためにこうした道具類を製造している、ある特別な工房に依頼して誂《あつら》えたものだし、一式全部合わせたら九百ドルでは足りないほどの費用を注《つ》ぎ込んでいるのだ。

三十分後、ジミーは階下に降り、カフェの店内を通り抜けた。今は趣味のいい、身体にぴったりあった衣類を身につけ、きれいに埃を払った例のスーツケースを提げていた。

「さっそく〝指慣らし〟か？」マイク・ドーランが景気をつける口調で言った。

「指慣らし？」ジミーは怪訝そうな口ぶりで訊き返した。「はて、何をおっしゃっているのやら。自分は〈ニューヨーク・さっくりさくさく・ビスケット・クラッカー・アンド・香ばし製粉〉社の者ですが」

この発言はマイクをえらく悦ばせ、ジミーはその場で一杯のミルク・ソーダを飲まされる羽目になった。ジミーは、〝強い〟飲み物には決して手を出さない主義だった。

囚人番号九七六二番のヴァレンタイン受刑者が釈放された一週間後、インディアナ州リッチモンドで、鮮やかとしか言いようのない手口で金庫が破られた。犯人の手掛かりは皆無、被害総額はわずか八百ドルだった。その二週間後、ローガンズポートで、盗難防止機能を強化して特許を取った新型の金庫が、チーズを切るようにいとも簡単に開けられ、現金千五百ドルが盗まれた。有価証券と銀貨は手つかずのまま残されていた。それでようやく捜査機関も関心を持ちはじめた。次いでジェファスン・シティのある銀行にあった古めかしい金庫にいきなり噴火口が生じ、その穿《うが》たれたばかりの穴から総額五千ドルにのぼる紙幣という溶岩が噴出した。今回は甚大な被害が生じたこともあり、ベン・プライス級の捜査官が乗り出すこととなった。各事件の報告書を比較検討した結果、金庫破りの手口には著しく似通った点が認められた。各現場を検分してまわったベン・プライスは、次のような意見を述べた。

「こいつは〝洒落者《ダンディ》〟ジム・ヴァレンタインの手口だね。やっこさん、また仕事を始めたんだ。あのダイアル錠のつまみのとこを見てみろ――なっ、雨降りの日に大根を引っこ抜くみたいに、すっぽり抜き取られちまってる。こういう芸当は、あいつの持ってる鋏《やっとこ》にしかできない。それに、どの事件でも、錠前の槓桿《タンブラー》の部分に見事な穴が穿《あ》けられてる。それがジミーの流儀なんだよ。ドリルでは一穴しか穿けないってのが。ってことは、そう、ヴァレンタイン氏をお捜し申しあげたほうがいいってことだな。今度は刑期の短縮も恩赦もなしだ。そういうふざけた真似はもう許さん。ああ、刑期満了までたっぷりとお勤めしてもらうまでだよ」

ベン・プライスはジミーの手口を知っていた。スプリングフィールドの事件を捜査する過程で学習したのである。移動距離が長いこと、現場からの逃走が実に素早いこと、共犯者がいないこと、上流社会を好む節《ふし》がうかがえること――おかげでヴァレンタイン氏は、捜査の網の目を巧みにすり抜ける達人として名を馳せているというわけだった。この逃走の名人にして神出鬼没の金庫破りの行方を、ベン・プライスが追いはじめたことが世間に公表されると、盗難防止機能つき金庫の持ち主たちは、ようやく安堵の胸を撫でおろした。

ある日の午後、アーカンソー州はブラックジャック・オークの郷にある、鉄道から五マイルほど離れたエルモアという小さな町で、あのスーツケースを持ったジミー・ヴァレンタインが郵便馬車から降り立った。その風貌を見る限り、運動競技を得意とする大学の最上級生が、ちょうど郷里の町に帰り着いたところといっても通りそうだった。ジミーは板張りの歩道を歩いて、ホテルに向かった。

角まで来たとき、通りを渡ってきた若い女がジミーのまえを通り抜けて、〈エルモア銀行〉と看板の出ている建物のなかに入っていった。彼女の眼をのぞき込んだ瞬間、ジミー・ヴァレンタインは自分が何者であるかを忘れ、別人に生まれ変わった。若い女は眼を伏せ、うっすらと頰を染めた。風采からしても雰囲気からしても、ジミーのような青年は、エルモアではめずらしかったのである。

ジミーは銀行の玄関口の石段でぶらぶらしていた少年を、いささか横柄に、まるで自分がそこの株主でもあるかのような態度で呼び寄せ、ときどき十セント硬貨をくれてやりながら、エルモアの町のあれこれについて尋ねはじめた。まもなく、先程の若い女がなかから出てきたが、そこにスーツケースを持った青年がいることなど気づいてもいないと言いたげな様子で、そそくさと歩き去っていった。

「ひょっとして、あのお嬢さんはミス・ポリー・シンプソンじゃないかい？」ジミーは空とぼけて尋ねた。

「違うよ」と少年は言った。「あの人はアナベル・アダムズだよ。ここの銀行、あの人の親父さんのものなんだよ。それより、あんたのことを訊《き》かせてよ。エルモアには何しに来たの？　その時計の鎖は本物の金《きん》？　ぼく、大きくなったらブルドッグを飼うんだ。十セント玉、あともう何枚か持ってない？」

ジミーは、プランターズ・ホテルまで歩き、宿帳にはラルフ・D・スペンサーと記入して、部屋を取った。それからフロントのデスクにもたれかかり、受付係の男に自分の考えを話して聞かせた。商売を始める場所を探していて、それでこのエルモアという町にも立ち寄ってみたのだ、と言った。この町に今、靴を商う店はどのぐらいあるんだろうか？　実は靴屋を始めようかと思ってるんだ。これからでも入り込む余地はありそうかな？

受付係の男は、ジミーの服装と態度に感じ入った。彼自身もエルモアの町の洒落者をもって任ずる安ぴかな若者たちのなかでは、いちおう流行の手本とも言うべき存在だったのだが、今さらながら自分にも至らないところがあったことに気づいたのである。どうすればあんな結び方ができるのだろう、とジミーのネクタイを必死に観察しながら、受付係の男は愛想よく誠実に情報を提供した。

ええ、靴屋なら見込みは充分あるはずです。この町には靴を専門に扱う、いわゆるちゃんとした靴屋は一軒もありませんから。靴は衣料品の店か雑貨屋で買うんです。町の景気はまずまずで、どの商売もそこそこ繁盛してます。エルモアに落ち着くことになさったらどうです？ ここは暮らしやすくていい町ですよ。まわりの人間も気さくでつきあいやすい人たちばかりだって、きっとすぐにおわかりになります。

いずれにしても、まずは何日か滞在して、自分なりにあれこれ見てみたいと思う、とスペンサー氏は言った。いや、ベルボーイは呼ばなくていい。このスーツケースは自分で運ぶから。けっこう重いんだよ、これが。

ジミー・ヴァレンタインの遺灰――いきなり燃えあがり、ふたつにひとつの選択を強いた恋の焔《ほのお》が残した遺灰――そこから甦った不死鳥のラルフ・スペンサー氏は、エルモアの町に留まり、成功した。靴屋を開業し、順調な業績を挙げていったのである。

彼はまた人づきあいの面でも成功し、たくさんの友人ができた。さらには胸を焦がした想いも成就した。アナベル・アダムズ嬢と近づきになり、交際を重ねるほどにますます彼女の魅力の虜囚《とりこ》となっていったのだった。

一年後、ラルフ・D・スペンサー氏の境遇は、次のようなものになっていた——町の人々の尊敬を勝ち得て、靴屋は繁盛し、アナベル嬢とは二週間後に結婚することが決まっていた。いかにも地方の銀行家らしく勤勉で力行型《りっこう》のアダムズ氏は、スペンサーにすっかりほれ込んでしまっていた。恋人に寄せるアナベルの想いにも、愛情に勝るとも劣らないほどの誇らしさがこもっていた。アダムズ氏の家庭でも、すでに嫁いでいるアナベルの姉の家庭でも、スペンサーはまるでもう家族の一員ででもあるかのように、すんなりとその場に溶け込んでいた。

そんなある日のこと、ジミーは自分の部屋のデスクに向かって一通の手紙をしたため、それを〝安全な〟住所であるセントルイス在住の旧友に宛てて送った。

なつかしき相棒

来週の水曜日の夜、午後九時に、リトル・ロックのサリヴァンの店に来てもらいたい。いくつか始末をつけなくちゃならないことがあってね。それをあんたに頼みたいんだ。どれも大したことじゃない。ついでにおれの道具一式を進呈したい。歓んで受け取ってもらえるものと思う。これと同じものは、千ドル出してももう誂えられないだろうから。そうなんだ、ビリー、実は足を洗った——一年まえに。今はまっとうな店をやってる。堅気の仕事で喰ってるんだ。二週間後には、この世にこんな娘がいたのかと思うほどすばらしい娘と結婚することになってる。これこそが人生だよ、ビリー。素っ堅気で地道にこつこつと生きていくことが。今はもう百万ドルやると言われても、他人の金《かね》には手を出したくない。たとえ一ドルたりとも。結婚したら店を売って西部に移るつもりだ。西部なら、おれの臑《すね》の古傷をひん剝《む》かれちまうようなことも、まずないだろう。おれが言うのもなんだが、彼女は天使だ。このおれのことを、心から信じてくれてる。だから、おれはもう二度と、どんなことがあっても、道に外れたことはしないと決めた。あんたにはどうしても会っておきたいから、サリヴァンの店に必ず来てくれ。道具はそのときに持って行く。

今は昔の友　ジミー

ジミーがこの手紙を書いた翌週の月曜日の夜、ベン・プライスが貸馬車でひっそりとエルモアの町に到着した。知りたいことを突き止めるまで、彼はいつもの目立たないやり方で町をぶらぶらと散策して歩いた。仕上げに通りを挟んでスペンサーの靴屋の向かいにあるドラッグ・ストアの店先から、ラルフ・D・スペンサーなる人物を入念に観察した。

「銀行家の娘と結婚するそうだな、ジミー?」ベン・プライスは、声に出さずにつぶやいた。「だがな、まだわからんぞ、そうは問屋が卸さないかもしれないだろう?」

翌朝、ジミーはアダムズ家で朝食をとった。その日は結婚式用の礼服を誂え、アナベルに何か気の利いた贈り物を買うために、リトル・ロックまで出かけることになっていた。エルモアに来て以来、町を離れるのはこれが初めてだった。以前の本業で〝ひと仕事した〟のは、もう一年以上もまえのことだ。そろそろ思い切って遠出をしてみても危険なことはないはずだった。

朝食がすむと、一家総出といった恰好で町に出た。アダムズ氏、アナベル、ジミー、アナベルの既婚の姉は五歳と九歳のふたりの娘を連れていた。途中でジミーがいまだに下宿代わりにしているホテルのまえを通りかかった。彼は部屋に駆けあがって例のスーツケースを取ってくると、再び一行に加わり、銀行に向かった。銀行のまえには、ジミーの一頭立ての馬車と馭者のドルフ・ギブスンが待っていた。最寄りの鉄道の駅まで、その馬車がジミーを送り届けることになっていた。

一行は彫刻をほどこしたオークの高い仕切りを通り抜け、その奥の執務スペースに入った――もちろん、ジミーも一緒に。アダムズ氏の未来の娘婿は、どこでも歓迎されたからだ。行員たちも、アナベル嬢と結婚することになっている、このハンサムで人当たりのいい青年には好感を抱いていて、彼の朝の挨拶に誰もが快く応えた。ジミーはスーツケースをしたに降ろした。アナベルは幸せと溌剌《はつらつ》とした若さとで心を弾ませていたので、ジミーの帽子をひょいとかぶると、スーツケースを持ちあげた。「ねえ、どうかしら? わたし、いっぱしのセールスマンに見えない?」とアナベルは言った。「それにしても、ラルフ、ずいぶん重いのね、このスーツケース。模造《にせ》の金塊でも詰め込んでるんじゃないかって思っちゃうわ」

「ニッケルの靴べらだよ」ジミーは落ち着き払って言った。「どっさり返品しなくちゃならなくてね。でも、自分で持って行けば送料の節約になるってことに気づいたんだ。今のぼくとしては、節約できるものはしっかり節約したいからね」

エルモア銀行はちょうど新しい大型金庫を据えつけたところだった。アダムズ氏はそれがたいそうな自慢で、人の顔さえ見れば、是非見ていってくれと言っていた。銀行の金庫室としては小振りなものだったが、扉の部分に新案特許をとった工夫が凝らされていた。頑丈な鋼鉄の閂《かんぬき》が三つも並んでいて、それをひとつの把手《とって》で同時に操作できるうえ、あらかじめ決められた時刻にならないと開けられない時限式の錠前も組み込まれていた。アダムズ氏は相好を崩して、その仕組みをスペンサー氏に解説した。スペンサー氏は丁重で礼儀に適ってはいるものの、理解力に富んでいるとは言い難い反応を示した。アナベルの姉の子どもたち、メイとアガサは、ぴかぴかの金属やら奇妙な恰好の時計やらダイアルやらに大はしゃぎしていた。

こうして一行がそれぞれの関心のありどころに気を取られているうちに、ベン・プライスが散歩の途中でふと立ち寄ったとでもいうようなのんびりとした足取りで銀行の店内に入ってきて、頬杖をつき、仕切りの柵のあいだからさりげなくなかの様子を眺めはじめた。窓口の出納係には、銀行に用事があるわけではなく、ただ知り合いの男を待っているだけだと説明した。

だしぬけに女の悲鳴があがった。続けざまに、ひと声、ふた声……とたんに大騒動になった。大人たちが気づかないうちに、九歳になる女の子のメイが悪戯《いたずら》心を発揮して、アガサを金庫室に閉じこめ、アダムズ氏が実演してみせた手順の見よう見まねで、扉の閂を降ろし、コンビネーション錠のダイアルをまわしてしまったのだった。

老銀行家は把手に飛びつき、引っぱり、しばらくのあいだ奮闘を続けた。「駄目だ、開かない」アダムズ氏はうめいた。「時限錠は時計のねじを巻いてないし、コンビネーション錠のほうもまだセットしてない」

アガサの母親がまたしても甲高い悲鳴をあげた。

「静かに！」震える手を挙げて、アダムズ氏が制した。「みんな、少しのあいだ、声を出さんでくれ。アガサ！」アダムズ氏は声を限りに叫んだ。「アガサ！　聞こえるか？」沈黙に聞き入るうち、かすかに子どもの泣き声が聞こえてきた。金庫室の暗闇に怯えた子どもが泣きわめく、切羽詰まった声。

「アガサ……アガサ！」母親は泣き崩れた。「あの子、死んじゃうわ。あんなに怯えてるんだもの。金庫を開けて！　扉を壊して早く開けて！　男の人がいるのに、なんとかならないの？」

「わたしたちでは無理だ。この扉を開けられる者は、リトル・ロックまで行かないとおらん」アダムズ氏は声を震わせて言った。「どうしたもんか……。スペンサー君、われわれに何ができるだろう？　あの子は――このままでは長くはもたん。金庫室のなかにはあまり空気がないし、あんなに泣き叫んでいては、じきにひきつけを起こしかねない」

アガサの母親はもはや冷静を失い、憑《つ》かれたように金庫室の扉をひたすら叩き続けている。窮するあまり、ダイナマイトを使うという無謀な案まで飛び出した。アナベルはジミーのほうに向き直った。彼女の大きな眼いっぱいに激しい不安の色が浮かんでいたが、そこに諦めの色はなかった。女には、自分の尊敬する男の力を以てすればこの世に不可能なことなど何ひとつない、と思えるらしい。

「なんとかできない、ラルフ？　お願い――やってみるだけでも」

彼はアナベルを見つめた。唇と、いつもは鋭い眼に、ひっそりと不思議な笑みを浮かべて。

「アナベル」と彼は言った。「きみがつけてるその薔薇の花をもらえないか」

聞き間違いではないかと思いながらも、アナベルはドレスの胸にピンで留めていた薔薇の蕾《つぼみ》をはずし、彼の手に載せた。ジミーはそれをヴェストのポケットにしのばせると、すばやくコートを脱ぎ捨て、シャツの袖をまくりあげた。支度が整ったとき、ラルフ・D・スペンサーは姿を消し、彼はジミー・ヴァレンタインになっていた。

「みなさん、扉のまえから離れてください」と彼は短く指示を発した。

例のスーツケースをテーブルに載せ、蓋の部分を向こうに倒して大きく開けた。その瞬間から、周囲の者の存在は眼中になくなったようだった。ぴかぴかに磨かれた奇妙な恰好の道具類を手際よく順番に取り出しながら、仕事をするときのいつもの習慣で低く静かに口笛を吹いていた。ほかの者たちは声ひとつたてなかった。身じろぎひとつしなかった。まるで魔法にでもかかったかのように、ただじっとジミーを見つめた。

一分後には、ジミー愛用の小型ドリルがなんの抵抗もなくやすやすと鋼鉄の扉に食い込んだ。十分後には——彼自身の金庫破りの最短記録を破って——閂を跳ねあげ、扉を開けていた。

アガサは半ば気を失いかけていたが、生命に別状はなく、母親の腕に抱き取られた。

ジミー・ヴァレンタインはコートを羽織ると、仕切りを通り抜けて銀行の正面玄関に向かった。歩きながら、聞き覚えのある声が遠くのほうで「ラルフ！」と呼ぶのが聞こえたような気がした。それでも、彼は足を止めなかった。

正面玄関のところに、大柄な男が行く手を遮《さえぎ》るような恰好で立っていた。

「やあ、ベン」あの不思議な笑みを浮かべたまま、ジミーは言った。「とうとう尻尾をつかまれちゃったね。それじゃ、行こうか。今さら遅いって言われそうだけど」

次の瞬間、ベン・プライスはいささか奇妙な行動に出た。

「人違いをなさってるようですな、スペンサーさん」とベン・プライスは言った。

「あなたのことは、わたしはとんと存じあげない。馬車が待ってるようですよ、ほら」

それだけ言うと、ベン・プライスは背中を向け、通りを悠然と歩き去っていった。

十月と六月

October and June

大尉は鬱《ふさ》いだ表情で、壁の剣を見つめた。そばのクロゼットには、風雨にさらされ、軍務で酷使されて色褪《あ》せた軍服が、今も大切にしまってあった。剣戟《けんげき》の響き、鳴り止むことのなかった日々。思えばそれも、遠い過去のことになりはてしまった。

そして今、祖国の危急存亡の秋《とき》を戦い抜いてきた強者《つわもの》たる身が、ひとりの女の柔和な眼差しと笑みをたたえた唇のまえに、屈辱的な降伏を余儀なくされているのである。

自室の静寂のなか、大尉は椅子に坐り続けた。彼女から届いたばかりの手紙を握ったまま。彼の鬱いだ表情は、この手紙に起因するものだった。大尉は手紙に眼を遣り、彼の希望をものの見事に打ち砕いた件《くだり》をあらためて読み返した。

わたしのような者を妻にと望んでくださったことは、この身に余る光栄です。それをお断りするのですから、あなたに対して少なくとも正直でなくてはならないと思うのです。お断りする理由は、わたしたちの年齢があまりにも離れすぎているからです。あなたのことは大好きです。とてもいい方だと思っています。でも、わたしにはわかるのです、仮にわたしたちが結婚したとしても、その後の生活は幸せなものにはならないだろうということが。無礼なことを申しあげているのは承知のうえです。でも、お体裁や空疎な言い逃れではなく、敢えて本当のことを申しあげたわたしなりの誠意を、いつかきっとわかっていただける日が来ることと信じます。

大尉は溜息をつき、空いているほうの手に顔を埋めた。そう、確かに、ふたりの年齢には、少なからず開きがあった。だが、彼は壮健でたくましい身体にも恵まれていたし、それなりの地位と財産も手にしていた。惜しみなく愛し、常に思い遣り、不自由のない暮らしを提供することで、年齢の差への不安を忘れさせることができはしまいか？　なんと言っても、彼女のほうにも、こちらを憎からず想う気持ちがあるのだから。その点については、大尉としてもいささか自信があった。

大尉は即断即決、即行動を旨とする男だった。山野にあっては、その果断な行動力で知られたものである。彼女に直接会って、もう一度弁明を試みるつもりだった。年齢の差だと？　そんなものは、愛のまえに、いかほどの障害になるというのか？

二時間後、決戦の場に赴く支度が調《ととの》った。行軍用の軽装に身を包んだ大尉は、列車でテネシーのある町に向かった。大尉の想い人は南部の典型のようなその古い町に住んでいたのである。

その人、セオドラ・デミングは歴史を感じさせる立派な屋敷の柱廊式玄関《ポルチコ》の階段に出て、夏の夕暮れ時を楽しんでいた。大尉は屋敷の門を抜け、砂利を敷き詰めた小道を玄関まで歩いた。彼女は笑顔で出迎えた。なんの屈託も感じさせない笑顔だった。大尉は階段の、彼女より一段下の段で足を止めた。そこに立っている限り、ふたりの年齢差をさほどあからさまに感じないですんだ。大尉はもともと長身で姿勢もよく、澄んだ眼にほどよく陽に灼けた浅黒い肌をしていた。彼女のほうは、今まさに匂やかな花の盛りを迎えようとしていた。

「いらっしゃるとは思わなかったわ」とセオドラは言った。「でも、こうしていらしてしまったんだから、坐ってくださいと言うべきでしょうね。階段でもかまわなければ。手紙を差しあげたんだけど……?」

「ええ、いただきました」と大尉は言った。「だから、こうして来たんです。セオドラ、頼みがある。もう一度、考え直してはもらえないだろうか?」

セオドラ・デミングは大尉に優しく微笑みかけた。大尉は年齢《とし》を感じさせなかった。彼のそんな逞《たくま》しさを、彼女はとても好もしく思っていた。健康的で颯爽《さっそう》とした容姿にも、古風で男らしいところにも、親愛の気持ちを抱いていた。だから、そう、せめてあともう少し――、

「いいえ、それはできません」彼女は首を横に振り、きっぱりと言った。「できるわけがないわ。あなたのことはとても好きよ。でも、結婚してもうまくいくわけがない。あなたとわたしとでは年齢が……同じことを言わせないでください。手紙に書いたとおりです」

大尉は、赤銅《しゃくどう》色に陽灼けした頰をかすかに赤らめた。しばらくのあいだ、沈痛な面持ちで黙りこくったまま、黄昏時《たそがれどき》の薄闇にただじっと眼を凝らした。木立の向こうに、かつて青い軍服に身を包んだ男たちが海岸線まで進軍する途中で野営した野原が見えた。今やそれもなんと遠い記憶となってしまったことだろう。大尉にしてみれば、まさに、運命の女神と時の翁《おきな》の、手酷い騙し討ちに遭ったようなものだった。わずか数年の差で幸せに手が届かないとは。

セオドラの手が伸びてきて、大尉の陽に灼けた武骨な手のなかにそっと滑り込んだ。大尉に対して、少なくとも、愛の親戚と言われるあの感情[19]は抱いているようだった。

「そんなふうに思い詰めないでください」彼女はやんわりと言った。「これが最善の答えなんです。ひとりになってじっくりと冷静に考えて出した結論なんです。いつかきっと、わたしと結婚しなくてよかったとお思いになるようになるわ。確かに、しばらくはふたりで楽しく、幸せに暮らせるかもしれません。でも……ねえ、考えていただきたいの。何年もしないうちに、お互い相手の好みに違和感を覚えるようになるっ

19 憐れみのこと。

てことを。ひとりは夜は暖炉のそばで本でも読みながら、神経痛やリューマチで痛む身体をいたわって過ごしたいと思うようになっても、もうひとりはまだまだ舞踏会や観劇やそのあとの夕食を楽しみたいと思ってるかもしれないんですもの。ねっ、やっぱり無理があるんです。年齢の離れた人同士の結婚を、一月と五月の結婚という表現をするでしょう?[20] わたしたちの場合はそこまでではないにしても、でも、そうね、十月と六月の初旬ぐらいの差はあるわ」

「セオドラ、きみの望むことはなんでもする。きみがそうしたいと言うなら、ぼくだって――」

「いいえ、それは無理というものです。今はできると思ってらっしゃるかもしれない。でも、そのときになったら、そうはできないものなんです。どうか、もう何もおっしゃらないで」

大尉は戦いに負けた。しかし、彼は誇り高き軍人だった。立ちあがって最後の別れを告げると、口元をぎゅっと引き締め、胸を張った。

その夜のうちに大尉は北部に向かう列車に乗り、翌日の夕方には自室に戻っていた。壁に剣を掛けてあるその部屋で、晩餐のために身なりを整えていたとき、白いネクタイを念入りに蝶結びにしながら、大尉はこんな憂いに沈んだ独り言を口にしていた。

「よし、潔く認めよう。セオドラの言うことは、やはり正しかった。そりゃ、誰が見ても震いつきたくなるような美人には違いないけど、どんなにおまけしても二十八歳にはなってるだろうからな」

ちなみに、大尉は弱冠十九歳で、彼の剣がチャタヌーガの練兵場以外の場所で抜かれたことはない。また、キューバの反乱に端を発したスペインとの戦争においても、大尉の戦歴はチャタヌーガの練兵場どまりである。

20　チョーサー作『カンタベリー物語』中の「商人の話」にちなむ。騎士のジャニュアリ（一月の意）は六十歳を過ぎてから若い町娘のメイ（五月の意）を見初めて妻に迎えるが、メイは老いた夫に関心がなく、夫を裏切る。不釣りあいな結婚は不幸であるとの喩え。

幻の混合酒《ブレンド》
The Lost Blend

ここで酒場の話をさせてもらっても、別に差し支えはあるまい？　酒場に牧師さんを呼んで祝福してもらったり、お偉い方々の晩餐がカクテルで始まったりするご時世なんだから。絶対禁酒運動を信奉なさっている方々は、なんならお聞きにならなければよろしい。世の中には、自動販売機の冷製コンソメ・スープと表示の出ている投入口《スロット》に十セント硬貨を押し込んでやると、ドライ・マティーニが出てきたりするカフェテリアなんてものもあることだし。

コン・ラントリーは、ケニーリーの店のバー・カウンターの酔えないほうの側で働いていた。読者諸兄やわたしなどは、その向かい側に鵞鳥《がちょう》のように一本脚で寄りかかり、一週間分の給料を自ら進んではたいてしまうのである。すると、カウンターを隔てた向かい側にいるコンが――きれい好きで、おっとりしているけれど頭の回転が速く、礼儀をわきまえていて、いつも白い上着をぱりっと着込み、几帳面で、信頼が置けて、若いのに責任感の強いコン・ラントリー青年が、ちょこまかと動きまわり、われわれから金《かね》を巻きあげていく、というわけだった。

ケニーリーの店は――祝福されているのか、はたまた呪われているのか、よくわからないが、まあ、いずれにしても――市《まち》の〝通り《ストリート》〟ではなく、あの〝小路《プレイス》〟と呼ばれる、平行四辺形のせせこましい空間に面していた。界隈の住人の顔ぶれは、洗濯屋と、ニューヨークに初めて移住してきたオランダ系移民のなれの果てと、そのどちらにも関係のない自由と芸術の徒《と》、といったところだった。

店の上階《うえ》には、ケニーリーとその家族が住んでいた。娘のキャサリンはいかにもアイルランド系らしい黒目がちのぱっちりとした……いや、そんなことまでお聞かせしてなんになろう？　諸兄には各々《おのおの》、ご自分のジェラルディンなりイライザ・アンなりで満足しておいていただかなくてはならないのだ。なんせ、このキャサリンには、件《くだん》のコン・ラントリー青年が夢にまで見るほど憧れを募らせているもので。彼女が裏の階段を降りてきて夕食に出すジョッキ一杯分のビールを小声で所望したりすると、コンの心臓はたちまちシェーカーのなかのミルク・パンチのように、猛烈な速さであがったりさがったりしはじめるのである。一般にロマンスというものは、その場に応じたしかるべき手続きをしかるべく踏みながら進展していくものである。つまり、諸兄は財布に残った最後の銅貨をバー・カウンターに投げ出してウィスキーを求め、バーテンダーはその銅貨を受け取り、店主の娘と結婚して、末永く幸せに暮らしましたとさ、となるはずなのだ。

ところが、コンの場合、そうはいかなかった。というのも、コンはご婦人のまえに出ると、とたんに顔が真っ赤になり、舌がもつれてしまうのである。普段はクラレット・パンチで舌の回りがよくなりすぎた騒々しい若造を眼だけで黙らせ、暴れだした酔漢をレモン絞り器でぶちのめし、喧嘩っ早くなった酔っ払いを白い亜麻織《リンネル》のネクタイに皺一本寄せずに溝《どぶ》に叩き込んでしまうこともできるのに、ご婦人のまえに出ると、声を失い、しどろもどろになり、猛然と押し寄せてくる恥ずかしさと情けなさに敢えなく呑み込まれて、赤面しながら口ごもるばかり。では、キャサリンのまえでは？ ただもう度を失ってしまって、自分のほうからはひと言も話しかけられず、お世辞はおろか、石のように硬くなって、女神とも崇《あが》める想い人のまえでむにゃむにゃと天気のことをつぶやくだけの、実になんとも気の利かない恋人に成り下がるのだった。

さて、このケニーリーの店に、ライリーとマッカークという陽灼けしたふたりの男がやってきた。ケニーリーと話し合ったうえ、店の裏手のひと部屋を借り受けることに決まると、ふたりはそこに、何本あるのか見当もつかないほど大量の酒と、サイフォンやら水差しやら調剤用の計量グラスやらをどっさりと運び込んだ。酒場一軒分の酒類と器具が揃っているというのに、ふたりはどうやら客商売をするわけではなさそうだった。日がな一日その部屋に閉じこもり、持ち込んだアルコール類を注いだり混ぜたりしながら、汗だくになって正体不明の醸造酒やら蒸留酒やらをこしらえていた。ライリーという男は学があるようで、ずいぶんたくさんの紙を使って何やら計算をしては、ガロンをオンスに、クォートを液量ドラム[21]に換算したりしていた。マッ

21 薬剤などの液量の単位。八分の一液量オンスで、約三・七ミリリットル。

カークのほうは赤い眼をした、いかにも気難しげな男で、調合が失敗に終わるたびに、低いしゃがれ声で悪態をつきながら、出来損ないの混合酒《ブレンド》を勢いよく排水管にぶちまける役目を担当していた。ふたりは刻苦勉励、作業に励んだ。神秘の溶液を完成させるべく、卑金属から黄金を作り出そうと奮闘するふたりの錬金術師よろしく、努力に努力を重ねた。

ある晩、仕事を終えたコン・ラントリーは、この奥の部屋にぶらりと足を向けた。客に呑ませるわけでもないのに、毎日ケニーリーの店の在庫品を持ち出してはもろもろの無駄遣いでしかない虚しい実験を繰り返す、この謎めいた二人組のバーテンダーに、コンは職業的な好奇心をかき立てられていたのだった。

裏階段のところで、上階《うえ》から降りてきたキャサリンと行き合った。キャサリンはアイルランドのグウィーバラ湾から昇る朝日のような笑みを浮かべた。

「こんばんは、ラントリーさん。今日はお変わりなくて?」

「あ、あ、あめが降りそうです」はにかみ屋のコンは壁際ぎりぎりまで後ずさり、ことばに詰まりながら言った。

「それは何よりだわ」とキャサリンは言った。「水不足より困ることはないもの」

奥の部屋では、ライリーとマッカークが、髭を生やした魔女といった趣で、得体の知れない混合酒造りに奮闘していた。五十本の酒壜《さかびん》から、ライリーの計算どおりの分量を慎重に量り取って大きなガラスの容器に移し入れ、全部を一緒くたにして振り混ぜ、最終的にマッカークが陰気な声で悪態をつき、容器の中身を排水管にぶちまけ、ふたりしてまた最初からやり直すことを繰り返していた。

「そこに坐んな」ライリーがコンに言った。「まあ、ともかく聞いてくれって。去年の夏のことだ、ティムとおれはふと思いついたんだよ、アメリカ式のバーをニカラグアあたりで開店したら儲かるんじゃないかってな。あのあたりの海沿いには、キニーネをつまみにラムをかっ喰らうしかないような町があるんだよ。土地の人間も、よそから来た連中も、寒気がするって寝込んじまい、ようやく寝床を這い出すとまた熱が出るってあんばいだからね。そういう熱帯特有の病気にやられたときは、上等のカクテルがいい特効薬になるってもんだ。

で、おれたちはニューヨークで酒をしこたま仕入れて、バーの備品やらグラスの類《たぐ》いなんかも買い込んで、定期航路の汽船でサンタ・パルマって町に向かった。船のうえじゃ、ティムもおれも、飛魚《とびうお》を見たり、船長やボーイを相手にセブン・アップをやったりして、気分は早くも南回帰線以北を征服したハイボール王《キング》さ。

アメリカ流の酒のうまい呑み方と釣り銭のちょろまかし方をご披露しようとしてる国まで、あと五時間で到着するってときになって、船長がおれたちを右舷の羅針盤の台のところに呼んで、『いま思い出したんだが……』って言うんだよ。『きみたちに言い忘れていたことがある』ってね。『実はニカラグアでは先月から、壜入りの商品を持ち込む際には、その中身を問わず一律、申告価格の四十八パーセントの輸入税がかけられることになったんだ。シンシナティの会社がこしらえたヘアトニックをこっちの大統領がタバスコ・ソースと勘違いしちまったもんだから、腹立ちまぎれの報復措置ってわけさ。樽詰めならすべて非課税扱いなんだがね』おれたちにしてみりゃ『そういうことはもっと早く教えてくれ』だよ。ともかく船長から四十二ガロン入りの樽を二個ばかり譲ってもらった。で、手持ちの酒の封を切って、片っ端からその樽のなかに中身を空けていったのさ。一本残らず。だって四十八パーセントだぜ。税金でそんなにふんだくられたら、おれたちは破産だ。といって、せっかくの酒をただ捨てちまうってのも芸がない。だったらってことで、運を天に任せて、千二百ドルの混合酒《カクテル》をこしらえることにしたわけさ。

上陸すると、おれたちはさっそく樽に呑口《のみぐち》をつけた。ひとつめの樽から出てきたのは、どうにもこうにも……お話にならない代物だった。見た目は、バワリーあたりの安食堂で出てきそうな豆スープみたいな色をしてるし、味ときたら、立て続けに弱いカードばかり引いてがっくりきてるときに、おばさんが気付《きつけ》に淹《い》れてくれる代用コーヒーそっくりだった。試しに、そばにいた黒い肌の兄《あん》ちゃんに四フィンガーほど呑ませてみたら、こいつが、なんとまあ、砂を蹴立ててばたんと倒れたきり、ココナツの木の根元で三日三晩、人事不省だ。推薦文にサインしてもらうどころじゃない。

ところが、もうひとつの樽は……。なあ、バーテンダーの坊や、あんたは黄色いリボンを巻いた麦藁帽子をかぶって、可愛い女の子を連れて、しかもポケットに八百万ドルばかり忍ばせて、気球に乗ったことはあるかい？　ああ、ふたつめの樽から出てきた酒を三十滴も呑めば、ちょうどそんな気分になれる。二フィンガーほど胃袋に流し込んでやろうもんなら、この世の中で殴り甲斐のあるやつは、あのへなちょこ野郎のジム・ジェフリーズ[22]ぐらいしかいないのかって、両手に顔を埋めておいおい泣き出

22　一八七五〜一九五三、アメリカのボクサー。ヘビー級チャンピオン。

しちまうだろうね。いやいや、ほんとだって。このふたつめの樽の中身は、喧嘩も、金《かね》も、贅沢な暮らしも思いのままって気分になれる摩訶不思議な霊薬だったんだよ。色も黄金色でガラスみたいにきれいに透きとおってた。陽が落ちてからも、陽の光を閉じこめてあるみたいに、ぼうっと光ってるんだ。そのへんのバーじゃ、千年待ってもお目にかかれないような酒だ。

そんなわけで、おれたちはそのふたつめの樽の酒だけで商売を始めた。それだけで充分、商売になったよ。彼《か》の国の浅黒い肌をした紳士方が、巣箱にあつまる蜜蜂みたいに、その酒に寄ってきた。あの樽の酒がもっとあったら、あの国はとんでもないことになってたと思うね。毎朝、店を開けると、将軍とか大佐とか元大統領とか、はたまた革命家なんてのまでが、一ブロック先まで長い行列を作って待ってるのさ。はじめのうちは一杯につき五十セント銀貨一枚で売り出したんだが、最後の十ガロンは一口五ドル。それでも飛ぶように売れた。そりゃ、まあ、すこぶるつきの上物だったからな。あれを呑むと、勇気がむくむくと湧いてきて意気に燃えるって言うか、なんだってやってやろうじゃないかって熱くて図太い気持ちになるんだよ。自分の使う金《かね》についても、汚れた金だろうと、製氷業トラストから出た怪しい金[23]だろうと、これっぽっちも気にならなくなる。樽の中身が半分ほど空《から》になったころ、ニカラグアは国債の支払いは拒否するし、煙草税は廃止するし、アメリカ合衆国とイギリスを相手に今にも宣戦布告をしようかって勢いだった。

おれたちは、偶然、あの酒の王様を見《め》っけた。まったくの偶然だ。ってことは、運がよけりゃ、もう一度めぐりあえるかもしれないってことだ。おれたちはこの十カ月間、あれこれ試してみた。この道の専門家が知っているって酒を、身体によくないとされてる飲み物って飲み物を、片っ端から少しずつ混ぜ合わせてみてるんだ。もう何樽分も。ウィスキーにブランデーにリキュールにビターズにジンにワイン——おれたちが無駄にした酒を全部合わせたら、バーなら十軒は開店できちまうよ。あんなご機嫌な酒は、この世には存在しちゃいけないってことか？　くやしいったらないね。金を溝《どぶ》に捨てちまったようなもんじゃないか、ええ？　だいたい、ああいう酒は、アメリカ合衆国が国家として承認して、奨励金を出してしかるべきなんだ」

23　一九〇〇年にアメリカで起こった政治スキャンダル。アメリカン・アイスカンパニーのトラスト形成をめぐり、複数の政治家に株が譲渡された。

このあいだもマッカークは黙々と、ライリーが鉛筆でしたためた最新の処方どおり、今し方の話に出てきたような各種のアルコール類を慎重に量り分けてはガラス容器に注ぎ込んでいた。できあがった混合酒は、ところどころにチョコレート色が混じった見るもおぞましい代物だった。マッカークはひと口味見をすると、その出来映えにふさわしいことばを並べ立てて、容器の中身を流しにぶちまけた。

「なんだか不思議な話ですね、ほんとにあったことなんだろうけど」とコン・ラントリーは言った。「さて、ぼくはそろそろ失礼して晩めしを食ってきますよ」

「そのまえに、まあ、一杯やってくれ」とライリーが言った。「例の幻の混合酒《ブレンド》はないけど、酒ならなんでも揃ってるぜ」

「ぼくは呑まないんです」とコンは言った。「水より強いものは駄目なんですよ。ついさっき階段のとこでキャサリンさんに会ったけど、いいことを言ってましたよ。『水不足ほど困ることはない』って」

コンが立ち去ると、ライリーは相手を危うく突き飛ばしかねないほどの勢いで、マッカークの背中を叩いた。

「おい、今のを聞いたか?」大声を張りあげて、ライリーは言った。「おれたちは揃いも揃ってとんだ抜け作だよ。おれたちはあの船にアポリナリスとかってドイツの壜入りのミネラル・ウォーターを六ダースばかり積み込んだはずだ——口を開けたのは、おまえだろ？　で、どっちの樽に空けた？　その空っぽの頭でようく考えてみな、どっちの樽だ？」

「ええと、確か……」マッカークはのろのろと言った。「二番目に抜いたほうの樽だったと思う。横っ腹んとこに青い紙切れが貼りつけてあったのを覚えてるから」

「よし、もうわかった」ライリーは叫んだ。「それだよ、足りなかったのは。決め手は水だったんだ。あとは間違っちゃいなかったのさ。おい、急いでおもての店に行って、アポリナリスを二壜ほどもらってこい。おれはそのあいだにこの鉛筆で計算して、混ぜ合わせる分量を割り出しとくから」

一時間後、コン・ラントリーはケニーリーの店に向かってのんびりした足取りで舗道を歩いていた。忠実な従業員というものは、たとえ休憩時間中であっても、こうして何やら不可思議な引力に縛られて、仕事場のそばから離れられないものなのである。

バーの通用口のまえに、警察の護送馬車が停まっていた。三名の見るからに屈強そうな警官がライリーとマッカークを半ば抱えあげ、半ば押し込むようにしてうしろの踏み段から馬車に乗せようとしていた。ふたりとも眼のまわりや頰のあたりに、執念深く取っ組み合った血なまぐさい痕跡、切り傷や打ち身をどっさりとこしらえていた。なのに、どういうわけか、どちらも上機嫌ではしゃいだ声を張りあげ、喧嘩を招いた原因である興奮状態が醒めやらぬまま、警官にからんでいた。

「奥の部屋で殴り合いをおっぱじめたんだよ」ケニーリーはコンに説明した。「おまけに歌まで歌いだした。それだけならまだしも、そのうち手当たり次第にものを壊しはじめたもんでね。だが、まあ、根は気のいい連中だからな。壊したものは弁償してくれるだろう。どうやら、ふたりで新しいカクテルを考案しようとしてたらしい。なに、明日の朝になりゃ、しゃんとして出てくるよ」

コンは戦いの跡を見学していくことにして奥の部屋に足を向けた。廊下を通り抜けようとしたとき、ちょうどキャサリンが裏階段を降りてきた。

「こんばんは、ラントリーさん、二度目の〝こんばんは〟ね」とキャサリンは言った。

「お天気は変わりなくて？」

「や、やっぱり……ひと、ひと雨……きそうです」つるんとした蒼白い頰を赤らめて答えると、コンはあたふたとキャサリンの脇をすり抜けた。

確かに、ライリーとマッカークは、なかなかに盛大な内輪揉めをやらかしたようだった。あたり一面、壜やらグラスやらの破片が飛び散り、アルコールの臭いがぷんぷんしていて、床のあちこちに色とりどりの水溜まりならぬ〝酒溜まり〟ができていた。見ると、テーブルに用量三十二オンスのガラス製の計量カップが載っていた。底のほうに、大匙二杯分ほどの液体が残っていた――黄金の淵に太陽の光を閉じこめたような、金色に輝く液体だった。

コンはその液体をひと嗅ぎした。それからひと口味見をした。それから呑んだ。

廊下に出ると、ちょうどキャサリンが裏階段をのぼっていこうとしているところに行き合わせた。

「やっぱりお変わりないんでしょう、ラントリーさん?」キャサリンはからかうように笑みを浮かべて言った。

コン・ラントリーはいきなりキャサリンを、足が床から浮くほど高々と抱えあげ、そのまま抱き締めた。

「変わったことといえば――」とコンは言った。「ぼくたちが結婚することになったってことぐらいですね」

「ねえ、降ろしてちょうだい！」キャサリンは怒った声で言った。「さもないと、あたしの……ちょっと待って、コン。あなたがそんなことを口にするなんて、いったい全体……そうよ、いったい全体どこで、それだけの度胸をつけてきたの？」

楽園の短期滞在客
Transients in Arcadia

ブロードウェイに一軒のホテルがある。今のところはまだ、隠れた避暑地を鵜の眼鷹の眼で探す連中には見過ごされているホテルだ。奥まった造《つく》りで、広々としていて、涼しい。客室はどの部屋も、ひんやりとした手触りの黒ずんだオーク材で仕上げてある。人工の微風と緑濃い植え込みが、アディロンダック山地[24]の快適さを、現地まで遠

24　ニューヨーク州北東部の山地。避暑地として知られる。

路はるばる出かけていく手間を省いて再現してくれている。真鍮《しんちゅう》ボタンの制服を着たボーイを案内人に、広い階段を登るか、空中をするすると移動するエレヴェーターで夢見心地のうちに上階に運ばれていくかすれば、アルプスの登山家でも未経験の、清々《すがすが》しい歓びを味わうことができる。厨房《ちゅうぼう》に詰めている料理長は、ニューハンプシャーのホワイト山脈まで出向いても食べられないような見事な川鱒《かわます》やら、オールド・ポイント・コンフォート[25]の連中が羨ましさのあまり顔色を変えてしまうほどの魚介類――「ちぇっ、こいつはかなわねえや」――やら、密猟を取り締まる監督官の融通のきかない役人根性もとろかせてしまうにちがいないメイン産の鹿肉やらを出してくれるはずだ。

砂漠と化した七月のマンハッタンで、このオアシスを発見した者はきわめて少ない。七月になると、ホテルの滞在客はめっきりと減る。雅趣に富んだ食堂の涼しい夕明かりのなか、贅沢にもあちこちに散らばって席につき、雪原のような純白のテーブルクロスをかけた無人のテーブル越しに互いに眼を見交わしあっては、暗黙のうちに自分たちの幸運を言祝《ことほ》ぎあうのである。

目端が利いて、まるで空気タイアを着《つ》けているのかと思うほど音もなく機敏に動きまわる給仕があり余るほど控えていて、絶えずそばをうろうろしては、こちらが頼みもしないうちに用事を足してくれる。室温は常に四月に保たれている。天井には夏空を模した水彩画が描かれ、ふんわりと柔らかそうな雲が漂い流れている。〝天然物〟の雲とはちがって消えてしまう気遣いもない。

かすかに聞こえてくるブロードウェイのざわめきも、幸福な滞在客たちの空想のなかでは森に安らかな音を溢《あふ》れさせる滝の水音に転じる。だが、聞き慣れない靴音がするたびに、滞在客たちは気遣わしげに耳をそばだてる。あの僻陬《へきすう》の地の果てまで自然の女神を探し歩き、安楽を求めて止まない騒々しくて執念深い連中に、自分たちの大切な憩いの場が発見され、ついに侵入されることになるのを、何より恐れているからである。

斯《か》くて、炎暑の季節のあいだ、この人気《ひとけ》の少ない隊商宿では、眼の肥えたごく少人数の一団が慎重にあたりを警戒しながら、人工の技術と練達の配慮が提供する深山の歓びと海辺の楽しさを心ゆくまで堪能するのである。

25 ヴァージニア州南東部の避暑地。

そんな七月のさなか、このホテルにひとりの客が訪れた。宿泊簿に記帳させるため、ホテルのフロント係に差し出された名刺には「マダム・エロイーズ・ダーシー・ボーモン」と記されていた。

マダム・ボーモンは、ホテル・ロータスが歓迎する類《たぐ》いの客だった。選ばれた人間特有の洗練された優雅な物腰に気品あふれる容貌、そこにしとやかさと心優しさが備わっていたものだから、ホテルの従業員たちはたちまちマダムの奴隷になった。ベルボーイたちはマダムの呼び鈴に応える栄誉を獲得するべく競いあった。フロント係としては、所有権の問題さえなければ、このホテルを中身ごとそっくりマダムに譲り渡してしまいたいところだった。ほかの滞在客も、マダムのどことなく人を寄せつけない女らしい気品と美しさは、ホテル・ロータスのこの雰囲気を非の打ち所のないものに仕上げるための、最後のひと刷毛《はけ》のようなものと見なした。

この類いまれなる滞在客は、めったに外出しなかった。そうしたマダムの生活ぶりは鑑識眼にすぐれた常連の習慣とも一致していた。この快適至極なホテル暮らしを満喫するには、市《まち》は何マイルもの彼方にあるものとして絶縁するぐらいの覚悟が必要である。陽が落ちてから近くの邸宅や施設をちょっと訪ねるぐらいはよしとしても、炎暑の陽盛りには、鱒が気に入った瀞場《とろば》の深く澄んだ避難所にじっと身を潜めているように、ホテル・ロータスの蔭《かげ》深き要塞に引きこもっているものだ。

マダム・ボーモンは、ホテルにはひとりで滞在していたが、女王の威厳を保っていた。その孤高は高貴な身分に由来するものにちがいなかった。朝食は午前十時にとった。そのときのマダムの姿は、涼やかで、優雅で、見るからにくつろいでいて、慎ましやかで、黄昏時に咲くジャスミンの花のようにほの明るく、柔らかな輝きをまとっていた。

それが晩餐のときになると、まさに輝きの絶頂に達して燦然《さんぜん》たるきらめきを放つのだ。晩餐の席に、マダムは山峡《やまかい》のいまだ人の眼に触れたことのない瀑布から立ちのぼる狭霧《さぎり》のような、実になんとも淡々しくて美しいドレス姿で現れた。このドレスの名称は、寡聞にして筆者の知るところにない。レースで飾られた胸元には、いつも薄紅色の薔薇の花があしらってあった。それは給仕長が敬意を抱いて眺め、食堂の入口まで進み出て恭《うやうや》しく迎え入れるようなドレスだった。見る者にパリを思い出させるようなドレスだった。場合によっては、謎めいた伯爵夫人を連想する者もいるかもしれない。確実なところではヴェルサイユ宮殿とか、決闘用の細身の剣とか、フィスク夫人ことミニー・マダーン・フィスク[26]とか、赤と黒の菱形模様のついたテーブルで行われるトランプ賭博《ルージュ・エ・ノワール》あたりを連想させるドレスだった。やがて誰が言うともなく、マダムは世界を股にかけるいわゆる国際人で、実はあのほっそりとした白い指先で国際間の何本かの糸を、ロシアに有利になるよう繰っているのだ、という噂がホテル・ロータスに流れるようになった。そんなふうに世界各国を自由気儘《きまま》に旅してまわっているご婦人なら、暑さ厳しき盛夏のあいだの静養先として、アメリカ中を探してもこのホテル・ロータスという雅《みやび》やかな別天地ほど望ましい場所はほかにないことを眼敏《めざと》く見てとったとしても、いささかも驚くにはあたらない、というわけだった。

マダム・ボーモンがこのホテルに逗留《とうりゅう》するようになって三日目のこと、ひとりの青年がやってきて宿泊簿に名前を書き込んだ。ごく一般的な順序に則《のっと》ってその青年の特徴を述べるなら、服装は流行に即したものながら浮ついたところはなく、容貌は端整で、表情には世慣れた如才のない人間の落ち着きがのぞいていた。青年はフロント係に三日か四日ほど滞在するつもりだと告げ、ヨーロッパ航路の汽船の出航日を尋ねると、気に入った宿を見つけた旅人の満足そうな様子で、世に比類なきこのホテルの心地よいけだるさに身を委ねた。

青年は——記帳が正確なことを信じるなら——ハロルド・ファリントンといった。彼はホテル・ロータスの孤高を重んじる静かな生活の流れに、ひっそりと音も立てずに実にそつなく滑り込んだので、無駄に細波《さざなみ》を立てて安らぎを求める同宿者たちを驚かすこともなかった。彼もまたこのホテル・ロータスで蓮の実を食《は》み、他の幸福な船乗りたちと共に穏やかな逸楽の境地に誘い込まれたのである。[27] 彼は一日にして早くも専用のテーブルと専属の給仕を確保し、ついでにブロードウェイを暑苦しくさせている、あの休暇を求めて止まない熱病患者たちが、手近にあって人目につかないこの避難港にいきなり押し寄せてきてめちゃくちゃに荒らしてしまうのではないか、という不安まで自分のものにしてしまっていた。

ハロルド・ファリントンがやってきた翌日、マダム・ボーモンは晩餐をすませて食堂を出ていくとき、ハンカチを落とした。ファリントン青年がそのハンカチを拾ってマダムに返した。近づきを求めるような素振りは、これっぽっちもうかがえなかった。

26 一八六五〜一九三二、アメリカの舞台女優。
27 ロータスは蓮の意。ギリシア神話ではこの実を食べると浮世の一切を忘れ、安逸を楽しむことができるとされる。

おそらく、このホテル・ロータスの趣味のいい滞在客たちのあいだでは、ある種の秘密めいた連帯意識のようなものが働いていたのだと思う。ブロードウェイの一ホテルに完全無欠の避暑地を発見し得た、という共通の幸運によって結ばれた者同士、互いに相通ずるものを感じ取っていたのだと思う。あくまでも礼儀正しくて配慮の行き届いた、それでいてためらいながらも堅苦しさを抜け出そうとすることばが、ふたりのあいだで交わされた。そしてあの刹那《せつな》主義的な雰囲気が蔓延《まんえん》する世間一般の避暑地と同様、ここでもひとつの出会いが生まれると、それは魔法の草のようにたちまち生長して花を咲かせ、実を結んだ。ふたりは廊下の突き当たりにあるバルコニーに出て、しばらくのあいだそこで軽い会話のボールを投げあった。

「誰もがご存じの避暑地には、どうも新鮮味というものが感じられません」マダム・ボーモンはうっすらと慎ましやかな笑みを浮かべて言った。「騒々しさや埃っぽさから逃れるために海や山に出かけていっても、その騒々しさや埃っぽさを作り出す当の人たちが、あとから追いかけてきてしまうんですもの、なんにもならないわ」

「そう、大海原に乗り出していっても、のんびりと楽しむことを知らない連中がまとわりついてきますからね」ファリントン青年は嘆かわしげに言った。「最近では豪華客船クラスの汽船も市井の渡し船《フェリーボート》と大差なくなってしまった。このホテル・ロータスが、実はサウザンド諸島やマッキノー[28]なんかより、はるかにブロードウェイから遠いところにあるってことを、その手の避暑客たちに嗅ぎつけられてしまったら、それこそもう一巻の終わりってやつですね」

「わたしたちのこの隠れ家が、少なくともあと一週間は無事であってほしいと思います、勝手な言い種《ぐさ》ですけど」微笑みに溜息をまじえて、マダムは言った。「ああいう騒々しい人たちがこの大切なホテル・ロータスに大挙して押し寄せてくるようになったら、わたし、どこに行ったらいいのか……。夏場を快適に過ごせるところといったら、ここのほかにはあと一カ所しか知りません。ポリンスキー伯爵のお城です。でも、それにはウラル山脈まで足を伸ばさないとなりませんから」

「今年はバーデン・バーデンやカンヌあたりも、かなりさびれた様子だと聞いています」ファリントン青年は言った。「ああいう昔ながらの避暑地は年ごとに人気がなくなっていくようですね。もしかすると、今まで見過ごされてきた意外な場所に静かな

28　いずれも五大湖のそばにある有名な避暑地。

休息の地を求めようという人たちが増えてきてるのかもしれないな。われわれのような考え方の人たちが」

「わたし、ここで休息できるあと残り三日間を大切に過ごすつもりです」とマダム・ボーモンは言った。「月曜日にはセドリック号が出航することになってますので」

ハロルド・ファリントンの眼に失望の色が浮かんだ。「わたしも月曜日には発たなければなりません」と彼は言った。「わたしの場合は国外に行くわけではありませんが」

マダム・ボーモンは外国風の仕種で、丸くなだらかな肩の片方だけをすくめた。「このホテルがどんなにすてきなところでも、ここに永遠に隠れているわけにはいきませんもの。お城《シャトー》のほうでも、もうひと月以上もまえから用意万端整えて、わたしが行くのを待ってるんです。向こうに着いたら、さっそくいつもの泊まりがけのパーティを催さなくてはならないでしょう――ああ、もう、ほんとにわずらわしいったらないわ。でも、わたし、ホテル・ロータスで過ごしたこの一週間のことは決して忘れませんわ」

「わたしも忘れませんよ」とファリントン青年は低い声で言った。「セドリック号を恨めしく思うこの気持ちも」

それから三日後の日曜日の夕方、ふたりは同じバルコニーで小さなテーブルについて坐っていた。気を利かせた給仕が氷菓と小さなグラスに注いだクラレット・カップ[29]を運んできた。

マダム・ボーモンは毎日、晩餐のときに着ていたのと同じ、あの美しいイヴニング・ドレスを着ていた。見たところ、マダムは物思いに沈んでいるようだった。片方の手をテーブルに載せ、そのすぐそばに鎖のついた小さなバッグを置いていた。氷菓を食べおわると、マダムはそのバッグを開け、なかから一ドル紙幣を取り出した。

「ファリントンさん」ホテル・ロータスじゅうを魅了したあの笑みを浮かべて、マダムは言った。「聞いていただきたいことがあります。わたしは明日の朝、朝食のまえにここを発ちます。仕事に戻らなくてはならないからです。ケイシー百貨店の靴下売場で働いているんです。明日の朝八時で、わたしの休暇は終わります。今度の土曜日の夜にお給料の八ドルをいただくまでは、この一ドル紙幣がわたしの全財産です。あなたは本物の紳士でいらっしゃるし、わたしにもとても親切にしてくださいました。

29 クラレットを炭酸水で割り、ブランデーやレモンや砂糖を加えて冷やした飲料。

だから、お別れするまえにどうしてもお話ししておきたかったんです。

わたしはこの一年のあいだ、お給料を遣り繰りしてお金を貯めてきました。こんなふうに休暇を過ごすことを、それだけを楽しみに。二週間は無理でも、せめて一週間だけ、貴婦人のように過ごしてみたかったんです。毎朝七時には寝床から這い出さなければならない生活ではなく、寝たいだけ寝て、自分の好きなときに起きてみたかったんです。お金持ちがするように、すてきな服を着て、上等なご馳走を食べて、給仕にかしずかれて、呼び鈴を鳴らせばなんでもやってもらえて、そんなふうに暮らしてみたかったんです。その望みは、こうして叶えられました。一生のうちで一度は味わってみたいと思っていた、とびきり幸せな時間を過ごすことができました。これで明日、仕事に戻っても、廊下の端っこの狭苦しい貸間に戻っても、向こう一年間は満足して暮らせます。ファリントンさん、こんなことまでお話ししようと思ったのは、あなたは……わたしの勘違いでなければ、わたしのことを嫌ってはいらっしゃらないようだったし、それにわたし……わたし、あなたのことがとても好きになってしまったからです。それなのに……そう、それなのに、今の今まで嘘を重ねて、あなたを騙すようなことをしてしまった。だって、わたしには何もかもがすてき過ぎて、まるでお伽噺《とぎばなし》みたいだったんですもの。それでヨーロッパのことだの、本で読んだ外国のことだのをお話しして、自分が上流階級の貴婦人であるかのように思わせていたんです。

今着ているこのドレスだって――ちゃんとした場所に着て出られるのは、これ一枚しかないんですけど――オダウド・アンド・レヴィンスキーのお店で分割払いにしてもらって買ったものなんです。

七十五ドルでした。採寸して仕立ててもらったんです。その場で頭金として十ドルを支払って、残りは週に一ドルずつ返済していくことになってます。ファリントンさん、聞いていただきたかったことは、これでだいたいお話ししました。あとひとつ、わたしの名前がマダム・ボーモンじゃなくて、メイミー・シヴィターだってこともつけ加えさせてください。それから、いろいろとご親切にしてくださって、心から感謝申しあげてるってことも。この一ドルは明日、ドレスの支払いにまわします。それでは、そろそろ失礼して部屋に引き取らせていただきますわ」

ハロルド・ファリントンは眉ひとつ動かさずに穏やかな表情のまま、このホテル・ロータスの最も美しい滞在客の独り語りに耳を傾けていた。彼女が話を終えると、ファリントン青年は上着のポケットから小切手帳のような小型の帳面を取り出した。そして、その帳面の記入欄にちびた鉛筆で何やら書き込むと、そのページを破り取って相手に差し出し、代わりに一ドル紙幣を引き取った。

「ぼくも、明日の朝には仕事に戻らなくてはなりません」と彼は言った。「でも、今から仕事に取りかかるってのも悪くない。それはたった今、お支払いいただいた一ドル分の領収書です。ぼくは三年まえからオダウド・アンド・レヴィンスキーの店の集金係をしてるんです。それにしてもおもしろい話じゃないですか、ふたりして同じような休暇の過ごし方を思いつくなんて。ぼくもかねがね思っていたんです、一流といわれるホテルに一度は泊まってみたいもんだって。で、週二十ドルの給料を遣り繰りして金《かね》を貯め、こうして実行してみたんです。そうだ、メイミーさん、今度の土曜日の夜にでも、船でコニー・アイランドに行きませんか――どうです？」

偽マダム・エロイーズ・ダーシー・ボーモンは顔を輝かせた。

「まあ、ファリントンさん、もちろん行きます。土曜日ならお店もお正午《ひる》で閉店ですから。このホテルで一週間ほど上流階級の人たちと過ごしたあとだって、コニー・アイランドはきっと充分に楽しいはずよ」

バルコニーのしたでは、七月の夜気のなか、暑さにうだる市《まち》が苦しげなうめき声をあげたり、忙《せわ》しなくざわめいたりしている。ホテル・ロータスの館内では、適度に調節された涼しい空気とほどよい蔭があまねく拡がり、バルコニーに面した大きな窓のあたりでは気配りが身上の給仕が、ちょっと頷かれただけでただちにマダムと、マダムをエスコート中の紳士の用を足せるよう、軽快な足取りで行き来していた。

エレヴェーターの扉のまえでファリントンは別れを告げ、マダム・ボーモンはこの宿ではそれが最後となる上階までの空中移動に身を任せた。けれどもふたりが、その音もなく動くエレヴェーターの箱に行き着くまえ、彼はこう言っていた——「ハロルド・ファリントンという名前は忘れてくれないかな？　マクマナスというのが本名なんだ。ジェイムズ・マクマナス。親しい連中にはジミーって呼ばれてる」

「おやすみなさい、ジミー」とマダムは言った。

サボテン
The Cactus

　時間というものについて最も特筆すべきことは、それが純粋に相対的なものだということだ。たとえば、よく言われることだが、溺《おぼ》れかけた者の脳裏には、膨大な量の過去が一瞬のうちに怒濤のごとく押し寄せる。ならば、ひとりの男が手袋の片方を脱ぐあいだに、求愛に費やしたそれまでの日々を顧みたとしても、必ずしも信じられないこととは言えないのではないか。

　トライズデイルは、独り暮らしのアパートメントの自室でテーブルをまえにたたずみ、まさにそうしているところだった。テーブルのうえには、土器に似た赤っぽい素焼きの鉢に植えられた、いささか風変わりな外見の緑の植物が載っていた。サボテンの一種で、長い触手のような葉を持ち、微風に撫でられるたびに、それがあるかなしかの微風であっても、その葉を一風変わった手招きのように揺らすのである。

サイドボードのところでは、トライズデイルの友人にして花嫁の兄でもある男が、酒の相手をしてくれる者がいない身の不遇を託《かこ》っていた。トライズデイルも友人の男も、共に礼服姿で、ジャケットに貼りついたままの星型の白い紙吹雪が、部屋の薄暗がり越しにときどき、きらっと輝いた。

手袋のボタンをゆっくりとはずしながら、トライズデイルはこの数時間の身を切り刻まれるような記憶が、次から次へと痛烈に甦ってくるに任せた。鼻孔にはまだ、教会堂のなかを香気の巨大な渦巻きに変えてしまった花々の香りが残っているようだった。耳の奥にはまだ、大勢の人が慎ましやかに声をひそめて囁《ささや》きあう、低い羽音のような響きや正装に身を包んだ人々のたてる衣擦《きぬず》れの音に混じって、牧師のあの間延びした声が残っているようだった。彼女をほかの男に永遠に結びつけてしまった、取り返しのつかないあの声が。

希望の潰《つい》えたこの期《ご》に及んでも、トライズデイルはまるでそれが考えごとをすると
きの癖になってしまったかのように、なぜ、どういうわけで、彼女を失うことになっ
たのか、彼なりに説明のつく答えを求めて、悶々と自問自答を繰り返しているのだっ
た。厳然たる事実に荒っぽく胸ぐらを摑《つか》まれ、トライズデイルはそれまで向かい合っ
たことのないものと向かい合わざるを得なくなったのである——心の奥底にある、虚
飾をすべて取り去った素顔の自分というものに。これまでまとってきた見栄と虚勢の
装束は、今やすっかり擦り切れ、愚かさという綴《つづ》れ衣《ごろも》と成り果てた。今後、他人の
眼には、心にぼろをまとったあわれなやつと映るのかと思うと、身が震えだしそう
だった。虚栄心とうぬぼれ。そう、それが鎧の隙間だったのだ。思えば、彼女のほう
は、そのどちらとも無縁だった。でも、だとしても、なぜ……。
　彼女が教会堂の通路を祭壇に向かってゆっくりと進んでいくとき、トライズデイル
はその場にあるまじき、ひねくれた暗い歓びを覚えていた。それに心を支えられてい
たと言ってもよかった。彼女の顔があれほど蒼白いのは、これから身を捧げようとし
ている相手ではない別の男のことを想っているせいだ、と自分自身に言い聞かせてい
たのである。しかし、そんな卑しい慰めさえも強引に奪われてしまった。あの男が手

を取ったとき、そちらをふと仰ぎ見た彼女のあの一瞬の澄みきった眼差し。それを眼にした瞬間、トライズデイルは自分がすでに忘却の彼方に押し遣られてしまったことを知ったのだった。かつては、その同じ眼差しが自分に向けられ、自分のほうもその意味するところを過《あやま》たずに汲《く》みとっていたはずだったのに。トライズデイルの自尊心は完膚無きまでに叩き潰された。うぬぼれの最後のつっかい棒まで、持ち去られてしまった。どうしてこんなことに？　彼女とは言い争いひとつしたことがなかった。仲違《なかたが》いにつながるようなことなど、何ひとつ——。

もう何千回も繰り返したことだったが、あれほど急激に潮目が変わるまでの数日間の出来事を、トライズデイルはもう一度頭のなかでたどりなおした。

彼女は常にトライズデイルを敬い、自分にはこれ以上の人はいないと言っていたので、トライズデイルのほうは彼女のその一途な敬意を、鷹揚《おうよう》に受け取っていた。王侯貴族でもないのに。甘く濃厚な香木を焚くように、彼女のことばは優しく、心地よく、彼の心をくすぐった。あくまでも慎ましやかに（そうとしか受け取れない口調で）、子どものように無邪気に、そして（当時は疑いもしなかったことだが）どこまでも誠実に。彼女はトライズデイルという人間に、信じられないほどたくさんの、ありもしない美点や長所や才能を見出し、彼のほうも、砂漠が雨を吸い込むように、その錯覚をがつがつと貪《むさぼ》った。雨が降っても砂漠は所詮砂漠のまま、花も咲かなければ、実もつけないにもかかわらず。

トライズデイルは渋面をこしらえ、もう片方の手袋のボタンを、弾け飛ぶかと思うほど手荒にはずした。独り善がりは、あとになって嘆くしかない数々の愚行を演じさせる。なかでも極めつけの一場面が鮮明に甦った。

そんなふうに一方的に崇め奉ってばかりいないで、同じ玉座に坐ることを考えてみてほしい、と彼女に伝えた晩のことだった。今となっては思い出すのが辛いほど、あの晩の彼女は圧倒的に美しかった——無造作に波打つ豊かな髪、優しさと清純さに充ち満ちた面差しとことば。それだけで充分だった。だからこそ、彼女に結婚を申し込んだのだ。その会話のなかで、彼女はこんなことを言っていた。

「そうそう、カラザーズ大尉がおっしゃってたけど、あなたは現地の人も舌を巻くほど流暢《りゅうちょう》にスペイン語を話すんですってね。そんなすばらしい特技をお持ちなのに、なぜ、わたしには黙ってらしたの？　ほんと、あなたには知らないことなんてないんじゃないかしら？」

確かに、カラザーズは大馬鹿野郎には違いない。だが、彼（つまりトライズデイル）のほうにも非はありそうだった。カスティリア語（標準スペイン語）の古めかしい格言を、辞書の巻末にくっついている用例集から拾ってきただけなのに、知ったかぶりしてクラブで引用してみせたりするぐらいのことは（それに類することをときどきしていることを思えば）、間違いなくやっていそうだった。カラザーズはトライズデイルの熱烈な崇拝者を以て自ら任じているので、その程度の胡散臭い博識ぶりを大袈裟に膨らまして言い立てたものと思われた。

だが、ああ、なんと情けない！　彼女の賛辞はあまりにも甘く、あまりにも心地よく、トライズデイルの自尊心をくすぐった。だから、彼は彼女のことばを否定もしないでやり過ごしてしまった。スペイン語を能《よ》くする者という偽りの月桂樹の冠を、彼女にかぶせられるまま、抵抗もしないで黙って受け取ってしまった。そして征服者気取りで、それを頭に載せておいたのである。その柔らかな輪に編み込まれた荊《いばら》の棘《とげ》のひと刺しを感じることもなく、あとになってからその鋭い痛みに身もだえすることになるとも知らずに。

あのときの彼女の幸せそうだったこと。恥じらうようでもあり、小さく震えてさえいたではないか。彼が高慢の鼻を自ら折って彼女の足許にひれ伏したことに、まるで罠にかかった小鳥のようにうろたえ、抑えきれない嬉しさに胸を躍らせていたではないか。トライズデイルは彼女の眼に承諾の表情を見て取った。それが自分の勝手な思い込みではないという自信があったし、その自信は今でも崩れてはいない。それでも、乙女のはにかみがそうさせたのだろうが、彼女はその場で返答しようとしなかった。「お返事は明日、差しあげます」と彼女は言った。だから、トライズデイルは勝利を確信する者の寛大さで、笑みを浮かべてその猶予を認めたのである。

そして翌日、自室でじりじりしながら彼女からの返事を待った。正午《ひる》になって、彼女のうちの馬丁が、赤い素焼きの鉢に植えられた見慣れないサボテンを届けてきた。手紙も伝言もなく、ただ訳のわからない外国語の、あるいは植物学上の名称と思われるものが記された札が下がっていただけだった。トライズデイルは夜まで待ったが、返事は来なかった。膨れあがった自尊心と傷ついた虚栄心が邪魔をして、彼女に説明を求める気にはなれなかった。二日後、ある晩餐会でふたりは顔を合わせた。互いに型どおりの挨拶を交わすと、彼女は息をころし、熱のこもった物問いたげな眼差しで、じっとトライズデイルを見つめた。トライズデイルは礼儀正しく、彼女のほうから説明が為されるのを断固として待った。その態度に何かを見極めたのだろうか、彼女は急に雪氷《せっぴょう》のごとく冷淡になった。女ならではの変わり身の速さだった。斯《か》くして、その夕べを境に、ふたりは日を追うごとにますます疎遠になっていったのである。自分のどこがいけなかったのか、トライズデイルは自問した。こうなってしまった原因を、いったい誰に問えばいいのか？　遅ればせながら、多少なりとも謙虚になることを覚えたトライズデイルは、その答えを己のうぬぼれの残骸のなかに探した。もし、あのとき——。

同じ部屋にいるもうひとりの男の声が、物思いのなかに侵入してきて、その愚痴の連射でトライズデイルはわれに返った。

「おいおい、トライズデイル、いったいどうした？　全世界の不幸をひとりで背負い込んじまったみたいな顔して。それじゃ、きみが結婚したのかと思うぞ。きみは単なる立会人じゃないか。こっちなんか——おれも、まあ、立ち会った者のひとりには違いないけど、実の妹がどこの馬の骨ともわからん男の生贄《いけにえ》にされちまう儀式を指をくわえて見物してやるだけのために、南アメリカから遠路遥々《はるばる》、二千マイルの距離を、大蒜《にんにく》臭くてゴキブリだらけのバナナ運搬船に乗ってやってきたんだぜ。だけど、おれとしちゃ、肩の荷を降ろせてやれやれって心境だね。たったひとりきりの妹が、無事に片付いてくれて。ほら、呑め。きみの良心の呵責《かしゃく》だかなんだかを、呑んで癒せ」

「いや、今はいい。そういう気分じゃないんだ」とトライズデイルは言った。

「きみのとこの、このブランデーだけど――」相手の男はしゃべりながら、サイドボードのそばを離れ、ぶらぶらとトライズデイルの傍らにやってきた。「なんとも、すさまじい味だな。近いうちに一度、プンタ・レドンダのおれのとこに遊びに来い。ガルシア爺さんがこっそり持ち込んでくる御神酒《おみき》を呑ませてやるから。ああ、時間と旅費をかけて来るだけのことはあるって。おや、こんなところに古い顔なじみがいたよ。トライズデイル、このサボテン、いったい全体どこで拾ってきたんだい？」

「もらったんだよ」とトライズデイルは言った。「ある友だちから。なんていう種類か知ってるんだ？」

「そりゃ、もちろん。こいつは熱帯植物だよ。プンタ・レドンダじゃ、そのへんでいくらでも見られる。ほら、ここに名札が下がってるじゃないか。スペイン語はわかるかい、トライズデイル？」

「いや」トライズデイルはうっすらと苦みの混じった笑みを浮かべて言った。「――それはスペイン語か？」

「ああ。あっちの連中はこの葉が、腕を伸ばして手招きしてるように見えるって思ったんだな。で、この名前をつけた――ベントマルメ。意味は、そうだな、〝わたしを迎えにきて〟ってとこかな」

意中の人
'Girl'

九六二号室のドアの磨りガラスには、金色の文字でこう書かれていた——〈ロビンズ・アンド・ハートリー　株式仲買〉。事務所の従業員たちは、すでに退社していた。時刻は午後五時過ぎ、品評会で入賞を果たしたペルシュロン種の輓馬《ばんば》が群れを成して押し寄せてきたかと思うほどの力強い足音とともに、清掃係のご婦人たちがこの雲を突く二十階建ての建物に攻め込んできていた。一陣の風に乗って、半分だけ開けた窓から、レモンオイルと軟炭の煙と鯨油の臭いが入り混じった灼熱の外気が舞い込んできた。

　ロビンズは当年とって五十歳、肥満体の色男といったところで、芝居の初日と棕櫚《しゅろ》を配したホテルの部屋をこよなく、ほとんど中毒並みに愛していたが、郊外から通勤してきている共同経営者の暮らしぶりが羨ましい、と心にもない台詞で大いに持ちあげていた。

「いやはや、今夜はやけに蒸す」とロビンズは言った。「その点、きみのような郊外の住人は家に帰れば人間に戻れる。玄関ポーチに出て、月明かりを浴びながら虫の音に耳を傾け、細長いグラスでよく冷えた飲み物を楽しんだりなんかして」

　ハートリーは二十九歳、痩身《そうしん》で整った顔立ち、少々神経質なところもあるが、いたって生真面目な男だった。ロビンズのことばに、彼は溜息をつき、少しだけ眉根を寄せた。「そうですね」とハートリーは言った。「フローラルハーストは夜になると涼しいですから、特に冬場は」

　事務所のドアが開き、どこか謎めいた雰囲気の男が入ってきた。男はハートリーに近づいた。

「女の住まいを突き止めましたよ」声をひそめて、男は言った――報告にきた探偵だということを満天下に公表しているも同然のわざとらしさで。

ハートリーのひと睨《にら》みで、男はたちどころに劇的な沈黙と一時的な活動不能状態に陥った。だが、ロビンズはそのときにはもう気に入りのネクタイピンを留め、ステッキを手にしていて、今の短いやりとりに気を悪くした様子もなく、挨拶代わりに颯爽とうなずくと、いつもながらの都会の楽しみを求めて夜の街に出ていったのだった。

「で、こいつが、その住所です」他聞をはばかる必要がなくなったので、探偵の男は普通の声音《こわね》に戻って言った。

ハートリーは薄汚れたメモ帳から破り取られた紙片を受け取った。紙片には鉛筆でこう書かれていた――〝ヴィヴィアン・アーリントン、東××丁目三百四十一番地、マコームズ夫人方〟。

「一週間まえにそこに越したんです」と探偵は言った。「どうでしょう、ハートリーさん、尾行が必要だとおっしゃるんなら、お引き受けしますよ。尾行にかけてはこの市《まち》の誰にも負けない仕事をする自信があります。料金は一日あたり七ドル、プラス諸経費でけっこうです。一日ごとにタイプ打ちの報告書をお届けしますよ、もちろん尾行対象者の行動を――」

「いや、その必要はない」株式仲買人は相手のことばを遮って言った。「そういう対象じゃないんでね。ただ住んでるところが知りたかっただけなんだ。それで、いくらお支払いすればいいだろう？」

「一日ですんじまいましたからね」と探偵は言った。「十ドルも頂戴できれば充分かと」

ハートリーは言われた料金を支払い、探偵にお引き取りいただいた。それから事務所を出て、ブロードウェイで路面電車に乗り、最初の乗換駅で東行きの電車に乗り換えて、ある寂《さび》れた通りの途中で下車した。かつては華やかな人々が住まう、市《まち》の誇りと讃《たた》えられた界隈《かいわい》だったが、通りの両側に建ち並ぶ建物はおしなべて古色を帯び、いかにも時代の流れに取り残された風情が感じられた。

数ブロック歩いて、探していた建物に行きついた。最近になってアパートメント・ハウスに改装された建物で、石造りの安っぽい玄関の正面に、不似合いなほど堂々たる名前が彫り込まれていた——ヴァランブロサ館。建物の前面にジグザグな線を描く非常階段には、もろもろの所帯道具やら洗濯物やら、夏の盛りの暑さに部屋を追われて甲高い声でわめきあう子どもたちやらがひしめきあい、その種々雑多な寄せ集めのところどころから、色褪せたゴムの木が戸惑った顔をのぞかせていた——この境遇にあるゴムの木は、分類学上、植物と動物と人工物のいずれに属していると考えるべきか、自問を繰り返しているようでもあった。

ハートリーは〝マコームズ〟という名前のついた呼び鈴を押した。玄関のドアの掛け金が痙攣でも起こしたようにかちゃっかちゃっとせわしなく上下し――訪ねてきたのが友人か、執念深い借金取りか決めかねているかのように、歓待と門前払いのあいだで不決断に揺れ動き――最後にかちっという音がした。ハートリーはなかに入り、都会のアパートメント・ハウスに友人を訪ねてきた者のように、もしくは林檎《りんご》の木によじ登る少年のように、目当てのものが見つかるまで階段を昇っていった。

四階の廊下に出たとき、開けはなった戸口にたたずむヴィヴィアンの姿が眼に入った。彼女はハートリーに向かって小さく会釈すると、本物の輝くばかりの笑みを浮かべて彼を部屋に招じ入れた。そしてハートリーには窓辺に置いた椅子を勧め、自分は布に覆われた家具らしきものの端に浅く優雅に腰を降ろした。どうやらそれは、昼のあいだは正体不明の場所ふさぎで、夜になると異端審問官の拷問台に変身する、あの椅子とも寝台ともつかない二重人格者《ジキルとハイド》的な家具と思われた。

ハートリーは口を開くまえに、まずは作品の真価を見抜く批評家の視線で眼のまえの女を眺め遣り、この女を選んだ自分の趣味のよさに自分で賛辞を呈した。

年齢は二十歳をひとつかふたつ出たぐらい。純然たるアングロ・サクソン系。赤みがかった金色の髪。ひと筋の乱れもなく撫でつけ、きれいにまとめあげたその一本一本が微妙に異なる色合いを見せながらつややかな自然の輝きを放っている。透明感のある象牙色の肌に完璧な調和をなす深い海の色をした眼、その眼で世の中を観察するときの、人魚姫か誰も知らない山奥のせせらぎに住む妖精を思わせる大胆で無邪気な眼差し。身体つきには健康的な力強さが感じられるが、それでいて付け焼き刃とは無縁の生粋の優雅さも感じられる。眼や髪や肌の色も、すっきりとした彫りの深い目鼻立ちも、いずれも北部生まれの人間の特徴と言うべきものだ。にもかかわらず、彼女にはどこか南国的なところがあった。ほどよく力の抜けた柔らかな物腰が、そう思わせるのかもしれなかった。あるいは心地よさを好み、自分を上手に満足させるということを知っているところが、ただ呼吸をするだけで充足感と心地よさを味わえてしまえるようなところが、そう思わせるのかもしれなかった。もしくは自然界が生み出した完璧な作品としてこの世に存在する権利を与えられているように見えるところが——珍しい花や、灰色の群れに舞い降りた一羽の美しい白鳩を愛でるのと同様の視線を、いやでも集めてしまうところが。

着ているものは白いブラウスに濃い色のスカート――鵞鳥番《がちょうばん》の娘に身をやつした公爵夫人にも、公爵夫人に化けた鵞鳥番の娘にも見える、慎ましやかないでたち。

「ヴィヴィアン」訴えるような眼で見つめながら、ハートリーは言った。「先日の手紙にきみは返事をくれなかった。一週間近くも探しに探さなければ、引っ越し先もわからなかった。どうしてこんなふうに気を揉ませるんだ？ きみに会って返事を聞かせてもらうまでは、ぼくの気持ちは安まらない。それを知ってて……なぜなんだ？」

若い女は夢見るような表情で窓のそとに眼を向けた。

「ハートリーさん」ややあって、彼女はおずおずと切り出した。「わからないんです、わたし。なんと申しあげればいいのか、ほんとにわからなくて。わたしにとっては、とてもいいお話だってことはわかってます。せっかくのお話なんだから、思い切ってお世話になってみるべきだって、そっちに気持ちが傾くときもないわけじゃないんです。でも……でも、やっぱり自信がなくて。わたしは都会生まれの都会育ちですから。そういう人間に、郊外の静かな暮らしがつとまるかどうか」

「また、そんなつまらない心配を」ハートリーは熱っぽく言った。「束縛するつもりはないと言ったはずだよ。きみの望みは、それがぼくにできることなら、なんでもかなえよう。市《まち》には好きなだけ出てくればいい。芝居を観たり、買い物をしたり、友だちに会ったり、いくらでもすればいい。その点は保証しよう。これでも駄目かね、ぼくを信じてもらえないだろうか？」

「もちろん、信頼申しあげてます、心から」若い女はそう言うと、嘘やごまかしのない視線をまっすぐハートリーに向け、柔らかな笑みを浮かべた。「あなたが誰よりも親切な方だということは、よくわかってます。あなたに選ばれるということは、若い娘にとって幸せが約束されたようなものだってことも。あなたという方を知る機会は充分にありましたもの、モンゴメリー邸にいたあいだに」

「ああ……！」追憶の甘い光を眼にたたえて、ハートリーは思わず声をあげた。「あの晩のことは、今でも鮮明に覚えている。モンゴメリー邸で初めてきみに会ったんだからね。モンゴメリー夫人は最初から最後まで、きみのことを褒めちぎっていたが、実物はそれ以上だった。どんな褒め言葉を以てしても、足りなかった。あの夕食のことは、ぼくは一生忘れない。お願いだ、ヴィヴィアン、一緒に来ると言ってくれ。きみが必要なんだ。決して後悔はさせない。きみに安らげる家庭を提供する。それができるのはぼくだけだ」

若い女は溜息をひとつつき、膝のうえで組み合わせた両手に視線を落とした。

不意に、嫉妬と疑惑の念がハートリーの胸を刺した。

「正直に言ってくれ、ヴィヴィアン」ハートリーは眼のまえの女を鋭く見据えた。「誰かいるのか――誰かほかにも?」

女の抜けるように白い頰と首筋のあたりがゆっくりと薄紅色に染まった。

「あなたらしくないです、ハートリーさん、そういうことをお訊きになるなんて」女はいくらか戸惑った口調で言った。「でも、こういうことは正直に申しあげたほうがいいでしょうから。ええ、確かに、もうひとり、別の方からもお話をいただいています……でも、そちらに縛られているわけでは……まだなんのお約束もしてませんから」

「そいつの名前は?」ハートリーは語気荒く問い質《ただ》した。

「タウンゼンド――」

「ラフォード・タウンゼンドか!」ハートリーは思わず上ずった声をあげ、いかにも苦々しげに歯を食いしばった。「きみとは面識がないはずなのに、どんな手を遣《つか》って……？　あの恩知らずが。冗談じゃない、ぼくがどれだけ――」

「今、停まった自動車、あの方のだわ」窓から身を乗り出し、階下《した》の玄関先をのぞきながらヴィヴィアンが言った。「返事を聞きにいらしたんです。ああ、どうしましょう」

アパートメントのキッチンで呼び鈴が鳴った。ヴィヴィアンは慌ててボタンを押し、玄関の掛け金をはずした。

「部屋から出ないで」とハートリーは言った。「あいつとは廊下で話をつけてくる」

タウンゼンドは先がくるんとカールした黒い口髭を蓄え、薄手のツイードの服にパナマ帽をかぶり、さながらスペインの大公といった風貌の男だった。二段抜かしで勢いよく階段を駆けあがってきたが、ハートリーに気づいて足を止め、ぽかんとした締まりのない顔になった。

「帰れ」ハートリーはぴしゃりと言って、人差し指で階下を指した。

「おや、まあ、誰かと思えば」タウンゼンドはさも驚いたように言った。「どういう風の吹きまわしかな？　何をしてるんだ、きみがこんなとこで？」

「帰れ」一歩も引かずに、ハートリーは繰り返した。「なんのつもりだ？　食うか食われるか、ジャングルの掟ってわけか？　だったら狼の群れでもけしかけて、その身体をずたずたに引き裂いてやろうか？　なんなら、ぼくがこの手で止めを刺してやってもいい」

「ここには配管工に会いに来たんだよ、浴室の配管のことで相談があったから」タウンゼンドは大胆にも言い返した。

「そうか、よくわかった」とハートリーは言った。「そういう限りなく嘘くさい言い訳は、嚙んで、丸めて、膏薬《こうやく》にして、きみの信義にもとる精神の穴にでも貼りつけておきたまえ。さあ、いいから、帰れ」

タウンゼンドは、階段を降りていった。最後にひと言、階段の吹き抜け越しに聞こえてきた、恨みがましげな悪態を残して。ハートリーは、求愛の場に戻った。

「ヴィヴィアン」と主人風を吹かせて、いくらか横柄に言った。「きみには、どうしても来てもらわないとならない。拒絶されるのも、のらりくらりと言い逃れされるのも、もうたくさんだ。これ以上聞きたくない」

「来いとおっしゃっても、いつから……？」と彼女は尋ねた。

「今すぐでもかまわない。きみのほうの準備が整ったらすぐにでも」

彼女は落ち着いた物腰でハートリーのまえに立ち、彼の視線をしっかりと捉えた。「それは本気でおっしゃってるんでしょうか？」と彼女は言った。「わたしのような立場の者が、お宅に乗り込んでいけるとお思いですか――エロイーズという人がいらっしゃるところに？」

予期しなかった一撃を喰らい、ハートリーは苦しげに表情を歪めた。胸のまえで腕を組むと、絨毯《じゅうたん》を敷いた床を何歩か歩き、くるりと向きを変えてまた何歩か歩いた。

「彼女には出ていってもらう」最後にハートリーはきっぱりと宣言した。額に玉の汗が浮いていた。「あの女をのさばらせて、ぼくの人生を惨めなものにさせておく必要がどこにある？　あいつと出会ったのが運の尽きだ、以来平穏に過ぎた日は一日もない。きみの言うとおりだ、ヴィヴィアン。きみをわが家に連れてくるまえに、エロイーズに出ていってもらうほうが先だったよ。ああ、あの女にはちゃんと申し渡す。ぼくがそう決めた以上はそれに従ってもらう。もう二度とわが家の戸口はくぐらせない」

「いつ、話してくださいますか？」と若い女は尋ねた。

ハートリーは奥歯をぐっと噛みしめ、眉間に深い縦皺を寄せた。

「今夜だ」意を決して、ハートリーは言った。「今夜のうちに話をして、出ていかせるよ」

「そういうことでしたら――」とヴィヴィアンは言った。「わたし、〝イエス〟とお返事させていただきます。そちらの準備が整ったら、迎えに来ていただけますか?」

彼女は持ち前の誠意に満ちた穏やかな眼差しで、改めて彼の眼をじっとのぞき込んだ。ハートリーはまだ半信半疑だった。彼女が承知してくれたことが、こんなにも短時間で無条件に承知してくれたことが、おいそれとは信じられなかった。

「約束してくれ」ハートリーは感極まって言った。「そのことばに偽りはないと、名誉にかけて誓ってくれ」

「ええ、名誉にかけて誓います」ヴィヴィアンは柔らかな声で復誦した。

戸口のところでハートリーは振り返り、彼女の姿をむさぼるように見つめ、しばしの幸福に酔った。己の歓びの源泉が涸れてしまうことを恐れるように。

「では、明日」念押しするつもりで、人差し指を立てて言った。

「ええ、では明日」ヴィヴィアンも同じことばで応じた。嘘のない、心からの笑みを浮かべて。

一時間四十分後、ハートリーはフローラルハーストの駅で電車を降りた。きびきびとした足取りで歩くこと十分、手入れの行き届いた広い芝生に建つ、瀟洒《しょうしゃ》な二階建ての住宅の門に着いた。玄関に向かう途中で、漆黒の髪を編んでまとめ、ゆるやかな夏用のドレスをまとった女に出迎えられた。さしたる理由もないのに、女はハートリーに半ば窒息状態を味わわせた。

玄関ホールに入ったところで、その女が言った。

「ママが来てるの。あと三十分ほどで迎えの車が来ることになってるわ。お夕食を一緒に、と思ってママにも来てもらったんだけど、残念ながら今夜もお夕食はなしよ」

「話がある」とハートリーは言った。「本当は落ち着いたときにゆっくりと穏やかに話そうと思っていたんだが、きみの母上がいらしているなら、今話してしまったほうが却《かえ》っていいかもしれない」

彼は屈み込むと、女の耳元で何事か囁いた。

ハートリーの妻は悲鳴のような声をあげた。彼女の母親が玄関ホールに駆けつけてきた。漆黒の髪の女はもう一度、悲鳴のような声をあげた——充分に愛され、甘やかされている女が嬉しくて嬉しくて思わずあげた歓声だった。

「聞いてちょうだい、ママ」ハートリーの妻は有頂天になって言った。「何が起こったと思う? ヴィヴィアンがうちに来てくれることになったんですって。ほら、モンゴメリーさんのところで一年間、住み込みで働いてた、あの若い女の料理人よ。そうと決まれば、そうよ、ビル、さっそくだけど――」ハートリー夫人は最後の決断を下した。「キッチンに行ってエロイーズに馘首《くび》を申し渡してやってください。あの人ったら、今日もまた朝から酒浸りなんですもの」

靴
Shoes

ジョン・ド・グラフェンレイド・アトウッドは、蓮《ロータス》を食べていた。その実も、根も、茎も、花も。熱帯に身を投じ、己に課せられた仕事に猛然と没頭した。ロジーヌを忘れようとしてのことだった。

ところで、蓮《ロータス》を食する者がその素材に手を加えず生のまま喰らうことは、めったにない。〝悪魔風のソース《ソース・オ・ディアーブル》〟がよく合うからだ。そのソースをこしらえるのは酒造家という名の料理長《シェフ》である。ジョニーことジョン・ド・グラフェンレイド・アトウッドの献立表《メニュ・カード》には、本日のソースは〝ブランデー〟となっていた。夜になると、ジョニーとビリー・キーオウはちっぽけな領事官邸のせせこましいポーチに出て、そのひと壜をあいだに挟んで坐り、すばらしくはしたない歌の数々を、声を限りにがなり立てるものだから、通りかかった地元の人間たちがたまらずに足を速め、肩をすくめながら自分たちにしか聞こえない囁き声で「行儀の悪いアメリカ人ども《アメリカーノス・ディアブロス》」の行状を槍玉に挙げるようになるのである。

そんなある日のこと、ジョニーの〝小間使いの坊や《モソ》〟がその日の郵便物を運んできてテーブルに置いた。ジョニーはハンモックに寝そべったまま手だけ伸ばして、その四通か五通の手紙の小山を指先で、いかにも面倒くさそうに天板のうえに拡げた。キーオウはテーブルの角に尻を預け、筆記具のあいだから這いだしてきたムカデの脚に、物憂げにペーパーナイフで切りかかっているところだった。ジョニーはちょうど蓮《ロータス》の実を食べた者が必ず通過する、この世のすべてが苦く感じられる段階にあった。

「どうせ、いつものやつさ」ジョニーは気のない口振りでぼやいた。「馬鹿者どもがこの国の事情を教えてくれって言ってきてるんだよ。果実栽培について詳しいことを知りたいって。要するに、働かずしてひと財産こしらえる方法が知りたいってことさ。

半数は返信用の切手さえ同封してこない。領事なんてものは手紙を書くぐらいしか仕事がないと思ってやがるんだよ。悪いけど、きみ、ぼくの代わりに開封して、内容を確認してもらえないかな。動くと眼がまわりそうなんでね」

不機嫌から派生するありとあらゆる症状に精通しているキーオウは、色白で血色のいい顔に応諾の笑みを浮かべると、椅子をテーブルに引き寄せ、郵便物を開封する作業に取りかかった。その日届いた郵便物のうち四通は、合衆国内のあちこちの市民からだった。いずれの差出人も在コラリオ領事は情報の百科事典と心得ているようで、領事が栄《は》えある合衆国政府を代表して赴任した国の気候について、産物について、将来性について、法律について、新規事業の可能性について、もろもろの統計的数値についいて、箇条書きにして番号順に並べた質問事項を長々しく書き連ねていた。

「返事を頼むよ、ビリー」目下のところ自力で行動することを放棄中の領事は言った。「一行だけ、領事館が出した最新の報告を参照しろと言ってやってくれ。国務省に頼めば、文学史上に燦然と輝く珠玉の名作を、いくらでも喜んで読ませてくれるはずだって。でもって、ぼくの署名を入れといてくれりゃいい。ついでにペンを軋《きし》らせないでくれよ、ビリー。眠れなくなると困る」

「だったら鼾《いびき》をかかないでくれ」キーオウは快活に言った。「そしたら代筆を引き受けて進ぜよう。いずれにしても、きみには手足となって働いてくれる補佐役が、一個連隊必要だね。いったい全体、どうやって報告書をひねりだしているのやら。おっと、あと一分間だけ眼を醒ましててくれ。手紙がもう一通来てるんだよ――こいつは、きみの故郷の町からだよ――デイルズバーグからだ」

「ほう？」義務感から生じた、きわめて軽微なる関心を示してジョニーはつぶやいた。

「で、なんて？」

「差出人は郵便局長になってる」とキーオウは解説した。「デイルズバーグ在住のある人物が、きみに情報と助言を求めている、と書いてあるね。なんでも、その人物は目下、きみの任地に移住して靴屋を開くという案を温めてるらしい。で、靴屋を開いた場合、商売として成り立つかどうか、きみの意見を聞かせてほしいんだそうだ。こっちの海岸沿いの一帯は急速に発展しつつあると聞いて、ならば開発景気に沸いてるだろうから、その波に乗り遅れたくないと考えてるそうな」

暑さにへたばり、虫の居所も良くなかったにもかかわらず、ジョニーはハンモックが揺れるほど笑った。キーオウも声をあげて笑った。書棚のてっぺんに陣取っていたペットの猿までがキッキィーッと甲高い声を放って、デイルズバーグからの手紙を受け取った側の皮肉な姿勢に同調した。

「いやはや、こいつは恐れ入った！」感に堪えないといった様子で、領事は声を張りあげた。「靴屋とはね。お次はなんと言ってくるやら……外套工場を建てたい、か？　いいか、ビリー、考えてみろ。人口三千人のこの町で、いったい何人の人間が靴を履いてる？」

キーオウは律儀に考え込んだ。

「そうだな……まずは、きみとぼくだろ？　それに——」

「ぼくは除外してくれ」ジョニーはすかさず口を挟むと、薄汚れた鹿革のモカシンを履いた片足を行儀悪く伸ばしてみせた。「ぼくはもう何カ月もまともな靴は履いてない、ありがたいことに」

「でも、持ってることは持ってるじゃないか」とキーオウは言った。「それに、グッドウィンだろ？　ブランシャールにゲディ、ルッツの爺さん、グレッグ先生、それからバナナの買付けに来てるイタリア人の商社員がいるな。あとはデルガド爺さん——いや、あの爺さんが履いてるのはサンダルか。それから……ああ、そうそう、〝ホテルの女大将〟ことマダム・オルティスも――このあいだの舞踏会《バイレ》の晩に真っ赤な舞踏靴を履いてたよ。それと、マダムの娘のミス・パサ――合衆国の学校に行ってたから、履物という進歩的な概念を持ち帰ってきてる。それから、司令官《コマンダンテ》の妹御も教会の祝日には足までおめかしするからな。あとはゲディ夫人が甲の恰好がカスティリア風になってる二号サイズを履いてる……で、ご婦人方は以上。あとは……そうだ、ふと思ったんだけど、司令官のとこの兵隊たちなら――いや、やっぱり駄目か。あいつらが靴を履かせてもらえるのは行軍のときだけだもんな。兵舎《クワルテル》に戻ると、靴はさっさと楽隠居させちまう」

「まあ、そんなとこだろうな」領事は頷いた。「歩行という行為を通じて皮革《かわ》の感触を味わったことのある者は、三千人中二十人にも満たないってことさ。そう、進取の気象に富んだ野心的な靴屋には、コラリオは確かにいい町だ――後生大事に在庫を抱え込んでおきたい向きには。ひょっとすると、パタースンの狸親爺にからかわれてるのかもしれないって気がしてきたよ。あのおっさんは、冗談と称してくだらない悪ふざけをよく思いつくからな。よし、返事を書くぞ、ビリー。文面を読みあげるから書き取ってくれ。お返しに、こっちもちょいとからかってやろう」

キーオウはペンをインク壺に浸し、ジョニーの読みあげる文面を書き取った。紫煙の噴出およびブランデーの壜とグラスの度重なる往復による何度もの中断を経て、デイルズバーグへの返書は以下のようにしたためられた。

アラバマ州デイルズバーグ
オバダイア・パタースン殿

拝啓

七月二日付けの貴簡落手いたしました。お問い合わせの件につきまして、ここに慎んでご報告いたします。一流の靴店の必要性を示す証左の多寡という観点から申し述べるなら、私見ながら、地上広しと言えどもこのコラリオの町の右に出る者はないと考えます。

当地はおよそ三千の人口を有しておりますが、靴店につきましては、現時点においてただの一店舗も存在しておりません。この状況がすべてを物語ると申せましょう。

近年、当国の海岸沿いの一帯は急速な発展を見せており、進取の気象に富んだ事業家諸君の目指すところとなりつつありますが、靴の販売事業に限れば、残念ながら、その可能性は不当に過小評価されているどころかほぼ無視されているのが現状です。実際問題として、当地では現在、相当数の住民が靴なしで生活しているのです。

また、必要性につきましては、以上の事情に加えて、ビール工場、高等数学を専門とする単科大学、石炭集積場、並びに道徳的かつ知的な〝パンチ・アンド・ジュディー・ショウ〟[30]の各事業におきましても、緊急の需要が生じておりますことを併せてご報告申しあげます。本書状がいささかなりとも貴殿のお役に立ちましたら幸甚です。

敬具

在コラリオ合衆国領事

ジョン・ド・グラフェンレイド・アトウッド

追伸

やあ、オバダイアおじさん、懐かしきわが町は変わりないかい？　ぼくに続いておじさんまで留守にしたら、町の機能は麻痺しちゃうかな？　近いうちに是非、緑の頭をした鸚鵡とか房で生《な》ってるバナナとかを見に来てほしいと思ってるんだけど。旧友のご招待ってことで。

ジョニー

「その追伸は、我が輩の行き届いた配慮から敢えて加えた」と領事は解説した。「オバダイアおじさんが手紙の他人行儀な文面に気を悪くするといけないから。それじゃ、ビリー、あとはよろしく。書きあがったら、パンチョを呼んで郵便局に持って行かせてくれ。明日、アリアドネ号がコラリオを離れるときに、郵便物も載せてくことになってるんだ。問題は果物の積み込みだな。あれだけの量の積み込みが、果たして今日中に終わるのやら」

コラリオの町のナイトライフは、変化に乏しい。人々が娯楽と称するものは眠気を催させ、ひと言で言ってしまえば退屈だ。あたりをただぶらぶらと目的もなく――裸足で――歩きまわり、煙草なり葉巻なりをふかしながら喋り合うのである。頼りない

30　鉤鼻の道化、パンチとその妻ジュディーを主人公にした滑稽な操り人形芝居。

街灯に照らされた薄暗い通りを振り返って眺めると、黒髪《ブルネット》の亡霊が気のふれた蛍の行列を引き連れて、細く曲がりくねった迷路をさまよっているように見える。何軒かの家から聞こえてくる、ギターの切々とした調べが、哀愁《トリステ》の宵の物悲しさをいや増しに掻き立てる。巨大な雨蛙が葉陰で跳びはね、ミンストレル・ショウのエンドマン[31]が、木や象牙でできたカスタネット《ボーンズ》でも鳴らしたかと思うほどの音をたてる。午後九時ともなると、町の通りから人の姿はほとんど消えてしまう。

領事館においても、出し物の変更はめったになかった。キーオウが毎晩、訪ねてきていた。コラリオの町で涼しい夜を過ごせる場所は、領事官邸の海に面したせせこましいポーチぐらいしかなかったからである。

ブランデーの壜が行きつ戻りつするうちに、真夜中を待たずして、自発的流刑者である領事の胸の奥で感傷が呼び覚まされるのだった。すると、領事はキーオウを相手に、とうに終わってしまった恋物語を縷々《るる》語って聞かせた。キーオウはその物語に夜ごと辛抱強く耳を傾け、疲れ知らずの同情心を惜しみなく呈するのである。

「だけど、誤解しないでくれよ」――ジョニーは毎夜の嘆き節をたいてい、こんなふうに締めくくった。「彼女に未練があるわけじゃないんだから。あの子のことはもう忘れた。思い出すこともない。たった今、この瞬間にあのドアから入ってきたとしても、ぼくの鼓動はこれっぽっちも高鳴らないよ。もう終わったことなんだよ、とっくの昔に」

「誤解なんかしないさ」キーオウのほうはたいてい、こんなふうに応じた。「その子のことなんか、そりゃ、もちろん忘れてると思うよ。忘れて当然じゃないか。ぼくにはそもそも、その子の真意が理解できないね。だって、きみがこきおろされるのを黙って聞いてたってことだろう？　ええと、例の男……なんて言ったっけ、ディンク・ポウスンか？――そいつの言い種《ぐさ》を？」

「ピンク・ドウスンだよ」――このあたりから、ジョニーの声音《こわね》に軽蔑の調子がたっぷりと混じりはじめる――「あの食い詰め者の下衆《げす》野郎が！　そう、それがあいつの本性だよ。確かに五百エーカーの農地を持っちゃいるけど。それだけあれば、いちおうそれなりの資産と言えなくはないけど。そうだ、ぼくならいつかそのうち、あの野

31　ミンストレル・ショウは白人が黒人に扮して行う寄席演芸、一座の端にいて司会役と掛け合いを演じる道化役をエンドマンという。

郎をぎゃふんと言わせてやれるかもしれない。ドウスンなんてのは、名もないただの馬の骨じゃないか。でも、アトウッドと言えば、アラバマじゃ、まず知らない者はいないからね。そう言えば、ビリー、ぼくの母がド・グラフェンレイドの家の出だってことは知ってたかい？」

「いや、初耳だよ」キーオウは毎回、そう言った。「そりゃ、すごいね」と。その話なら少なくとも三百回は聞かされているにもかかわらず。

「そうなんだ、実は。ハンコック郡のド・グラフェンレイド家なんだ。だけど、ぼくはあんな娘のことなんか、もう想っちゃいない。だろう、ビリー？」

「そうとも、きみはもうこれっぽっちも想ってないよ」という決まり文句が、愛の使者《キューピッド》の矢傷《やきず》を負った者が耳にするその日最後のことばとなる。

この台詞を機に、ジョニーはことんと眠りに落ち、柔らかな寝息を立てはじめるのである。するとキーオウも腰をあげ、町の広場のはずれのカラバッシュの木の根元に建つ、自身の侘《わ》び住まいにぶらぶらと戻っていくのだった。

在コラリオのこのふたりの異邦人は、一日か二日もすると、デイルズバーグの郵便局長から手紙が届き、それに返書を出したことを忘れてしまっていた。ところが、七月二十六日、返書の蒔《ま》いた種から大事が芽を出したのである。

その日、コラリオの町に定期的にやってくる果物運搬船、アンダドア号が、沖合の定位置に碇泊すると、浜辺に鈴生《すずな》りになった見物人たちに見送られて、検疫局の医務官と税関職員がそれぞれの職務遂行のため手漕ぎボートで沖に向かって漕ぎだした。

一時間後、いつものように見るからに涼しげな麻のスーツをこざっぱりと着こなしたビリー・キーオウが、悠揚迫らぬ足取りで領事館に入ってきた。喜色満面の鮫《さめ》のように、歯がのぞくほど口元をほころばせて。

「当ててみたまえ、何があったか」キーオウは、ハンモックで無為に過ごしているジョニーに向かって言った。

「無理だね、暑くて頭が働かん」ジョニーは大儀そうに答えた。

「きみの故郷の、あの靴屋志願が来たんだよ」その甘美な味わいを舌先で転がしながら、キーオウは言った。「ティエラ・デル・フエゴ[32]に至るまで、南アメリカ大陸全土の需要を満たしても余りあるほど大量に仕入れた商売品を携えて。そいつを今、税関

32　南アメリカ大陸南端地域。

の連中がせっせと荷車に積んじゃ倉庫に運び込んでるとこだ。何しろ六艘の艀《はしけぶね》にめいっぱい積み込んでも運びきれないんだからね。残りを積み降ろすために、艀船は浜からすぐにとんぼ返りだよ。こりゃ、傑作だ、いやいや、傑作なんてもんじゃない。かつがれてたことに気づいて、やっこさんが領事閣下に面会を求めてきた晩には、そりゃもう、このうえなく和《なご》やかな会見になるだろうね。その歓びの瞬間を目撃できるだけでも、熱帯で九年間もくすぶってたかいがあるってもんだよ」

ビリー・キーオウは、気分が陽気に浮き立ってきたときには、あっさりとそれに身を任せてしまう口だった。床の藁編みの敷物の清潔そうな部分を選ぶと、ためらうことなくその場に倒れ込んだ。キーオウの笑い声に合わせて部屋の壁が震動した。ジョニーはハンモックに揺られたまま半ば身をよじり、眼を瞬いた。

「おい、それじゃ、まさか――」とジョニーは言った。「あの手紙を真に受けた馬鹿がいたってことか？」

「四千ドル分だぜ、四千ドル分もの商品を仕入れたんだぜ！」笑いすぎて息も絶え絶えになりながら、キーオウは絞り出すように言った。「ニューカッスルに石炭を運ぶ[33]とは、まさにこのことだよ。どうせなら、ついでに椰子《やし》の葉の扇をどっさり積み込んで、ノルウェーの北のはずれのスピッツベルゲンあたりに持ってきゃよかったのさ。浜辺で見かけたよ、当の物好き親爺を。五百人からの地元の人間に取り囲まれてることに気づくと、わざわざ眼鏡を取り出してかけやがった。でもって、連中の裸足の足元にちらっちらっと眼を遣るんだよ。ありゃ、きみにも見せたかったたね」

「ビリー、ほんとにほんとなんだな？」領事は弱々しく尋ねた。

「嘘をついてなんになる？　そうそう、その一杯食わされ旦那だけど、娘を連れてきてるんだ。ぼくとしては、あのお嬢様とは是が非でもお近づきになることをお勧めしとくよ。ああ、麗しき花の顔《かんばせ》！　あのお嬢様に比べたら、ここらへんの娘っこたち《セニョリータ》なんか、煉瓦粉をまぶしたおイモさんだよ」

「話をするのはかまわないけど」とジョニーは言った。「そういう締まりのない笑い方をするのは、やめてもらえないだろうか？　見られた図じゃないだろう、いい年齢《とし》をした男が笑うハイエナと化してるなんて」

「名前も聞いたよ、ヘムステッターというそうだ」とキーオウは言った。「こっちに

33　余計なこと、不要なことをするの意。

来るまえは――おいおい、どうかしたのか?」

モカシンを履いたジョニーの足がどすんと床を叩き、身体のほうも不器用にもがきながらハンモックから抜け出した。

「寝っ転がってる場合じゃない」ジョニーは厳《いか》めしい顔でぴしゃりと言った。「さっさと起きないと、そのふやけた脳天にインクスタンドをお見舞いするからな。いいか、きみが言ってるその親子連れは、ロジーンとその父親なんだよ。まったくもう、あのパタースンのよだれ垂らしの耄碌《もうろく》爺いが、なんてことしてくれたんだ! おい、いつまでもそこにどっかり坐ってないで、ビリー・キーオウ、そのけつを持ちあげて、ぼくを助けてくれ。いったい全体どうすりゃいい? ひょっとして、この世が崩壊しちまったんじゃないのか?」

キーオウは立ちあがり、身体についた埃を払った。常日頃の折り目正しく端正な物腰をどうにか取り戻したようだった。

「決定的瞬間は避けられないと思う」ひとまずは真面目に言っていると受け取れなくもない口調で、キーオウは言った。「まさか、あのお嬢様がきみの例の彼女とはね。きみから聞かされるまでは思ってもみなかった。まず最初にすべきことは、お嬢様と父上殿の落ち着き先を手配することだろうね。先手を打ちたまえ。きみのほうから挨拶に出向いて、自らが招いた難局に正々堂々と体当たりするんだ。ぼくはそのあいだにひとっ走り、グッドウィンのとこに行って、客人をふたりほど泊めてもらえるよう、グッドウィン夫人に頼んでみるよ。この町でしかるべき客人を泊められるしかるべき家といえば、グッドウィンのとこぐらいしかないだろう？」

「ビリー、きみに神の御恵みを」と領事は言った。「わかってたんだ、きみは友を見捨てるようなやつじゃないって。ああ、この世は間違いなく崩壊しかけてるけど、これであと一日か二日は時間が稼げそうじゃないか」

キーオウは傘を差してグッドウィンの家に向かった。ジョニーは上着を着込み、帽子をかぶった。ブランデーの壜を手に取ったが、途中で思い直して呑まずにもとに戻すと、敢然と胸を張り、行軍でもするような威勢のいい足取りで浜辺に向かって歩きだした。

税関の建物がつくる陰のなかに、口をぽかんと開けた地元の人々の密度の濃い人垣ができていた。ジョニーはその中心にヘムステッター氏とロジーンの姿を見つけた。傍らを右往左往する米搗き飛蝗《こめつばった》と化した税関職員を相手に、アンダドア号の船長が上陸したばかりの乗客の事業内容を当地のことばで説明しているところだった。ロジーンは元気そうで、とても生き生きとしていた。周囲の見慣れない光景を、興味津々《しんしん》といった様子でいかにも面白そうに眺めていた。かつての求婚者に挨拶をしたときには、ふっくらとした頬のあたりがほんのりと薄紅色に染まった。ヘムステッター氏はきわめて友好的な態度でジョニーと握手を交わした。ヘムステッター氏は老境に入りかけてはいるが、いまだ地に足のつかない男だった——世の中に掃いて捨てるほどいる、あの思いつきで突飛な事業を起《た》ちあげる実業家の例に洩《も》れず、満足するということを知らず、常に変化を求めている男だった。

「きみには是非とも会いたかったんだ、ジョン——ジョンと呼ばせてもらってもかまわないだろうね？」ヘムステッター氏は言った。「まずは礼を言わないとならない。われらが町の郵便局長の問い合わせの手紙に、迅速な返事をくれたことに深く感謝してる。局長も親切な男でな、きみに問い合わせる役目を買って出てくれたんだよ。実を言うと、しばらくまえから、世間ではまだそれほど注目されていなくて、しかもより大きな利益が期待できそうな事業はないものか、いろいろと模索していたところでね。この国の海岸沿いの一帯が、投資家たちに大いに注目されてることは新聞で読んで知ってた。だから、こっちに来てはどうかというきみの手紙を読んだときは、嬉しかったね。実に嬉しかった。で、さっそく何もかも売り払って、それを元手に靴を仕入れたんだよ。北部に出て、揃えられる限りで最高の品を揃えてきたつもりだ。ここはほんとに絵のような町だね、ジョン。こういうところなら商売のほうも大いに希望が持てそうだ。きみの手紙で、いやがうえにも期待が高まってしまってるもんでね」

ジョニーの苦悩は、キーオウがグッドウィン夫人からの知らせを携えて馳《は》せつけてきたことでいくらかは軽減された。グッドウィン夫人は、ヘムステッター氏とご令嬢の落ち着き先として当家の部屋を歓んで提供させていただく、とのことだった。そこで、ヘムステッター氏とロジーンはすぐさまグッドウィン家へと案内され、船旅の疲れを癒すこととなった。ジョニーは税関の倉庫まで足を運び、ヘムステッター氏のコンテナ何杯分もの靴が無事に運び込まれ、係官の検査を待つばかりとなっていることを確認した。キーオウは、鮫のような笑みを浮かべながら、グッドウィンを捜して駆けずりまわった。ジョニーにこの難局を打開する機会が与えられるまでは——打開するなどということが現実問題として可能であるかは大いに疑問が残るところだが、ともかくその機会が与えられるまでは、靴の需要に関するコラリオの現状をヘムステッター氏には伏せておくよう、グッドウィンにもよくよく言い聞かせておかなくてはならなかったからである。

その夜、涼風の吹き抜ける領事館のポーチで、ジョニーはキーオウと絶望的な討議を重ねた。

「故郷に送り返すことだね」ジョニーの考えを読んで、キーオウはそう提案した。

「それができれば苦労しない」とジョニーは言った。それから短い沈黙を挟んでさらに言った。「ビリー、きみに嘘をついてた」

「いいよ、わざわざ宣言してもらうほどのことじゃない」物わかりのいいところを示して、キーオウは穏やかに言った。

「ぼくはきみのまえで何百回も断言してきた」ジョニーは、いかにも言いにくそうにのろのろと言った。「あの子のことはもう忘れたって。だろう?」

「そうだね、ざっと三百七十五回ぐらいは」類いまれなる忍耐の人、キーオウはあくまでも辛抱強く相槌を打った。

「嘘をついてたんだ」と領事はまた言った。「毎回、そう断言するたびに。あの子のことは忘れたことがない、そう、片時たりとも。ぼくは馬鹿だった、驢馬《ろば》にも劣る意固地で度しがたい愚か者だった。彼女にたった一度〝ノー〟と言われただけで、尻尾を巻いて逃げ出してしまったんだから。おまけに誇りだけは高い愚か者だったもんだから、引き返すこともできなかった。今日の夕方、グッドウィンの屋敷で、ほんの数分間だけだったけど、ロジーンと話をした。それでひとつわかったことがあるんだ。覚えてるか、彼女の尻を追いまわしてた農地持ちの田舎っぺがいるって言っただろ？」

「ディンク・ポウスンだっけ？」

「ピンク・ドウスン。そいつのことなんだが、彼女は別になんとも想っちゃいなかったのさ。ドウスンの野郎は彼女を相手に、そりゃもう一生懸命にぼくをこきおろした。でも、彼女のほうは、あんなやつの言うことなんか、ただのひと言も信じてなかった。彼女が自分でそう言ったんだ。なのに、ビリー、ぼくは手も足も出せない。われわれが送ったあの愚にもつかないふざけた手紙のせいで、ぼくに残されてた最後のチャンスまで叩き潰されてしまった。自分の父親が、学校の生徒でもよほどのお調子者でなければやらないようなおふざけの餌食にされたと知ったら、彼女はぼくのことを軽蔑するに決まってる。靴だぞ、靴！　コラリオの町じゃ、たとえ二十年店をやってたって、二十足と売れないね。そこらへんの茶色い肌をしたカリブ系やらスペイン系やらの坊やたちに靴を履かせてみろ。逆立ちして、きいきい叫《わめ》きたてて、しまいには蹴り飛ばして脱いじまうに決まってる。誰も靴なんか履いたことないんだから。そもそも、こういう土地に暮らしてたら、靴を履く必要なんかないんだから。必要もないものを誰が買う？　とはいえ、ロジーンと親父さんを故郷に送り返すには、事の次第を洗いざらい白状しなくちゃならない。そしたら、ロジーンになんと思われるか……。彼女が必要なんだ、ビリー。ぼくのものにしたいんだ、以前にも増してどうしても。それなのに、しかも今じゃ手を伸ばせば届くところにいるっていうのに、その人をぼくは永遠に失おうとしてる。温度計が摂氏三十八度を指してたときに、ささやかな悪ふざけを目論《もくろ》んだがために」

「そう悲観するなって」持ち前の楽天主義を発揮して、キーオウは言った。「とりあえず靴屋を開いてもらえばいいよ。今日の午後、ぼくはぼくでちょっとばかり余計なおせっかいを焼いてみた。一時的な履物ブームぐらいなら、われわれでなんとか作り出せそうだよ。この町在住の異邦人諸君のあいだを訪ねて歩いて、なんとも間の悪いことになってしまった経緯を説明してまわった。みんな、靴を買うと言ってくれたよ、しかもムカデ並みに。フランク・グッドウィンは一足、二足の単位じゃなくて、コンテナ丸ごと面倒を見ると言ってるよ。ゲディ夫妻はふたりで十一足。クランシーはここ数週間の黒字分を投資してくれることになってるし、グレッグ先生までが、十号サイズがあれば鰐皮革《わにがわ》の室内履きを三足買ってもいいと言ってる。ブランシャールは麗しきミス・ヘムステッターをちらりと見かけたそうだ。あいつはフランス人だし、あいつひとりで最低でも十二足は堅いだろうね」

「上得意ったって、たった十人ぽっちじゃないか」とジョニーは言った。「在庫は四千ドル分もあるんだぞ。無理だよ、うまくいくわけがない。この町は超弩級《ちょうどきゅう》の難題に直面し、その解決を迫られてる。今夜はもう帰ってくれ、ビリー。ぼくをひとりにしてくれないか。ひとりでじっくりと考えてみたい。そのスリースターの壜はきみが持っていきたまえ——いや、いいんだ。在コラリオ合衆国領事には、アルコール飲料はこれ以上もう一オンスも必要ない。今夜は夜を徹して、なけなしの思考力をめいっぱい働かせる。この件にも落とし所というものがあるなら——コラリオの靴の需要を急増させる方策なり何なりがあるなら、そいつを見つけて限りなく穏便に決着をつけたい。そんな都合のいいものなんかないってことになりゃ、このぼくは南の楽園におけるわが国の輝かしき威信を傷つける面汚しになっちまう」

キーオウは、自分が役立たずになった気がして辞去した。ジョニーはテーブルにひとつかみ分の葉巻を並べ、デッキチェアに身を沈めた。やがて不意を突くように夜明けが訪れ、小波《さざなみ》立つ入り江の海面《うなも》を銀色に染めはじめたときも、まだその恰好のまま坐り続けていた。それからおもむろに立ちあがり、低く口笛を吹きながら風呂に入った。

午前九時になると、電報局の狭くてみすぼらしい事務所まで出かけていき、電報申込用紙の空欄をまえに三十分ばかりねばった。その空欄には、最終的に以下の通信文が書き込まれた。ジョニーの署名が加わり、三十三ドル也で送信された通信文とは——、

アラバマ州デイルズバーグ

ピンクニー・ドウスン殿

次便にて貴兄当てに百ドルの小切手を送付。葈耳《おなもみ》[34]の実——よく乾燥させた、棘《とげ》の鋭いもの——五百ポンドを当方宛、大至急、送られたし。当地にて新たな利

用法、見つかる。市場価格、一ポンド当たり二十セント。追加注文の可能性あり。
需要、急増中。

34 道端などに生えるキク科の一年草。実は楕円形で鉤状の鋭い棘をもち、衣服などに付着して遠くに運ばれる。

心と手
Hearts and Hands

デンヴァー駅に到着した、ボストン・アンド・メイン鉄道の東部行き急行列車の客車に、乗客がいっせいになだれこんできた。客車のひとつに、趣味のいい身なりをしたたいへん美しい若い婦人が乗っていた。旅慣れた旅行者が愛用する高価な旅行用品の数々を携えて。新たに乗り込んできた乗客のなかに、ふたりの若い男がいた。ひとりは表情も物腰も明朗で臆するところがなく、目鼻立ちの整った男だった。もうひとりはがっしりとした身体つきの、見るからに不機嫌そうな暗い顔の男で、着ているものも粗末で、垢抜けなかった。ふたりの男は、一組の手錠で互いにつながれていた。

ふたりは車内の通路を進んだ。彼らに残されていた空席はただ一カ所、あの魅力的な若い婦人の向かい側の座席だけだった。手錠でつながれたふたりは、その座席に腰を降ろした。若い婦人はなんの気なしに、特別の関心もなく、ただちらりとふたりのほうを見やった。とたんに愛らしい笑みがその顔を輝かせ、ほのかな紅色がふっくらとした頰を染めた。若い婦人は薄鼠色《うすねず》の手袋をはめた小さな手を差し出し、話しかけた。その声は豊かで、聞く者の耳に心地よく響き、ゆったりと落ち着いた喋り方は、喋れば相手が必ず耳を傾けてくれることに慣れている者のそれだった。

「いいわ、イーストンさん、わたしのほうから話しかけさせようって魂胆なら、お望みどおりにしてさしあげます。西部で昔のお友だちと顔を合わせたときには、いつも知らんぷりすることにしてらっしゃるの？」

目鼻立ちの整った若いほうの男は、彼女から声をかけられると、一瞬はっとして、いささか困惑したようだったが、すぐにその困惑を振り払い、彼女が差し出した手の指先を軽く握った。

「ああ、これはどうも。フェアチャイルドさんのお嬢さんでしたね」男は笑みを浮かべて言った。「左手で失礼しますよ。あいにく右手は、目下ふさがってるもんですから」

男は右手を少しだけ持ちあげ、それが冷たい光を放つ金属の〝腕輪〟で連れの男の左手につながれていることを示した。若い娘の眼に浮かんでいた歓びの色が、徐々に戸惑いと不安の翳《かげ》りへと変わっていった。頰の紅色も引いてしまった。唇は漠然とした恐れに弛緩《しかん》したように、半開きになった。イーストンが、まるでおもしろがってでもいるように、短く笑い声をあげ、再び何か言いかけようとしたとき、もうひとりの男が先に口を開いた。彼はむっつりとした陰気な顔つきのまま、その鋭い眼ですばしこく向かい側の座席をうかがい、若い婦人の様子を密かに観察していたのだった。

「ごめんなさいよ、お嬢さん、おれみたいな者《もん》がいきなり話しかけたりして。だけど、見たとこ、お嬢さんはこちらの保安官のだんなとご昵懇《じっこん》のようだ。だったら、お嬢さんからだんなに頼んでもらえないかな、刑務所《ムショ》に着いたら、おれのためにひと言口添えしてほしいって。お嬢さんの頼みなら、このだんなも聞いてくれるだろうからね。保安官のだんなのひと言がありゃ、刑務所《ムショ》暮らしもいくらか楽になるってもんだ。そう、おれはだんなに連れられて、これからレヴェンワースの刑務所に行くとこなんですよ。通貨偽造の罪で七年の刑を言い渡されちまったんでね」

「まあ……」若い娘はそう言うと、ひとつ大きく溜息をついた。顔色が戻った。「それじゃ、イーストンさん、こちらではそういうお仕事をしてらしたのね。でも、びっくりだわ、保安官なんて！」

「フェアチャイルドさん」イーストンは落ち着いた口調で言った。「ぼくは遊んで暮らせる身分じゃない。金《かね》というのは羽根が生えてて、勝手に飛んでいってしまいますからね。それに、あなたもご存じだろうけど、ワシントンの連中とつきあっていくには、それなりの金《かね》が必要です。そんなこんなで西部でこの仕事の口があることを知って——ええ、もちろん、保安官なんて、外交官に比べたら大した仕事じゃないかもしれない。でも——」

「あの外交官のことだったら」若い娘はいくらか勢い込んだ口調で言った。「うちにはもう、おいでにならないことになりました。そもそも、ああしてうちに訪ねていらしたこと自体が、徒足《むだあし》だったんですもの。そのぐらい、あなただって、わかってらっしゃると思ってたけど。それより、イーストンさん、今や颯爽たる西部の勇者の仲間入りをなさったわけね。馬に乗ったり、銃を撃ったり、ありとあらゆる危険のなかに飛び込んでいったり、そういうことをしていらっしゃるのね。ワシントン時代とは暮らしぶりが、それこそもう天と地ほどもちがうでしょうね。ワシントンと言えば、みんな、あなたがいなくなってしまって淋しいと言ってるわ」

若い婦人は懐かしそうにうっとりとした眼になったが、その眼が引き戻されるように再び冷たい光を放つ手錠に向けられると、わずかに大きく見開かれた。

「こいつを気にすることはありませんよ、お嬢さん」もうひとりの男が言った。「保安官というのは護送中の犯人に逃げられたりしないよう、手錠でそいつと手首をつないでおくもんなんです。言ってみりゃ、そう、イーストンのだんなが仕事の遣り方を心得ていなさるって証拠みたいなもんですよ」

「またすぐにワシントンでお目にかかれるかしら？」と若い婦人は尋ねた。

「すぐには無理だと思います」とイーストンは言った。「残念ながら、ぼくの気楽な放蕩の日々は終わりました」

「西部はいいところね」なんの脈絡もなく、若い娘はいきなり話題を変えた。眼が優しく柔らかい光を帯びていた。その眼を窓のそとに向けると、品位と儀容の飾りを取り去り、心にあることをただ率直に語りはじめた。「この夏は母とデンヴァーで過ごしたんです。母は一週間ほどまえに帰りました。父が体調を崩したので。わたし、西部でもちゃんと幸せに暮らしていけると思います。ここの空気が合うみたい。ひとが生きていくうえで、お金はすべてじゃないわ。なのに、世の中のひとは勘違いしてて、いまだにくだらないことを――」

「ちょっといいかな、保安官のだんな」陰気くさい顔つきの男が、凄むように低い声で言った。「こいつは不公平ってもんじゃないかい？　おれはさっきから咽喉《のど》がからからなんだよ。それに煙草だって今朝から一本も吸わせてもらってない。お喋りはもうたっぷり楽しんだじゃないか。そろそろ喫煙車に連れてってくれよ。一服やりたくて死にそうだ」

手錠でつながれたふたりの旅人は座席から立ちあがった。イーストンはもう一度ゆっくりと口元をほころばせ、緩慢な笑みを浮かべた。

「煙草を吸いたいという要求は拒否できないことになってるんです」彼は快活な口調で言った。「世間の爪弾き《つまはじ》にあった人間には、たったひとつの気晴らしですから。では、フェアチャイルドさん、ご機嫌よう。これもぼくに課せられた務めなんでね」別れの握手を求めて、彼は片手を差し出した。

「残念だわ、東部に戻ってらっしゃるのではないなんて」再び品位と儀容の衣を身にまとい、彼女は言った。「でも、レヴェンワースには、いらっしゃらないわけにはいかないんですものね」

「ええ、そうです」とイーストンは言った。「行かないわけにはいかないんです、レヴェンワースに」

ふたりの男は身体を横向きにして通路を抜け、喫煙車輛のほうに移っていった。

こうして三人のあいだで交わされた会話は、近くの座席に坐っていたふたりの乗客にもあらかた聞こえていた。ひとりがもうひとりに言った。「あの保安官は粋な計らいのできる男だね。西部の荒くれどものなかにも、ああいう人物がいるんだな」

「ああ、若いのに大したもんだ。あんなお役目を引き受けようっていうんだから」

「若い？」最初に話しかけたほうが声を張りあげた。「おいおい、何を——？ ああ、そうか、わかってないんだな。いいか、よく考えてみな、犯人を護送するとき、手錠に自分の右手をつないじまう保安官がどこにいる？」

水車のある教会
The Church with an Overshot-wheel

レイクランズは、当世風の洒落《しゃれ》た避暑地の案内書には載っていない。クリンチ河の細い支流沿い、カンバーランド山脈から枝分かれした低い丘陵地帯にある。もともとはさびれた狭軌鉄道の沿線に建つ二十数戸ほどの家屋からなる平和な村だ。見ようによっては、この鉄道が松林のなかで進むべき道筋を見失い、恐怖と孤独感から逃れようとレイクランズに駆け寄ってきたとも見えるし、レイクランズのほうが迷子になって鉄道の線路の脇に寄り集まり、家に連れて帰ってくれる列車を待っているようにも見える。

それにもうひとつ、レイクランズと呼ばれているのも不思議と言えば不思議である。そばに湖《レイク》があるわけでもないし、周囲の土地《ランズ》にしてもとりたてて言及しなくてはならないほど豊かなわけでもないのに。

この村から半マイルほどのところにあるのが、荒鷲館《イーグルハウス》である。古くて大きなこの屋敷は、その広さを生かして、安い費用で山の空気を求めにくる客の宿泊施設となっており、ジョサイア・ランキンなる人物の手で経営されている。ところが、その経営が笑ってしまうぐらい下手くそなのだ。近代的な手入れはまるでされていなくて、どこもかしこも時代遅れなのである。おまけに、わが家同様、大らかに酷使されていて、居心地よく散らかっている。それでも、ここの滞在客には、清潔な部屋とたっぷりしたうまい食事が用意されていた。あとのことはお客さまご自身と松林にお任せします、というわけだ。自然界は鉱泉と葡萄蔓《ぶどうづる》のぶらんことクローケー場を提供してくれている——普通は鉄でこしらえるクローケーの門柱も、なんとここでは木製だ。いわゆる文明の恩恵に浴するのは、週に二回、丸太造りの東屋《あずまや》で催されるダンスの会でヴァイオリンとギターの調べを耳にするときぐらいのものだろう。

荒鷲館《イーグルハウス》の常連は、この土地での保養を楽しみにくるのはもちろんだが、欠かせないものとして求めている人たちだった。つまりは日常生活がきわめて多忙な人たちということになる。譬《たと》えるなら、時計を一年間、寸分のくるいもなく動かし続けるには、歯車が止まってしまわないよう二週間に一度、ねじを巻く必要があるようなものである。山とは無縁の町からやってきた学生とか、ときには芸術家とか、丘陵地帯の古い地層に魅せられた地質学者が研究にやってくることもあった。それにひと夏をここで過ごす、もの静かな家族連れが何組か。またレイクランズでは〝学校の女先生たち〟で通っている、あの勤勉な婦人伝道会の疲れきった会員が、ひとりかふたり滞在しているのもめずらしくなかった。

荒鷲館《イーグルハウス》から四分の一マイルほどのところに、もし荒鷲館《イーグルハウス》が滞在客向けの案内書を発行していたら、おそらく〝名所旧跡〟と紹介したにちがいないと思われる場所がある。古い、古い水車小屋だが、今はもう製粉所としては使われていない。ジョサイア・ランキンのことばを借りれば、それは「上射式水車のあるアメリカ合衆国でただひとつの教会にして、信徒席とパイプオルガンのある世界でただひとつの水車小屋」ということになる。荒鷲館《イーグルハウス》の滞在客は、安息日ごとにこの古い水車小屋の教会に足を運び、罪を洗い清められたキリスト教徒は、経験と苦悩の碾《ひ》き臼《うす》に碾かれ、篩《ふるい》にかけられて有用なものとなる小麦であると説く牧師の説教を聞かされるのだった。

その荒鷲館《イーグルハウス》に毎年、秋の初めころになるとエイブラム・ストロングという人物がやってきては、敬愛される賓客として、しばらくのあいだ逗留していく。この人物、レイクランズではもっぱら〝エイブラム神父〟と呼ばれていた。髪が真っ白く、顔つきは武骨ながらなんとも優しそうで、血色もいいし、笑い声が実に朗らかで、おまけに黒い服につばの広い帽子といういでたちが、いかにも聖職者らしく見えたからだ。新参の滞在客も、彼と知り合って三日か四日もすると、この親しみのこもった呼び名を使うようになった。

エイブラム神父は、遠路はるばるレイクランズの地までやってくる。普段は北西部の、ある活気に満ちた賑やかな都会で暮らしていた。その地に、いくつかの製粉工場を所有しているのだったが、それはいずれも信徒席やオルガンのある小さな製粉所ではなく、蟻塚のまわりを蟻が這いまわるように、貨物列車が日がな一日出たり入ったりしている、大きな醜い山のような製粉工場だった。では、これからそのエイブラム神父と教会になっている水車小屋についての話を聞いていただこう。というのも、両者はふたつでひとつの物語になっているからである。

この教会がまだ現役の水車小屋だったころ、ストロング氏は粉碾きを生業《なりわい》にしていた。国じゅう捜しても、彼ほど陽気で、粉だらけで、忙しくて、幸せな粉屋はほかにいなかったのではないだろうか。彼は粉碾き場から道ひとつ挟んだ小さな農家を住まいにしていた。仕事ぶりは不器用だったが、碾き賃が安いので、山の住人たちは岩だらけの山道を何マイルも踏み越えて、くたくたになりながらもわざわざ、彼の水車小屋まで穀物を運んできていた。

そのころの彼にとって日々の歓びと言えば、それは幼い娘のアグレイアをおいてほかにはなかった。亜麻色の髪のよちよち歩きの少女につけるには、ギリシア神話の光の女神の名ははっきり言っていささか大仰ではあるが、山地に暮らす人たちは得てして、響きがよくて風格のある名前を好む傾向にあるものだ。母親が何かの本でその名前を読んだ覚えがあって、それを自分の娘につけたというわけだった。が、当のアグレイアは幼いころ、ふだんこの名前で呼ばれることを嫌がり、誰になんと言われても自分は〝ダムズ〟だと言い張った。この不思議な名前の由来を、粉屋とその妻は娘に、それこそ手を替え品を替えありとあらゆる訊き方で訊いてみたものだが、これといって得るところはなかった。で、両親としては最終的に、ひとつの仮説を導き出した。彼らが暮らす農家の裏手に狭い庭があって、石楠花《ロードデンドロン》が植わっていたのだが、娘はその花がとても気に入っていて、大事に思っているようだった。おそらく娘は〝ダムズ〟という呼び名には、自分の大好きな、この小難しげな花の名前と似通ったものがあると思ったのではないか、そう考えたのである。

アグレイアが四歳のころ、父と娘は毎日夕方になると水車小屋でちょっとした儀式をやって一日の仕事を締めくくることにしていた。天気さえよければ、その儀式が取りやめになることはなかった。夕食の支度が調うと、母親は娘の髪にブラシをかけ、きれいなエプロンを着せてやって水車小屋に送り出す。父親を迎えに行かせるのだ。粉屋は小屋の戸口から娘が入ってくるのを見ると、粉碾きの埃で真っ白になったまま娘のほうに進み出て、手招きをしながらこの地方に伝わる粉碾きの歌を歌った。それは、こんな歌だった。

水車がまわって
小麦が碾けりゃ

粉にまみれて粉屋は楽し
日がな一日歌って暮らし
かわいあの子を想うていたら
粉碾き仕事もなんのその

するとアグレイアは笑い声をあげて父親に駆け寄り、こう叫ぶ——「父さん、ダムズをおうちに連れてって」粉屋はひょいと娘を抱きあげ、肩車に乗せて粉碾きの歌を歌いながら夕食の席まで意気揚々と行進していく。それが毎日、夕方になると、繰り返されるのだった。

アグレイアが四歳の誕生日を迎えてわずか一週間後のことだった。ある日、アグレイアの姿が見えなくなった。最後に見かけたときには、家のまえの道端で花を摘んでいた。それから少しして母親が、あまり遠くに行かないようひと言声をかけに出てきたときには、もう娘の姿はなかった。

もちろん、アグレイアを見つけるため、ありとあらゆる手が尽くされた。近所の住人が集まり、四方の森や山を何マイルも先まで捜してまわった。水車小屋に引き込んだ流れはもちろん、川の本流も遠く堰堤《えんてい》の下流のほうまで浚《さら》ってみた。が、足跡ひとつ見つからなかった。アグレイアが姿を消す一日か二日まえ、近くの林のなかで渡り者の家族が野宿をしていた。あるいは彼らがさらっていったのかもしれないという向きもあった。だが、彼らの幌馬車を追いかけて調べたものの、アグレイアの姿はやはりどこにもなかった。

粉屋はその後ほぼ二年ほど水車小屋で仕事を続けたが、やがて娘を見つけ出す希望は絶え果てた。夫婦はレイクランズを離れ、北西部に移り住んだ。数年後、彼はその地方の製粉業のさかんな都市《まち》で近代的な製粉工場を所有するようになった。ストロング夫人はアグレイアを失った心の痛手からついに立ち直ることができず、引っ越してから二年後に世を去った。残されたストロング氏は、ひとりぼっちで悲しみに耐えていかなくてはならなくなった。

暮らし向きに余裕が生まれると、エイブラム・ストロングはレイクランズを訪れ、かつての水車小屋に足を運んだ。その場所を目の当たりにすることは辛いことだったが、彼は強い男だったので、周囲にはいつものように快活に、親切に振る舞った。そして、そのとき、ふと古い水車小屋を教会に改装することを思いついたのである。レイクランズの村は貧しく、教会を建てる資力がなかった。もとより、さらに貧しい山暮らしの人たちから援助など期待できるはずもなかった。そんなわけで、半径二十マイル以内に祈りの場がただの一カ所もなかったのである。

水車小屋の外観は、できるだけ変えないようにした。上から水を掛けおろしてまわしていた、大きな上射式水車もそのまま取りはずさなかった。その後、この教会を訪れた若い人たちが、朽ちかけた水車の柔らかい木地に自分たちの名前の頭文字を彫りつけていったりした。堰堤は一部を壊し、清らかに澄んだ山の水が岩だらけの川床を、途中で遮られることなく快調に流れていくようにした。

一方、小屋の内部はもっと大がかりに手を入れた。水車の軸棒と碾き臼と調車《ベルトぐるま》と調革《ベルト》は、もちろん全部取り外された。あいだに通路を挟んでベンチが二列に並べられ、突き当たりは一段高くしてそこに説教壇が据えられた。説教壇を見おろす恰好で三方の頭上に桟敷席を設け、内側の階段で登っていけるようにした。桟敷にはオルガンも置かれた――本物のパイプオルガンだった。これは〈旧水車小屋教会〉の信徒一同の自慢の種となった。オルガンの演奏は、フィービィ・サマーズ嬢が担当し、レイクランズの少年たちは彼女のために、毎週、日曜日の礼拝ごとに交替で、誇りに胸を膨らませながらいそいそとオルガンの空気ポンプを押した。説教は牧師のバンブリッジ氏が受け持ち、礼拝日には欠かさず、老いぼれの白馬にまたがって〝栗鼠渓谷《スクイラル・ギャップ》〟から出張ってきた。そして、そのいっさいの費用をエイブラム・ストロングが負担した。説教師には年間五百ドル、フィービィ嬢には二百ドルが支払われた。

こうして古い水車小屋は、アグレイアを偲《しの》んで、その昔彼女が暮らした村の人たちにとって神の御恵みに与《あずか》る場所に改修されたのだった。アグレイアの短い生涯は、多くの人の七十年の人生より、大きな善をもたらしたように思われた。だが、エイブラム・ストロングは、さらにもうひとつ、娘を偲ぶものをこしらえた。

北西部にある彼の製粉工場から、〈アグレイア印〉の小麦粉を売り出したのである。グルテンの含有量に富み、こしが強くて質のいい小麦から作った極上の小麦粉だった。ほどなく、全国の人々は〈アグレイア印〉の小麦粉には二通りの値段があることを知る。ひとつは市場の取引価格のなかでも最高値の部類に属する値段、もうひとつは——無料《ただ》。

災害が起きて人々の生活が行き詰まると——それが火事だろうと洪水だろうと、竜巻だろうと飢饉《ききん》だろうと、はたまたストライキだろうと——その起きた場所を問わず、ただちに〈アグレイア印〉の〈無料《ただ》〉のほうの小麦粉が、それこそ山のように送られてくるのだった。それは慎重に充分な配慮を以て提供されるが、あくまでも無償で配られるものであり、飢《う》えた人々は一セントの支払いも求められなかった。世間では、都会の貧民街で大きな火事が起こると、現場に一番乗りするのはたいてい消防隊長の馬車で、次は〈アグレイア印〉の小麦粉を積んだ荷馬車、消防ポンプはそのあとからやってくる、などと言われるようになった。

これがアグレイアのためにエイブラム・ストロングがこしらえた、もうひとつの記念碑だった。詩人にとってはおそらく、これは美という観点からして、あまりに実利的すぎると映るかもしれない。だが、ある人々にとっては、混じり物のない碾きたての真っ白な小麦粉が、愛と慈善という使命を帯びて運ばれていくというのは、その記念碑を象徴する今は亡き幼子の魂が連想されて、何やら美しく心温まるものを感じるのではないだろうか。

ある年、カンバーランド地方は苦難の時に見舞われた。穀物の実入《みい》りがどこも悪く、収穫高はゼロも同然だった。山津波が発生して、住人は家や土地に大きな損害をこうむった。森でも狩猟の獲物がいつになく乏しく、猟師たちは家族の日々の糧を持ち帰ることさえままならないほどだった。なかでも、レイクランズ一帯は困苦に息も絶え絶えだった。

そのことを耳にすると、エイブラム・ストロングはすぐさまいくつかの命令を発し、狭軌鉄道の小さな貨車で運ばれてきた〈アグレイア印〉の小麦粉がレイクランズで降ろされるようになった。小麦粉は〈旧水車小屋教会〉の桟敷に貯蔵しておき、教会の礼拝に出席した者にそれぞれひと袋ずつ持ち帰らせるように、というのがストロング氏の指示だった。

それから二週間後、エイブラム・ストロングは例年どおり荒鷲館《イーグルハウス》を訪れ、例年どおり〝エイブラム神父〟になった。

その年は時季になっても、荒鷲館《イーグルハウス》の滞在客はいつもより少なかった。その少ない滞在客のなかに、ローズ・チェスターという若い娘がいた。チェスター嬢はアトランタからレイクランズにやってきた客だった。アトランタのある百貨店で働いていて、彼女にとってはこれが生まれて初めての休暇旅行だった。彼女が勤める百貨店の支配人の奥方が以前、荒鷲館《イーグルハウス》でひと夏を過ごしたことがあったのだが、この奥方はローズ・チェスターのことが大のお気に入りで、三週間の休暇にはぜひレイクランズに行って荒鷲館《イーグルハウス》に滞在するようにと勧め、ついでにランキン夫人宛ての紹介状も持たせたのである。ランキン夫人はローズを歓迎し、この若い娘の監督と世話を歓んで引き受けた。

チェスター嬢はあまり丈夫な体質《たち》ではなかった。年のころは二十歳《はたち》そこそこだったが、一日の大半を屋内で過ごしているので、顔色が蒼白く、体力も乏しかった。が、レイクランズで一週間も過ごすと、見違えるように血色がよくなり、気力も出てきた。ちょうど九月の初めで、カンバーランド地方が一年で最も美しい季節でもあった。山の木々は秋の彩りに燃え立ち、空気は気体のシャンパンとなって咽喉をくすぐり、夜気の冷たさがまた心地よくて、荒鷲館《イーグルハウス》の滞在客は温かい毛布にくるまってぬくぬくと快適に過ごすのである。

エイブラム神父とチェスター嬢は、大の仲良しになった。年老いた製粉工場主はランキン夫人からチェスター嬢の身の上を聞き知ると、たちまち、自活して暮らすこのひとりぽっちの華奢《きゃしゃ》な娘のことが、どうにも気にかかるようになったのだった。

チェスター嬢にとって、山岳地帯《やまぐに》は〝初めて〟だらけの土地だった。これまでずっと、暖かで起伏に乏しいアトランタの市《まち》で暮らしてきただけに、カンバーランド地方の雄大な自然と変化に富んだ地形が珍しく、大いに心惹かれた。滞在中は一瞬一瞬を心ゆくまで楽しむつもりだった。ささやかな貯金は、もろもろの出費を見越して慎重に使途を決めていたので、休暇が終わって仕事に戻るとき、手許にどのぐらい残るか、それこそセントの単位までわかっているほどだった。

話し相手として、あるいは友人としてエイブラム神父と知り合ったことは、チェスター嬢には幸運なことだった。エイブラム神父はレイクランズ付近の山々については、道や峰や斜面のひとつひとつに至るまで、すべて知り尽くしていると言ってよかった。エイブラム神父のおかげで彼女は、松林の木の間を伸びる仄暗《ほのぐら》い小道の厳かな心地よさを、険しい岩山の荘厳さを、水晶のように澄み切った朝の空気のすがすがしさを、夢誘う静かな黄金色の昼下がりの物悲しさを知るようになった。そうして健康を取り戻し、心持ちも明るくなっていったのだった。心のこもった温かい笑い声をあげるようにもなった。エイブラム神父の、あのよく知られた笑い声の、若い娘版といったところだった。ふたりはどちらも、生まれついての楽天家であり、周囲には明るく穏やかな顔で接するべきだということを弁《わきま》えていたのである。

ある日、チェスター嬢は滞在客のひとりから、エイブラム神父の行方知れずになった娘の話を聞かされた。彼女は急いでその場を抜け出し、老いた製粉工場主が鉄鉱泉の湧き出すほとりにある、彼のお気に入りの丸太造りのベンチに腰掛けているのを見つけた。エイブラム神父は、びっくりした。この愛らしい友人は、彼の手のなかにそっと片手を滑り込ませてきただけでなく、見ると眼にいっぱい涙を溜めてじっとこちらを見つめていた。

「エイブラム神父さま」と彼女は言った。「ごめんなさい、わたし、お嬢さんのこと、ちっとも知りませんでした。でも、きっと見つかるわ――いつか、きっと見つかります。見つかるって、わたし、信じてます」

老いた製粉工場主はすぐに、あの揺るぎのない穏やかな笑みを浮かべて、傍らの彼女を見やった。

「ありがとう、ローズさん」いつもと変わらない快活な口調で、彼は言った。「でも、おそらくもうアグレイアは見つからないでしょう。最初の何年かは、渡り者か何かにさらわれたにちがいない、きっとまだ生きてるはずだと希望をもっていたんです。でも、今ではその希望もなくなりました。きっと溺れたんでしょう。そう思うことに決めました」

「どれほど辛い思いをなさったことか……」とチェスター嬢は言った。「わたしにはわかります。もしかしてという気持ちがないわけじゃないから、却って辛くなるんです。なのに、神父さまはいつも朗らかで、ほかの人の重荷を軽くしてあげることばかり考えていらっしゃる。ほんとに、なんて優しい方なんでしょう、エイブラム神父さまは」

「ほんとに、なんて優しい娘さんなんだろう、ローズさんは」製粉工場主は彼女の口真似をして言い、笑みを浮かべた。「あなたこそ、人を思い遣ってばかりいる」

チェスター嬢でも、胸にふと気まぐれな悪戯心《いたずら》が兆すということがあるようだった。「そうだわ、神父さま」いくらか張りあげた声で、彼女は言った。「もし、わたしが神父さまのお嬢さんだったら？　実はそうだった、なんてことになったら、それこそ、こんなロマンティックなお話はないわ。でも、やっぱり神父さまにはご迷惑かしら？　わたしみたいなのが娘だったりしたら」

「いや、とんでもない。望むところだよ」製粉工場主は本心から言った。「もしアグレイアが生きていたら、親としては何をおいてもまず、あなたのように可愛らしい娘に育ってほしいと願ったはずだからね。いや、ひょっとしてひょっとすると、あなたはほんとにアグレイアかもしれない」チェスター嬢の悪戯心に調子を合わせて、彼は続けた。「憶えてないかい、水車小屋に住んでたころのことを?」

チェスター嬢はたちまち真剣に考え込んだ。遠くの何かを見つめるように、大きな眼を宙の一点に据えて。すぐさま真に受けてしまう生真面目さが、エイブラム神父には微笑ましく映った。そうして彼女はベンチに坐ったまま、長いこと黙りこくっていた。

「駄目だわ」しばらくしてそう言うと、彼女は大きな溜息をついた。「水車小屋のことは何も思い出せません。神父さまのあのちょっと風変わりな小さな教会を見るまで、たぶん水車小屋なんて一度も見たことなかったんじゃないかしら。わたしが神父さまの娘なら、きっと何か憶えているはず。そうでしょう? 残念だわ、エイブラム神父さま、本当に残念でなりません」

「わたしも残念だ」チェスター嬢に同意して、エイブラム神父も言った。「でも、ローズさん、わたしの娘だったことは思い出せなくとも、誰かほかの人の娘だったことは憶えておいでのはずだ。ご両親のことは、もちろん憶えていらっしゃるでしょう?」

「ええ、よく憶えてます――特に父のことは。神父さまとは似ても似つかない人でした。ちょっと言ってみたかったんです、エイブラム神父さま、ちょっと空想してみただけ。さあ、もう休憩は充分になさったでしょう？　今日の午後は、貯水池に連れていってくださるお約束でしたよ。悠然と泳ぐ鱒を見せてくださるんでしょう？　わたし、鱒ってまだ見たことがないんです」

ある日の午後遅く、エイブラム神父は古い水車小屋にひとりで出かけた。彼はよく、水車小屋まで足を運んではそこに腰を降ろし、道を隔てた向かい側の農家に暮らしていた当時のことを思い返していたのだった。歳月が悲しみの切っ先を鈍らせ、今ではあのころのことを思い出しても苦痛ではなくなっていた。それでも、エイブラム・ストロングが物憂い九月の夕まぐれ、〝ダムズ〟が毎日、亜麻色の巻き毛を揺らしながら駆け込んできていた場所に腰を降ろしているときだけは、その顔にレイクランズの人たちが見慣れたあの笑みは浮かんでいなかった。

水車小屋までの曲がりくねった急な坂道を、製粉工場主はゆっくりと登った。木々が道の際まで葉叢《はむら》濃く生い茂っているので、帽子を手に木陰を歩いた。右手の柵の横木のうえを栗鼠《りす》が何匹か、ちょろちょろと楽しそうに走りまわっていた。麦畑の刈り株の陰から、雛《ひな》を呼ぶ鶉《うずら》の啼《な》き声が聞こえた。傾きかけた太陽が、西に開けた峡谷に淡い黄金の光の奔流を迸《ほとばし》らせている。九月の初め——アグレイアが姿を消した悲しみの記念日が数日後に迫っていた。

古い上射式水車は、半ば山蔦《やまつた》に覆われ、ちらちらと瞬く木漏れ日にぬくもりの斑模様を散らされていた。道の向かい側の農家は、まだかろうじて建ってはいたが、この冬の山の嵐に吹かれれば、ひとたまりもなく倒れてしまいそうだった。朝顔や野生の瓜《うり》の蔓が一面にはびこり、扉もたったひとつの蝶番《ちょうつがい》で支えられている状態だった。

エイブラム神父は水車小屋の扉を押して開け、そっとなかに入った。そこで立ち止まり、怪訝に思って耳を澄ました。なかに誰かいて、やるせなく忍び泣いていた。見るとチェスター嬢が薄暗い信徒席に坐り込み、開封済みの手紙と思われるものを両手でもったまま、深くうなだれていた。

エイブラム神父は歩み寄り、力持ちの武骨な片手で彼女の手を包み込み、しっかりと握った。彼女は顔をあげて、かすれた声で彼の名前を呼び、さらに何事か言いかけた。

「いや、ローズさん」製粉工場主は優しく言った。「今は何も言わなくていい。泣きたいときは静かなところで好きなだけ泣くことです。それがいちばんの薬です」

年老いた製粉工場主は、深い悲しみというものを身を以て知っていたので、人の胸の憂いを掃《はら》うことにかけては魔法使いのようだった。チェスター嬢のすすり泣きは、少しずつおさまりはじめた。しばらくすると、彼女は縁取りのある無地の小さなハンカチを取り出し、自分の眼からエイブラム神父の大きな手に滴り落ちた涙をそっと拭った。それから顔をあげ、涙を溜めたまま笑みを浮かべた。チェスター嬢は、涙が乾かないうちに笑みを浮かべることができる人だった。エイブラム神父が悲しみを抱えながらも笑顔を見せることができるように。その点でも、このふたりはとてもよく似ていた。

製粉工場主は何も尋ねなかった。が、チェスター嬢のほうから、ぽつりぽつりと打ち明けはじめた。

それは、若い者にとってはきわめて重大で決してゆるがせにはできないことに思われ、年長の者には追憶の笑みを誘う、ごくありふれた話だった。と申し上げれば察しがつくだろう。主題は、そう、恋愛だった。アトランタに、とても温厚で人柄に優れ、それ以外にも望みうる限りの魅力を備えたひとりの青年がいた。その青年は、チェスター嬢もまたアトランタのどんな女よりも、いや、グリーンランドからパタゴニアにいたるいかなる地のいかなる女よりも、温厚で人柄に優れ、望みうる限りの魅力を備えていることを知った。チェスター嬢はさきほどから涙の素になってる手紙を、エイブラム神父に見せた。それは男らしく、優しさにあふれた手紙だったが、温厚で人柄に優れた魅力的な世の青年たちがしたためる恋文の例に洩れず、いささか大袈裟でせっかちでもあった。何しろ、今すぐに結婚してほしいと申し込んでいるのだから。あなたが三週間の予定で旅行に出かけてしまってからというもの、ぼくは生きているのが辛くてならない、と訴えているのである。折り返し返事をいただきたいと希《こいねが》い、もしそれが色よい返事であれば狭軌鉄道など無視して、すぐさまレイクランズに飛んで行く、と約束していた。

「それで、いったいどこに困る理由があるんでしょう？」製粉工場主は手紙を読み終えると尋ねた。

「わたし、その人と結婚できないんです」とチェスター嬢は言った。

「この青年との結婚を望んではいるんですね？」エイブラム神父は尋ねた。

「だって、彼のことを愛していますもの」と彼女は答えた。「でも……」彼女は顔を伏せ、またすすり泣いた。

「さあ、さあ、ローズさん」製粉工場主は言った。「よければ話してごらんなさい。無理にとは言いませんが、あなたの信頼には応えられるつもりですよ」

「神父さまのことは、信頼申しあげてます」と若い娘は言った。「だから、お話しします。なぜラルフの求婚《プロポーズ》をお断りしなくちゃならないのか、そのわけを。わたし、誰でもないんです。名前もないんです。今、名乗っている名前は、わたしが自分で勝手につけたものなんです。ラルフはしっかりしたお家の出身です。彼のことは心から愛してるけど、でも結婚するわけにはいかないんです」

「おや、おかしなことを言いますね」とエイブラム神父は言った。「ご両親のことを憶えてると、以前そうおっしゃったじゃないですか。なのに、なぜ、名前もないなどと言うんです？　どうもよくわかりませんな」

「ええ、両親のことは、確かに憶えてます」とチェスター嬢は言った。「よく憶えてます、悲しくなるぐらいに。物心ついて最初に憶えてるのは、どこか遠い南部で暮らしてたことです。わたしたちは町から町へ、州をまたいで転々と渡り歩くような生活をしてました。わたしも綿花を摘んだり、工場で働いたりしました。食べるものや着るものに困ることもたびたびありました。母はたまに優しくしてくれるときもあったけど、父はいつも乱暴で、しょっちゅうひっぱたかれてました。今から考えると、父も母も仕事がなくて、ひとつ所に定住できなかったんだと思います。

ある晩、アトランタの近くの河沿いの小さな町に住んでたときのことですけど、両親が大喧嘩をしたんです。父と母がお互いに罵《ののし》りあい、なじりあうのが聞こえてきて——それでわかったんです。わかってしまったんです、わたしには——ああ、エイブラム神父さま、この世に存在している資格さえなかったんです。わかっていただけますか？　わたしには名前を持つ資格さえなかった。どこの誰かもわからない人間だったんです。

その夜、わたしは逃げ出しました。家出したんです。アトランタまで歩いていって働き口を見つけました。自分で自分にローズ・チェスターという名前をつけて。それ以来ずっと自活してきたんです。これでおわかりになったでしょう？　わたしがラルフと結婚するわけにいかない理由が——そのことを彼に言うわけにいかない理由が」

こういう場合、どんな同情にも勝り、どんな慰めより効果的なのは、そんなものは不幸のうちに入らないとエイブラム神父の口から言ってやることだった。

「なんだ、そんなことでしたか？」と彼は言った。「くだらないね、実にくだらない。

わたしは何かまたとんでもなく重大な差障《さしさわ》りでもあるのかと思ってましたよ。あなたのおっしゃるその百点満点の好青年がもし本当に百点満点の好青年なら、あなたの家柄など毛筋ほども気にすることはないはずだ。そういうもんだよ、ローズさん、その青年が愛してるのは、あなた自身なんだから。正直に打ち明けてごらんなさい、今わたしに話してくれたように。きっと一笑に付してしまいますよ。で、そんなことで悩んでいたあなたをいっそう愛おしく思うようになるはずです」

「できません、打ち明けるなんてできないわ」チェスター嬢は沈んだ声で言った。「わたしはあの人と――いいえ、ほかの誰であっても――結婚するわけにはいかないんです。結婚する資格がないんです、わたしには」

そのとき、夕陽に照らされた坂道をひょこひょこと揺れながら近づいてくるひとつの細長い影が、ふたりの眼に入った。次いで、それよりも小さい影がその隣を、これまたひょこひょこと歩いているのが見えた。それから、その誰ともわからないふたつの人影が教会に向かってきているのだということがわかった。細長い影はオルガンの練習にやってきたフィービィ・サマーズ嬢のもので、小さいほうの影は十二歳になるトミー・ティーグのものだった。今日はトミーが、フィービィ嬢のためにオルガンの空気ポンプを押す当番の日だった。トミーの裸足《はだし》の爪先《つまさき》が得意げに土埃を蹴立てていた。

フィービィ嬢はライラックの花模様の更紗地《さらさ》で仕立てた服に、左右の耳からひとつずつ一筋の乱れもなく整えた小さな巻き毛を垂らしていた。エイブラム神父には膝を屈めて丁寧なお辞儀を、チェスター嬢には巻き毛が揺れる程度の儀礼的な会釈を送ると、フィービィ嬢は助手の少年を連れて、パイプオルガンのある桟敷まで急な階段を登っていった。

信徒席に忍び込んだ夕闇が濃くなりはじめても、エイブラム神父とチェスター嬢は立ち去りかねていた。どちらも押し黙ったまま、それぞれの思い出に浸っているようだった。チェスター嬢は頬杖をついて、遠くを見る目で宙を見つめていた。エイブラム神父は隣の信徒席のベンチのあいだに立ち、教会の開けはなった戸口越しに戸外《そと》の道とその向こうの朽ちかけた農家を、物思いに沈んだ顔で眺めていた。

次の瞬間、あたりの景色が一変し、エイブラム神父は二十年も昔の過去に連れ戻されていた。きっかけはトミーがオルガンの空気ポンプを押しはじめたので、フィービィ嬢がオルガンに入った空気の量を調べるため低音部の鍵盤《キィ》をいつまでも押し続けたことだった。エイブラム神父にとって、そこはもう教会ではなかった。小さな木造の建物を小刻みに揺らす地鳴りのような震動は、オルガンの音ではなく、水車のたてるうなりだった。昔の上射式水車が回っているのが、確かに感じられた。エイブラム神父は、山の水車小屋で粉だらけになって働いていたあの陽気な粉屋に戻っていた。もうじき日が暮れる。まもなくアグレイアが夕食の支度ができたことを知らせるため、亜麻色の髪を躍らせて意気揚々と道を渡ってくるだろう。エイブラム神父の眼は道の向こうの農家の、はずれかけた扉に据えられていた。

そのとき、またひとつ不思議なことが起こった。信徒席のうえに張り出した桟敷には、小麦粉の袋がいくつもの長い列に積みあげてあった。そのうちのひとつを、たぶん鼠が食い破ったのだろう、低く豊かに鳴り響くパイプオルガンの音の震動で、桟敷の床の隙間から小麦粉が水のように流れ落ち、エイブラム神父を頭のてっぺんから爪先まで真っ白にしてしまったのだった。年老いた製粉工場主は信徒席のあいだの通路に進み出て、腕を振り振り、あの粉碾きの歌を歌いはじめた。

水車がまわって

小麦が碾けりゃ
粉にまみれて粉屋は楽し

――そして、そのとき最後の奇蹟が起こった。チェスター嬢がベンチから身を乗り出し、血の気の引いた、小麦粉のように蒼白い顔で、まるで覚醒《めざ》めながら夢を見ている人のように眼を大きく見開いてエイブラム神父を見つめた。彼が歌いはじめると、チェスター嬢はそちらに向かって両腕を伸ばした。彼女の唇が動いた。夢でも見ているような口調で、彼女はこう言った。「父さん、ダムズをおうちに連れてって」フィービィ嬢はオルガンの低音部の鍵盤《キイ》から手を離した。だが、彼女はオルガン奏者の務めを立派に果たした。彼女が鳴らした音が、閉ざされていた記憶の扉を叩き壊したのだから。エイブラム神父は、一度失ったアグレイアをしっかりと胸に抱き締めた。

レイクランズを訪れた際には、この話をもっと詳しく聞かされることになるだろう。この物語がそれからどんな筋書きをたどったか、また九月のある日、粉屋の娘のあどけない美しさに心惹かれた渡り者がその子をさらっていった顚末《てんまつ》と、その子のその後の身の上も聞かせてもらえることだろう。だが、それは荒鷲館《イーグルハウス》の木陰のポーチにゆったりと腰を落ち着けたときのお楽しみとして、取っておかれたほうがいい。そうしたくつろいだ気分で耳を傾けることをお勧めする。わたしの担当部分は、フィービィ嬢の鳴らした豊かな低音が、まだ静かに響いているあいだにおしまいにしたほうがよさそうだ。

それでも、私見ながら、この物語の最良の部分は、エイブラム神父とその娘が暮れなずむ山道を、嬉しさにほとんど口もきけないまま、荒鷲館《イーグルハウス》まで歩いて戻っていくときに起きたように思う。

「お父さま」彼女はおずおずと、まだ信じきれないような口調で言った。「お父さまはお金をたくさん持っていらっしゃる?」

「たくさん?」製粉工場主は言った。「そうだな、それはまあ、たくさんの程度によりけりだな。お月さまとかお月さまぐらい値の張るものを買ってほしいと言うんでなければ、そこそこ持ってると言ってもいいだろうね」

「きっとうんとお金がかかるんでしょうね——」所持金を慎重に計算することが習慣になっているアグレイアは言った。「——アトランタに電報を打つには?」

「そうか、そういうことか」エイブラム神父は小さく溜息をついた。「ラルフだね。こっちに来るように言ってやりたいんだね」

アグレイアは父の顔を見あげ、恥じらうような笑みを浮かべた。

「待っててほしいと言いたいんです」と彼女は言った。「わたし、お父さまを見つけたばかりだから。しばらくはお父さまとふたりで過ごしたいの。だから、もうちょっと待っててもらいたいって、あの人にそう伝えたいんです」

ミス・マーサのパン
Witches' Loaves

ミス・マーサ・ミーチャムは街角でパン屋を営んでいる（三段からなる階段をのぼってドアを開けると、ベルがちりんちりんと音を立てるようになっている店だ）。ミス・マーサはことし四十歳、銀行の通帳には二千ドルの残高が記され、二本の義歯と思い遣り深い心の持ち主でもある。ミス・マーサよりもはるかに機会に恵まれないのに結婚している者は、世の中には大勢いる。

週に二度か三度、判で押したように店にやってくるひとりの客がいたが、ミス・

マーサはこの客に興味を抱くようになった。中年の男で、眼鏡をかけていて、茶色の顎鬚《あごひげ》を丁寧に先が尖るようにして刈り込んでいた。

そして強いドイツ訛《なま》りの英語を話した。着ているものは擦り切れ、ところどころ繕《つくろ》ったあとがあり、繕ってないところは皺くちゃで、ぶざまに型崩れしていた。それでも、その男はいつもこざっぱりとしていて、たいへん礼儀正しかった。

買っていくのは毎回決まって、堅くなった古いパンを二個。新しいパンは一個五セントだが、古くなってしまったパンは二個で五セントだった。男はいつも古いパンしか買わなかった。

あるとき、ミス・マーサはこの男の指に、赤と茶色の混じったしみがついているのを見つけた。で、彼女は男が画家で、とても貧乏なのだと思い込んだのである。きっとどこかの狭苦しい屋根裏部屋に住んでいて、そこで絵を描き、古いパンを囓《かじ》りながら、ミス・マーサの店に並んだおいしいもののことを考えているのだろう、と。

ミス・マーサは厚切り《チョップ》の肉とふんわりしたロールパンとジャムとお茶を並べたテーブルにつくたびに、よく溜息をついては、あの物腰の穏やかな画家が、隙間風の入ってくる屋根裏部屋でかちかちになった古いパンなど囓っていないで、彼女のおいしい手料理を一緒に食べてくれればいいのに、と思うのだった。さきほども申し上げたように、ミス・マーサはいたって思い遣り深い心の持ち主だったのである。

彼の職業が本当に睨《にら》んだとおりの画家かどうかを確かめるため、ある日ミス・マーサは以前にバザーで買い込み、自分の部屋に飾っていた絵を店に持ち込み、カウンターの奥の棚に立てかけてみた。

ヴェニスの市街を描いた風景画だった。広壮な大理石の宮殿《パラッツイオ》（と絵の説明には書かれていた）が前景《フォアグラウンド》に――というよりも前水面《フォアウォーター》とでも呼ぶほうがふさわしいような場所に――建っていた。残りの空間にはゴンドラ（水に手を浸しているご婦人付き）と雲と空が描き込まれ、色彩の濃淡を利用するいわゆる明暗法《キアロスクーロ》がたっぷりと使われていた。画家ならば、この絵に気づかないはずがなかった。

二日後、件《くだん》の客が来店した。

「ずみません、古いパンをふたつもらえませんか？

おかみさん、ずてきな絵がありますね」ミス・マーサがパンを包んでいると、彼は言った。

「そうお思いになります？」企みどおりの展開に気を良くして、ミス・マーサは言った。

た。「わたし、大好きなんです。美術と——」（おっと、駄目駄目、こんなすぐに〝画家〟なんて言ってしまっては）「——絵が」と別のことばに差し替えた。「これ、本当にいい絵だとお思いになります？」

「宮殿が」と客の男は言った。「よくない。遠近法《いえんぎん》が、まぢがってますね。では、おかみさん、ごぎげんよう」

客の男はパンを受け取ると、お辞儀をひとつしてそそくさと店から出ていった。

やっぱり、あの人は絵描きさんだ。ミス・マーサは、その絵を自分の部屋に引っ込めた。

それにしても、あの眼鏡の奥の眼のなんて穏やかで優しそうなこと！　あれだけ額が広いんだもの、きっとうんと賢い人にちがいない。ほんのひと目見ただけで、遠近法の間違いを見抜いてしまえるぐらいだし。なのに、干からびた古いパンを食べて暮らしてる！　でも、天才というものは、世に認められるまでは苦労をしなければならないらしいから。

その天才を、二千ドルの銀行預金とパン屋の店と思い遣り深い心で応援することができれば、それは絵画にとっても遠近法にとっても悪いことではないはず——しかし、ミス・マーサ、それは白昼夢というものに過ぎない。

最近では彼は店にやってくると、パンの陳列ケースを挟んでしばらく雑談をしていくようになった。ミス・マーサの快活なお喋りを楽しみにしているようだった。

そしてあいかわらず、古くなったパンを買っていくのだった。ケーキやパイはおろか、彼女の手製でおいしいと評判のサリー・ラン[35]ひとつ買ったことがなかった。

ミス・マーサには、男がだんだん瘦せて元気がなくなってきているように思われた。彼のあまりに約《つま》しい買い物に、何かおいしくて滋養のあるものを添えてあげたいとは思うのだが、それをいざ実行に移すとなると、なかなか勇気が出なかった。あの人に恥をかかせるわけにはいかない。芸術家は誇り高いものだということを、ミス・マーサは知っていた。

そのうち、彼女は店に出るときには、ブルーの水玉模様の絹のブラウスを着るようになった。奥の部屋で、マルメロの実と硼砂《ほうしゃ》とで何やら怪しげな混ぜ薬を調合するようにもなった。これは非常に多くの人が、血色を良くするために用いているものである。

ある日、件の客がいつものように店にやってきて、陳列ケースのうえに五セント硬貨を置き、古くなったパンを所望した。ミス・マーサが古くなったパンに手を伸ばしかけたとき、すさまじいほどの大音量で警笛と鐘が鳴り響いたかと思うと店のまえを消防車が通り過ぎた。

そういう場合に誰しもがするように、客の男は見物するため店の戸口に急いだ。そのとき、ミス・マーサの頭に妙案が閃いた。この機を利用しない手はなかった。

カウンターの奥の棚のいちばんしたの段に、ほんの十分ほどまえに牛乳配達が届けて寄越した一ポンド分のバターがしまってあった。ミス・マーサは古くなったパンふたつにそれぞれ、パン切りナイフで深い切れ目を入れ、そこにバターをたっぷりと押し込むと、切れ目を合わせて閉じ、パンをもとどおりの形に戻した。

客の男がカウンターのところに戻ってきたときには、パンを紙に包んでいた。

いつになく陽気に雑談を交わしたあと、客の男が帰っていくと、ミス・マーサはひとり笑みを浮かべた。それでも、かすかながら、胸の鼓動が速くなっていないでもなかった。

35　甘い焼き菓子。

ちょっと大胆過ぎただろうか？　あの人、気を悪くするだろうか？　いいえ、まさか。花ことばというのはあるけれど、食べ物ことばなんてものはないんだから。バターは、女としての慎みに欠けた、はしたない真似の象徴なんかじゃないもの。

その日、ミス・マーサはいつまでも、そのことばかり考えていた。彼があのささやかな偽装工作に気づいたときのことを思い描いた。

あの人はパレットと絵筆をしたに置く。あの人のまえには、画架《イーゼル》に載せた描きかけの絵。その絵には、もちろん、批判の余地などこれっぽっちもない遠近法が用いられている。

それから、彼は干からびたパンと水という昼食の準備をする。パンにナイフを入れると――ああっ！　ミス・マーサは顔を赤らめた。そのパンを食べるとき、あの人はそこにバターを入れた手のことを考えてくれるだろうか？　それから――、

店の戸口のベルが刺々《とげとげ》しく鳴った。店に入ってこようとしている人がいる、ということだった。それもずいぶん派手な物音を立てながら。

ミス・マーサは急いで店に出た。男がふたり立っていた。ひとりはパイプをふかしている若い男――初めて見る顔だった。もうひとりは、あの画家だった。

画家は、顔を真っ赤にしていた。帽子をずり落ちそうなほどうしろにずらし、髪の毛をくしゃくしゃにかき乱していた。そして両の拳を堅く握りしめ、それを猛然と振り立てていた。ミス・マーサに向かって。そう、こともあろうに、ミス・マーサに向かって。

「この大馬鹿野郎《ドゥンムコップフ》！」とんでもない大声で、男は怒鳴った。さらに「くそったれ《タオゼントンフェル》！」とかいうようなことを、これまたドイツ語でわめいた。

若いほうの男が、彼を連れ出そうとしていた。

「いや、帰《がえ》らない」彼は怒りの声を張りあげた。「この女にひど言《ごと》言ってやるまでは、帰《がえ》らない」

彼はカウンターを連打し、バス・ドラム並みの音を響かせた。

「あんたのせいで、台無しだ」眼鏡の奥のブルーの眼をぎらぎらと燃え立たせて、彼は叫んだ。「いいか、はっきり言ってやる。あんたみたいなのを、おせっかいやきの、ぐそばばあと言うんだよ」

ミス・マーサは力なく棚にもたれかかり、絹の水玉模様のブラウスの胸を片手で押さえた。若いほうの男がもう一方の男の襟首をつかんだ。

「さあ、行こう」と若い男は言った。「言うべきことはもう充分に言っただろ？」若い男は激昂している相手を店のそとの歩道に引きずり出し、それからまた店内に戻ってきた。

「事情をご説明しておいたほうがいいかと思いましてね」と彼は言った。「この大騒ぎの原因です。あの男はブルムバーガーといいます。設計図の製図をしてます。ぼくと同じ事務所で働いてるんです。

この三カ月間、あいつは新しい市庁舎用の図面を引くのに必死でした。優れた設計を公募してましたから、それに応募するつもりだったんです。で、昨日ようやくインクを使った清書が終わったんです。ご存じだと思いますが、図面を引くときには最初はまず下書きとして鉛筆で線を引きます。そしてインクで清書が終わってから、その鉛筆の線を古くなったパンで消していくんです。古くなったパンのほうが、消しゴムより使い勝手がいいので。

ブルムバーガーは、消しゴム代わりのそのパンを、いつもこのお店で買ってました。ところが、今日――いや、もうおわかりでしょう？　あんなバターなんか入っていたんじゃ――ええ、おかげでブルムバーガーの設計図は台無しです。完全に使い物になりません。そう、あれでは小さく切って、駅で売ってるサンドウィッチをくるむ紙にでもするしかないですよ」

ミス・マーサは奥の部屋に引っ込んだ。水玉模様の絹のブラウスを脱ぎ、いつも着ていた古ぼけた茶色のサージの服に着替えた。それから、マルメロの実と硼砂の混ぜ薬を窓のそとの石炭殻入れに空けた。

二十年後

After Twenty Years

ひとりの警邏《けいら》警官が、担当区域の通りを歩いていた。威風堂々といった足運びだった。堂々としているのは習慣のようなもので、他人の眼を意識してのことではなかった。そもそも他人の眼など皆無といってよかった。時刻はまだ午後十時をまわったばかりだったが、身を切るように冷たい雨混じりの風が夜の街から人通りを一掃してしまっていた。

がっしりした体格で、肩を揺するようにして歩くこの警官は、警棒をいく通りもの微妙な変化をつけて振ったりまわしたりしながら、通り過ぎる家々の戸締まりを確かめ、ときどきうしろを振り返ってはひっそりとした通りに鋭い視線を走らせた。いかにも地域の安全の担い手らしい姿だった。

その界隈は朝が早い分、夜も早い地域だった。たまに煙草屋や終夜営業の食堂の灯りが見えることもあるが、大部分は事務所や商店だったので、もうとっくに店じまいしていた。

ある区画を途中まで歩いたところで、警官は急に足取りをゆるめた。灯りの消えた金物屋の店先に男がひとり、火のついていない葉巻をくわえて寄りかかっていたのだった。警官が近づくと、その男のほうから、先まわりしたように話しかけてきた。

「ああ、お巡りさん、なんでもありませんよ」安心してほしいという口ぶりで、男は言った。「友人を待ってるだけだから。二十年まえの約束なんだ。なんて言うと、却《かえ》って怪しい話に聞こえますか？　ならば、嘘じゃない証拠に説明すると、二十年まえ、今のこの店が建ってるとこにレストランがあったんです。ビッグ・ジョー・ブレイディの店ってレストランだったんです」

「ああ、あったね」と警官は言った。「五年まえに取り壊されたけど」

金物屋の店先にいた男は、マッチを擦って葉巻に火をつけた。その明かりに、鋭い眼と蒼白い頬と角張った顎が浮かびあがった。右の眉尻に小さな白い傷跡があった。ネクタイピンには、一風変わった趣向を凝らし、大粒のダイアモンドが嵌《は》め込んであった。

「二十年まえの今夜」と男は言った。「おれはここにあったそのビッグ・ジョー・ブレイディの店でジミー・ウェルズって男とめしを食ったんです。ジミーはおれの、言ってみれば親友で、これがまた世界中どこを探してもいないんじゃないかってぐらいできた男でね。ジミーとはこのニューヨークで一緒に育ったんですよ、まるで兄弟のようにして。おれが十八で、ジミーは二十歳《はたち》だった。おれは次の日の朝、西部に旅立つことにしてました。一財産こしらえるために。ジミーのほうはニューヨークからは梃子《てこ》でも動かない主義でしたよ。ニューヨーク以外は人間の住むとこじゃないと思ってましたからね。で、その晩ふたりで約束したんです。今からちょうど二十年後、この日のこの時刻に、たとえどんな身の上になっていようと、どんな遠くからだろうと、必ずここで再会しようって。まあ、二十年もたてば、お互い先行きもある程度は見えてきてるだろうし、どれほどのものになるかはわからないけど、それなりの財産もできてるだろうからってことでね」

「なかなか面白い話だね」と警官は言った。「しかし、二十年とは、またずいぶん気の長い約束をしたもんだ。ニューヨークを離れてから、その友人とはまったく連絡を取りあっていなかったのかね？」

「いや、手紙ぐらいはやりとりしてましたよ、しばらくのあいだは」と男は言った。「でも、一年経ち、二年経つうちに、いつの間にか音信不通になっちまった。何しろ、西部ってのはとんでもなく広い土地だし、おれはおれでそのだだっ広い西部を股にかけて、ずいぶん忙しい暮らしをしてきたもんでね。けど、これだけは言える。生きてさえいりゃ、ジミーは今夜、必ずここに来ますよ。そういう男なんです、あいつは。昔から誠実で、義理がたくて。そんなやつが親友との約束を忘れるわけがないでしょう？　おれだって今夜のために千マイルも離れたとこから、はるばるニューヨークに戻ってきたんです。それでもいいんだ、昔馴染みの相棒と再会できるんなら」

友を待つ男は、蓋に小さなダイアモンドをちりばめた、洒落た拵《こしら》えの懐中時計を取りだした。

「十時三分まえか」時刻を確認して男は言った。「ちょうど十時だったんです、レストランのまえであいつと別れたのが」

「西部に行って人生は開けたかね？」と警官が言った。

「そりゃ、もう、開けたなんてもんじゃないぐらいにね。ジミーも、せめてその半分ぐらいはいい目を見てりゃいいけどな。どっちかって言うと、こつこつと地道にやっていく人間ですからね、あいつは。いや、もちろん、底抜けにいいやつだけど。その点、おれなんか、海千山千の猛者《もさ》どもを相手に一か八かの勝負をしてきましたからね。それでなきゃ、財産なんかいつまで経っても築けやしない。ニューヨークにいると、人は惰性で暮らしていける。人間を研ぎ澄ますには、西部に行くに限りますよ」

警官は警棒をくるりとまわし、歩きだした。

「さて、そろそろ行かないと。友人が約束どおりに来てくれるといいけどな。約束の時刻までしか待ってやらないのか？」

「まさか」と男は言った。「少なくとも三十分は待ちますよ。ジミーは生きてさえいりゃ、そのぐらいまでには来るやつですからね。さよなら、お巡りさん」

「おやすみ」警官はそう言うと、再び戸締まりを確認しながら巡邏《じゅんら》担当区域の通りを歩きだした。

いつの間にか冷たい霧雨が降りはじめ、ときおり気まぐれに吹き込んできていただけの木枯らしが、たえまなく通りを吹き抜けていくようになっていた。わずかばかりの通行人は揃ってコートの襟を立て、両手をポケットに突っ込み、むっつりと不機嫌に押し黙ったまま、足早に歩き過ぎていく。だが、金物屋の店先では、若い時分に友人と交わした、あきれるほど不確かな約束を果たすため、千マイルの距離を旅してきた男が、葉巻をふかしながら待っていた。

二十分ほど待ったとき、長いコートの襟を耳のあたりまで立てた背の高い男が、通りの向かい側からこちら側に早足で渡ってきた。その男は、金物屋の店先で待つ男のところに、まっすぐに近づいてきた。

「おまえか、ボブ?」確信の持てない口調で、その男は言った。

「ジミー・ウェルズか?」店先で待っていた男は大声を張りあげた。

「おい、まさか……」通りを渡ってきた男は、相手の両手を取り、ぎゅっと握り締めて歓声をあげた。「ボブだ。ほんとにボブだ。やっぱり来てたな。死んじまったんでもない限り、きっと来てると思ってたが……よかった。ほんとによかった。二十年ってのは長い。あのレストランはなくなっちまったよ、ボブ。残念だ、あの店が残ってりゃ、二十年まえと同じ店でまた一緒にめしが食えたのに。いや、そんなことより、どうなんだ、西部の暮らしは？」

「すばらしいのひと言だね。ほしいものはなんだって手に入る。それにしても、ジミー、あんたもずいぶん変わったな。そんなに背が高かったか？　おれの記憶だと、もう二インチ……いや、三インチほど低かったような気がするんだけどな」

「ああ、二十歳《はたち》を過ぎてから、少しばかり伸びたからな」

「で、ジミー、ニューヨークに残って成功を手にしたか？」

「まあ、人並みに暮らしてるよ。今は市の職員をしてる。さあ、行こう、ボブ。おれの知ってるとこに案内するよ。腰を据えてゆっくりと、昔のことを語り合いたいじゃないか」

ふたりの男は腕を組み、通りを歩きだした。西部からやって来た男は、成功者の己惚《うぬぼ》れを増長させ、これまでの身のうえのあらましを話しはじめた。相手の男はコートの襟元に顔を埋めたまま、興味深げに聞き入っていた。

その区画の角はドラッグ・ストアで、電灯が皓々《こうこう》と灯っていた。眩しいほど明るい光のなかに足を踏み入れると、ふたりの男は申しあわせたように互いの顔をのぞき込んだ。

西部からやって来た男は不意に足を止め、組んでいた腕を振りほどいた。

「あんたは……あんたはジミー・ウェルズじゃない」西部からやって来た男は、鋭く言い放った。「二十年ってのは確かに長い年月だが、人の鼻を鷲鼻から獅子っ鼻に変えちまうほど長かねえ」

「だが、ときに善人を悪人に変えちまうことがある」と背の高い男は言った。「おまえさんは十分まえから逮捕されてるんだよ、〝伊達男《シルキー》〟ボブ。シカゴ市警が電報を寄越した。おまえさんがこの市《まち》に立ちまわることも考えられるんで、その場合は身柄を拘束されたしってな。おまえさんとちょいとお喋りがしたいそうだ。今さら無駄な抵抗はしないだろう？　ああ、そのほうが賢明だ。そうだ、署までご同行願うまえに、おまえさんに渡すように頼まれた手紙があった。そこのウィンドウの灯りで読むといい。警邏部のウェルズ巡査から預かった手紙だ」

西部からやって来た男は、手渡された紙片を開いた。読みはじめたとき、彼の手はしっかりしていたが、読み終わったときには小刻みに震えていた。手紙は案外短かった。

ボブ

ぼくは約束の時刻に約束の場所にいた。きみが葉巻に火をつけようとマッチを擦ったとき、その顔がシカゴ市警が手配をかけている男の顔だということに気づいた。きみを逮捕することは、ぼくにはどうしてもできなかった。だから、いったん署に戻り、私服の者にその仕事を頼んだというわけだ。

ジミー

最後の一葉
The Last Leaf

ワシントン・スクエアの西側の、あまり広くないある一帯では、いくつもの通りが不規則に錯綜《さくそう》して〝プレイス〟と呼ばれる小路に寸断されている。これらの〝プレイス〟は奇妙な角度や曲線を成す。一本の通りが、一度や二度はそれ自身と交差していたりする。かつてある絵描きが、この通りの持つ実利的な可能性に気づいた。たとえば、絵の具や紙やキャンバスの代金を回収にきた集金人がこの通りに入り込み、行ったり来たりしているうちに、売掛金の一セントも受け取れないまま、ふと気がついてみたら帰路をたどっていたとしたら?

そんなこんなで、やがてこのいささか風変わりで独特の趣のあるグリニッチ・ヴィレッジに絵描きが集まってくるようになり、北向きの窓と十八世紀風の破風《はふ》とオランダ風の屋根裏部屋と安い賃料を求めて、この界隈を跋扈《ばっこ》するようになった。まもなく彼らが六番街から白鑞《しろめ》のマグカップと焜炉《こんろ》付きの卓上鍋を買い込んできて、ここに〝芸術村〟ができあがったのである。

煉瓦造りの三階建てのずんぐりした建物の最上階に、スウとジョンズィはアトリエを構えていた。ジョンズィというのはジョアンナの愛称である。スウはメイン州の、ジョンズィはカリフォルニア州の出身だった。ふたりは八丁目の〈デルモニコ〉で定食を食べていたときに知り合い、芸術やチコリ・サラダやビショップ・スリーヴに対する好みがあまりに一致していたので、共同でアトリエを構えることになったのだった。

それが五月のことだった。十一月になると、医者が〝肺炎〟と呼ぶ冷酷で眼には見えない侵入者がこの芸術村を徘徊しては、その氷のような指先であちこちの人を撫でまわすようになった。この侵入者だが、マンハッタンのイーストサイドでは傍若無人に闊歩《かっぽ》して、またたくまに何十人という単位で住人を餌食にしたが、せせこましく苔むした〝プレイス〟の迷路に入ると足取りが鈍った。

肺炎氏は、いわゆる騎士道精神を旨とする老紳士には程遠い。血まみれの拳を握りしめ、息遣いも荒々しいこの老いたるいかさま師が、軟風そよ吹くカリフォルニア育ちの痩せっぽちで血の気の薄い小娘を獲物とすることなど、許されるはずがないではないか。なのに、こやつはジョンズィに襲いかかったのである。ジョンズィはペンキを塗った鉄枠のベッドに横になり、ほとんど身動きもしないまま、オランダ風の小さな窓のガラス越しに、隣の煉瓦造りの建物の何もない壁をただじっと見つめているばかりだった。

ある朝、せわしなく往診を終えた医者が、スウに向かって白いものの混じったもじゃもじゃ眉毛をうごめかし、廊下に出るよう合図した。

「あの娘さんだがね、助かる見込みは……まず十にひとつといったところだよ」体温計を振って目盛りの水銀を下げながら医者は言った。「その見込みも、本人自身が生きたいと思ってくれないことには、どうにもならん。葬儀屋を呼ぶことしか考えてない者には、どんな処方も無駄になるばかりだ。あんたのご友人は、自分はもう治らないものと決めてかかってる。あの人には、何かこう、気持ちの支えになるようなものはないのかね？」

「あの子は……そう、いつかナポリ湾を描きたいって言ってたけど」とスウは応えた。

「絵を描きたいって？　馬鹿を言うんじゃないよ、くだらない。わたしが言いたいのは、もっと想いがいのあるものはないのかってことだよ――たとえば恋人であるとか……？」

「恋人？」口琴《ジューズハープ》を弾いたような、尻上がりの裏返った声でスウは言った。「恋人なんかにそれほどの――いいえ、先生、あの子にはそういうものはないと思います」

「そうか。となると衰弱するいっぽうかもしれんな」と医者は言った。「もちろん、わたしの力の及ぶ限りのことはする。医術でなんとかなるものなら、きっとなんとかしよう。だがな、患者が自分の葬式にやって来る車の台数を数えはじめたら、医薬の効能は五割減だよ。あんたがあの娘さんの気持ちを変えてやれれば、この冬の外套はどんな袖の恰好が流行るかとでも訊いてくるように仕向けてやれれば、そのときは助かる見込みを十にひとつから五にひとつに格上げしてもいい」

　医者が帰るのを待ってスウは仕事部屋にこもり、日本製のナプキンがぐしゃぐしゃになるまで泣いた。それから画板を抱えると、ラグタイムの曲を口笛で吹きながら元気いっぱいの足取りでジョンズィの部屋に顔を出した。

ジョンズィは、窓のほうに顔を向け、じっと横になっていた。身体にかけた上掛けには、盛りあがりらしい盛りあがりが認められなかった。眠っているものと思って、スウは口笛を吹くのをやめた。

そして画板を構え、雑誌小説の挿絵用のペン画に取りかかった。若い作家は文学への道を切り開くために雑誌小説を書き、若い画家は、その挿絵を描くことで、絵画への道を切り開いていかなくてはならないのである。

小説の主人公であるアイダホのカウボーイの姿に馬術競技会向けの洒落た乗馬ズボンと片眼鏡を描き足していると、何事かを繰り返しつぶやく低い声が聞こえた。スウは急いで病人の枕元に近づいた。

ジョンズィは眼を大きく見開き、窓のそとを見つめながら数を数えているのだった——大きい数から小さい数へと逆行する数え方で。

「十二」とジョンズィは言った。それから少しして「十一」。また少しして「十」、それから「九」。続いてほとんど同時に「八」「七」……。

スウは気になって窓のそとをのぞいた。何を数えているのだろう？ 見えるものといえば、殺風景で陰気くさい裏庭と、二十フィート先の隣の建物の、窓も何もない煉瓦の壁ぐらい。あとは根元の朽ちかけた節だらけの古い古い蔦《つた》が、その壁のなかほどあたりまで蔓《つる》を伸ばしている。秋の冷たい息吹になぶられてほとんど葉のなくなった枝が、崩れつつある煉瓦の壁に骸骨の指のようにへばりついていた。

「ねえ、ジョンズィ、なんなの？」とスウは尋ねた。

「六」ジョンズィは囁くような声で言った。「落ちるのがだんだん早くなってきてる。三日まえには百枚ぐらいあって、数えてるうちに頭が痛くなっちゃうほどだったのに。でも、今はもう簡単に数えられる。あっ、また落ちた。これであと五枚だわ」

「あと五枚って、何が？　ねえ、わたしにも教えてくれない？」

「葉っぱよ。蔦の蔓についてる葉っぱの枚数。最後の一枚が落ちたら、わたしも行かなくちゃならないのよ。三日まえからわかってた。先生もそうおっしゃってたでしょ？」

「あのね、そんな馬鹿馬鹿しい話、聞いたこともないわ」思い切り軽蔑した口調で、スウは反論した。「だいたい、蔦の枯れ葉とあなたの病気がよくなることと、なんの関係があるのよ？　ああ、そうか、あなた、あの蔦の木のこと大好きなんだったわね。

でもね、あんまりくだらないこと言うもんじゃないわよ。お医者さんも今朝、言ってたんだから、あの娘さんがどんどん元気になっていく見込みは——ええと、どんな言い方だったかな？——そうそう、一に十だって。そのぐらいなら、このニューヨークじゃ、市電に乗ってても、ビルの建築工事現場のまえを通ってても危険って意味じゃ同じようなもんだわ。ねえ、スープを少し飲んでみない？　そしたらわたしはこの絵を仕上げちゃうから。絵ができたら、編集者から原稿料をせしめて、病気の赤ちゃんにはポートワインを、食いしん坊のわたしにはポークチョップを買ってこられるってわけ」

「ポートワインはもう買わなくてもいいわ」窓のそとに眼を据えたまま、ジョンズィは言った。

「また一枚落ちた。いいえ、スープは欲しくない。これで、あと四枚だけね。暗くならないうちに最後の一枚が落ちるのを見たい。そしたら、わたしも行くんだから」

「ねえ、ジョンズィ」スウは彼女のうえに身を屈めて言った。「わたしが絵を仕上げちゃうまで、眼をつぶっていて、窓のそとは見ないって約束してくれない？　雑誌の挿絵、明日までに向こうに渡さなくちゃならないの。だから明かりが要るのよ。でなきゃ、ブラインドを降ろしちゃいたいとこなんだけど」

「向こうの部屋で描いてもらえない？」ジョンズィは冷ややかに言った。

「ここのほうがいいわ、あんたのそばのほうが」とスウは言った。「それにね、わたしはあんたに、あんなくだらない蔦の葉っぱなんか眺めててほしくないの」

「描き終わったら、すぐに知らせてね」ジョンズィは血の気の失せた蒼白い顔でそう言うと、倒れた彫像のようにじっと横になったまま眼をつむった。「わたし、最後の一枚が落ちるところを見たいんだから。もう待つのに疲れちゃった。考えるのにも疲れちゃったわ。もう頑張るのはやめて、いろいろなものから解き放たれて、あの哀れなくたびれた葉っぱみたいに、ただ落ちていきたいの」

「そのままひと眠りしちゃって」スウは言った。「ちょっとベアマンさんを呼びに行ってくるわ。世捨て人みたいに暮らしてる年取った炭鉱夫のモデルになってもらわなくちゃ。すぐに戻ってくるから。用があっても動かないで、わたしが帰ってくるまで待っててよ」


ベアマン老人は、スウとジョンズィの下の階に住んでいる絵描きだった。年齢は六十過ぎ、容貌はたとえるなら半獣神《サテュロス》。その頬と顎のあたりから、ミケランジェロの手になるモーゼ像を思わせる豊かな巻き毛の鬚を、小鬼のような身体が隠れてしまうかと思うほどたっぷりと伸ばしていた。ベアマンは芸術の敗残者だった。四十年ものあいだ絵筆を握り続けているのに、芸術の女神はおろか、その裳裾《もすそ》に触れることもできずにいるのだった。口癖のように、そのうち傑作を描くと言っていたが、描きはじめたことは一度もなかった。ここ数年はときどき商用か広告用の、絵とも呼べないような代物を描くことを除けば、絵の仕事はしていなかったが、本職のモデルを雇えない〝芸術村〟の若い絵描きたちのモデル役を引き受けることで、わずかな収入を得ていた。そして、呑みすぎるほどジンを呑んでは、そのうち描く傑作のことを口にするのだった。そのほかの点では、小兵《こひょう》の身ながらなかなかに向う気の強い老人で、他人の軟弱さを手厳しく嘲《あざけ》り、階上のアトリエにいるふたりの若い画家を護る特命を帯びた、獰猛《どうもう》な番犬《マスチフ》を以て自ら任じていた。

スウが訪ねていくと、ベアマン老人は階下の薄暗い部屋で、杜松《ねず》の実[36]の匂いをぷんぷんさせていた。部屋の片隅の画架《イーゼル》に、何も描いていないキャンバスが載っていた。

36　ジンの香り付けに用いる。

このキャンバスは傑作の最初の一筆が入れられるときを、二十五年間そこで待ち続けてきたのである。スウは老人に、ジョンズィが愚にもつかない空想に捕らわれていることを話した。この世にすがりつくなけなしの力がこれ以上弱くなりでもしたら、あの子は本当に木の葉のようにあっさりと、はかなく、飛ばされていってしまうのではないかと訴えた。

ベアマン老人は血走った眼に、どう見ても涙としか見えないものを浮かべながら、軽蔑と嘲りの口調で、どいつもこいつも寝ぼけたことばかり考えてやがると怒鳴った。

「なんだと！」ドイツ訛りをつくろう様子もなく、ベアマンは叫んだ。「あんな屁《へ》の突っ張りにもならん蔦《つた》の蔓《つる》から枯《かれ》っ葉《ぱ》ごときが落ちたぐらいで、自分も死ぬなんて、そんなたわけたこと抜かすやつどこにいる？　そんな馬鹿な理屈は聞いたことない。冗談じゃないね、誰が世捨て人の抜け作のモデルなんかやってられるか。あんたもあんただ、そんなたわけたこと考えさせとくなんて。それじゃ、かわいそうじゃないか。ジョンズィさんがかわいそうじゃないか」

「ともかく具合が悪くて、ともかく弱ってるからね」とスウは言った。「熱も高いし。そのせいで気持ちも病んでるのかもしれない。だから、妙な空想が働いちゃうのね、きっと。いいわ、ベアマンさん、モデルなんかやってられないって言うんなら、無理に頼むつもりはありませんから。でも、あなたって気まぐれで、肝心なときには頼りにならなくて、ほんとに……ほんとに意地の悪いお爺さんだこと」

「ああ、もう、だから面倒なんだ、女子《おなご》というもんは！」とベアマンは怒鳴った。「誰がモデルにならんと言った？　ほら、さっさとアトリエに戻った、戻った。ああ、一緒に行ってやるともさ。もう小半時もまえから声《ごえ》掛けてやろうと思ってたのさ、いつでもモデルになってやるよって。それにしても、ひどいところだね、ここは。ジョンズィさんみたいに善良なお嬢《じょう》さんは、病気になったらこんなところで寝てちゃいかんね。だが、まあ、待ってなさい、そのうち傑作を描くから、そしたらみんなでここを出てぐんだよ。ああ、それがいい、そうしよう」

スウがベアマンを連れて階上に戻ったとき、ジョンズィは眠っていた。スウは窓のブラインドを敷居まで降ろすと、ベアマンに目顔《めがお》で隣の部屋に移るよう合図した。その隣の部屋の窓から、ふたりは恐る恐る蔦の蔓を眺めた。それから一瞬、黙って顔を見合わせた。雪混じりの氷雨が、執念深く降り続いていた。ベアマンはいつもの着古した紺のシャツ姿のまま、岩に見立ててひっくり返して置いた大鍋に腰を降ろし、世捨て人の炭鉱夫のポーズを取った。

翌朝、スウがほんの一時間だけの睡眠から醒めると、ジョンズィは虚ろな眼を大きく見開いて、窓に降りている緑色のブラインドをじっと見つめていた。

「ブラインドを上げて。わたし、見たいの」ジョンズィはかすれた囁き声で命じた。

スウとしては、もう言われたことに従うしかなかった。

ところが、どうだろう、長い長い夜のあいだじゅう、雨は叩きつけるように降り続け、疾風《はやて》のような風が吹き荒《すさ》んでいたというのに、煉瓦の壁にまだ一枚、蔦の葉がしっかりとへばりついていた。蔓に残っている最後の一葉だった。葉のつけ根のあたりはまだ濃い緑色をしていたが、鋸《のこぎり》の歯のような縁は黄色く朽ちかけ、それでも地面から二十フィートぐらいの高さに伸び出した蔓に、健気にもしがみついていた。

「最後の一枚だわ」とジョンズィは言った。「夜のあいだに、たぶん落ちてなくなってるだろうと思ってたのに。風の音がしてたから。でも、今日じゅうにはきっと落ちる。そしたら、わたしも一緒に死ぬのね」

「もう……もう、ほんと、困ったひと」スウは疲れのにじんだ顔で枕に頭を預けた。

「自分のことを考える気がないんなら、わたしのことを考えてよ。あんたに死なれちゃったりしたら、わたしはどうしたらいいのよ？」

だが、ジョンズィは答えなかった。遠方《とおじ》に向かう神秘の旅路を覚悟した者の魂ほど、この世に孤独なものはない。あの愚にもつかない空想が心のなかで膨らんでいくにつれ、ジョンズィを友情やこの世の日々の営みに結びつけていた絆《きずな》が、ひとつ、またひとつ、ほどけていくようだった。

その日はそうして過ぎた。夕暮れ時になっても、あの一枚だけ残った蔦の葉は、壁を這う蔓にしがみついていた。夜の訪れとともに、また北風が吹きはじめた。雨もあいかわらず窓を乱打し、オランダ風の低い軒端《のきば》から雨垂れを滴らせた。

夜が明けると、ジョンズィは、無慈悲にもブラインドを上げるよう命じた。

蔦の葉は、まだ煉瓦の壁にへばりついていた。

ジョンズィは横になったまま、長いこと、それをじっと見つめていた。それから、ガスレンジにかけた鶏がらスープをかき回していたスウを呼んだ。

「スウディ、わたし、まちがってたみたい」とジョンズィは言った。「わたしがどんだけ心得違いをしてるかってことを思い知らせるために、何かの力があの最後の一枚をあそこに残しておいてくれたのね。死にたいなんて思うのは罰当たりもいいとこだった。そのスープ、わたしにも少し持ってきてくれる？　それとポートワインを垂らしたミルクも。それから――ううん、そのまえにまず手鏡を取ってほしいな。それと背中に枕をいくつか当てがってくれない？　そしたら身体を起こしてられるから。あんたが料理するのを見てたいのよ」

一時間後、ジョンズィはこんなことを言った。

「ねえ、スウディ、わたし、やっぱりいつかナポリ湾を描いてみたい」

午後になって医者が往診に来た。スウは口実をつくって医者と一緒に廊下に出た。

「五分五分だね」医者はスウの小刻みに震えているほっそりとした手を取って言った。「助かるかどうかは、あんたの看病次第だよ。さて、今日はこれから階下でもうひとり患者を診なくちゃならん。ベアマンという人なんだが、いちおう……絵描きらしい。肺炎だよ、その人も。ただもうだいぶご老体だし、身体も弱ってたようだし、しかも急激に発症してる。見通しは暗いね、まず無理だと思う。でも、今日のうちに入院させるよ。多少は楽になるだろうからね」

翌日、医者はスウにこう言った。「危機は脱した。あんたが勝ったんだよ。あとはしっかり栄養を摂《と》ってゆっくり養生すること――それだけ心掛けてりゃ大丈夫」

その日の午後、ジョンズィがベッドで、あまりにも青の色が鮮やかで、どう見ても実用には適さない肩掛けを、ひとり満足そうに編んでいるところに、スウがやって来ると、寄りかかっていた枕ごとジョンズィを片腕で抱き寄せた。

「ねえ、ちょっと話したいことがあるの」とスウは言った。「今日、ベアマンさんが病院で亡くなったわ。肺炎だったんだけど、患《わずら》ったのはたった二日だけなの。昨日の朝、階下《した》のあの人の部屋で、苦しんで動けなくなってるのを、管理人さんが見つけたんですって。着てるものも靴もびしょ濡れで、氷のように冷たくなってたそうよ。あんなすごい吹き降りの晩にどこに出かけてたのか、誰にも見当がつかなかったんだけど、そのうち、まだ灯のついてるカンテラと、梯子をいつもの置き場所から引きずっていった跡と、散らばったままにしてあった何本かの絵筆と、黄色と緑の絵の具を混ぜたパレットが見つかって、それで——ちょっと窓のそとを見てみて。あの壁にへばりついてる最後の蔦の葉っぱ。風が吹いてもちっとも動かないし、震えもしない……不思議だと思わなかった？　あのね、ジョンズィ、あれがベアマンさんの傑作だったのよ——最後の一葉が落ちた夜、ベアマンさんがあの葉をあそこに描いたのよ」

警官と賛美歌

The Cop and the Anthem

マディソン・スクエアのいつものベンチに坐ったまま、ソーピーはもそもそと落ち着きなく身体を動かしていた。雁《がん》が甲高い声で鳴きながら夜空を渡り、海豹《あざらし》の毛皮のコートを持たない女たちが亭主に優しくなり、ソーピーが公園のベンチでもそもそと身体を動かすようになると、もうまもなく冬が到来するということである。

枯れ葉が一枚、ソーピーの膝のうえに落ちてきた。それは冬将軍《ジャック・フロスト》の名刺だった。将軍はマディソン・スクエアの常連には親切だ。毎年この地を訪問するに際して、事前に必ず予告を寄越す。四本の通りのそれぞれの角で、〈青天井館〉の玄関番であるところの〈北風君〉に律儀に名刺を渡すのである。おかげで、屋敷の住人たちも冬支度ができるというわけだった。

ソーピーにもわかっていた——迫りくる厳冬期に備えて開かれる〈遣り繰り算段委員会〉のたったひとりの委員にならざるを得ない時季が、いよいよやって来てしまったのである。だから、彼はいつものベンチに坐ったまま、もそもそと落ち着きなく身体を動かしていたのだった。

ソーピーの越冬対策は、別に大それたものではなかった。地中海の船旅を楽しみたいとか、南国の空のしたで惰眠をむさぼりたいとか、ヴェスビオス湾を周航してみたいとか、願っているわけではなかった。〈島〉に三カ月ほど逗留すること、それが目下のソーピーの切なる憧れだった。北風《ボレアース》の神やお巡りどもにいじめられる心配もなく、食事とベッドが保証されていて、気の合う仲間もいる三カ月間、それ以上の暮らしなど望むべくもない——ソーピーはそう思っていた。

ここ数年、客あしらいのいいブラックウェルズ島がソーピーの冬場の寓居になっていた。毎年冬が来るたびに、同じニューヨークの住人でありながらソーピーよりは幸運に恵まれた者たちがフロリダのパーム・ビーチや地中海沿岸のリヴィエラ行きの切符を買うように、ソーピーは年中行事のひとつとして〈島〉に逃避するためのささやかな準備に取りかかるのだった。で、今年もいよいよその時季が到来したというわけだった。昨夜は日曜版の新聞を三部ほど確保し、一部は上着のしたに突っ込み、一部は足首のまわりに巻きつけ、残る一部は膝のうえに拡げて寝たが、その程度のことでは、この歴史ある公園《スクエア》の噴水のそばのベンチに攻め込んでくる夜間の寒さを、防ぎきれるものではなかった。そんなこともあって、ソーピーの胸の内であの〈島〉の存在がにわかに大きく浮かびあがってきたのである。この市《まち》には、慈善の名のもと、市内の食客《しょっかく》たちのために設けられた施設もあるにはあったが、ソーピーはそういう類いを軽蔑していた。彼に言わせれば、慈善などというものよりも法律のほうが、はるかに情け深かった。その手の施設は、市営や慈善団体の運営になるものも含めて、いくらでもある。希望すれば、そういうところで世話になり、身軽な生き方にふさわしい宿泊場所と食事にありつくこともできるだろう。だが、ソーピーのような誇り高き自《じ》恃《じ》の心の持ち主には、善意の贈り物はわずらわしいだけだった。たとえそのために金銭の出費を強いられることはないにしても、慈善という施しにあずかれば、そのたびに精神的屈辱という対価を支払わなくてはならない。しかも、シーザーといえばブルータスというように、施設のベッドにはもれなく入浴という労役がついてくるし、一片のパンにありつくためには私事《わたくしごと》にまで立ち入った身元調査なる代償をふんだくられる。ならば、法律の世話になるほうが、はるかにましというものだ。確かに規則ずくめだが、紳士の私事に不当なる干渉はしてこないからだ。

〈島〉に引っ越すことに肚《はら》が決まると、ソーピーはさっそくその願望を実現させることに着手した。それには簡単な方法がいくつもあった。いちばん痛快なのは、どこか贅沢なレストランで豪勢な食事をすることだった。しかるのち、おもむろに手許不如意《てもとふにょい》を宣言し、そのまま騒ぎ立てることなくすんなりと警察の手に引き渡されることである。あとは話のわかる治安判事が万事都合よく取り計らってくれる。

ソーピーはベンチから立ちあがると、公園《スクエア》を離れてブロードウェイの通りと五番街が合流するあたりのアスファルトの平らな海を渡り、ブロードウェイの通りを北に向かった。ぶらぶらとしばらく歩いて、ある一軒のきらびやかな料理店《カフェ》のまえで足を止めた。そこは、極上の葡萄と極上の絹地と極上の生活様式から生み出されたものたちが、夜ごと集う場所だった。

ソーピーは自分の姿について、チョッキのいちばんしたのボタンからうえなら自信があった。髭《ひげ》は剃ってあるし、上着も見苦しくないものだし、襟元には装着式の簡略版ながら、感謝祭の日に伝道会のご婦人から贈られた黒いネクタイをこざっぱりと着けている。途中で怪しまれることなくこの店のテーブルにつくことさえできれば、もう成功を手中にしたようなものだった。テーブルからうえに出ている部分に関しては、給仕に疑惑の念を起こさせる要素はないはずだ。注文するのは……そうだな、真鴨《まがも》の炙《ロー》り焼《スト》きあたりが妥当だろう、とソーピーは考えた。それにきりっとした辛口の白《シャ》ワイン《ブリ》を一本とカマンベール・チーズ、食後は例のちっちゃなカップに入った濃いコーヒーと葉巻を一本。葉巻の代金は、まあ、一ドルも見ておけば充分だろうと思われた。さらに呑み喰いした分すべてを合算しても、カフェの連中から最終的な報復措置を講じられるほどの金額にはならないはずだった。で、ソーピーとしては一食分をまるまるたいらげ、すっかり満腹になって幸せな気持ちで冬の避難所に旅立つことができるのだ。

ところが、料理店のドアのなかに一歩足を踏み入れたとたん、給仕長の眼がソーピーの擦り切れたズボンとくたびれた靴を捉えた。たちまち逞《たくま》しい手が伸びてきて、ソーピーはくるりと向きを変えさせられ、声をあげる間もなく舗道に押し戻されていた。こうしてあやうく食い逃げされるところだった真鴨は、その不名誉な運命から救われたのである。

ソーピーはブロードウェイの通りをはずれて脇道に入った。待望の〈島〉に至る道筋は、どうやら食道楽《エピキュリアン》の道ではなかったらしい。めでたく刑務所《ムショ》送りと相成るためには、何か別の手立てを見つけ出さなくてはならないということだった。

六番街の角まで来たとき、一軒の店のショウ・ウィンドウが眼に止まった。華やかな電飾と板ガラスの奥の商品の巧みな見せ方が、人目を惹かずにはおかない雰囲気をかもしだしているのだった。ソーピーは石をひとつ拾うと、そのウィンドウの板ガラスめがけて叩きつけた。通りのあちこちから、たくさんの人が駆けつけてきた。警官を先頭に。ソーピーはポケットに手を突っ込んだまま、その場にじっと突っ立っていた。警官の制服の真鍮《しんちゅう》のボタンを見つめて、にんまりと笑みを浮かべながら。

「どいつだ、どいつがやったんだ？」警官は勢い込んで質《ただ》した。

「だんなの眼のまえに男がいるだろう？　そいつが怪しいとは思わないかい？」そこはかとなく皮肉混じりに、なおかつ幸運に巡り会った者らしく気前よく親しみを込めて、ソーピーは言った。

警官はソーピーごときには洟《はな》も引っかけなかった。ショウ・ウィンドウの板ガラスを叩き割ったやつがいつまでも現場にぐずぐず居残って、法の番人とおしゃべりなんかしているわけがない。そういう輩《やから》は一目散に逃げ出すものだ。警官は、路面電車を追いかけて半ブロックほど先を走っているひとりの男に眼を止めると、やおら警棒を引き抜き、その男を追いかけはじめた。ソーピーは重く沈んだ心を抱えて、足を引きずりながら歩きだした。またしても失敗だった。

通りの向かい側に、豪華という形容からは程遠い店構えのレストランがあった。旺盛な食欲とぺちゃんこな財布の持ち主には、おあつらえ向きの店だった。食器類はどれもぼってりと厚手で、空気もぼってりと澱《よど》んでいるのに、スープとテーブルクロスは向こうが透けて見えそうに薄いという店である。ソーピーはあの裏切り者の靴とお喋りなズボンを引き連れたまま咎《とが》められることなく店内に入り、テーブルについた。そして、ビーフステーキとパンケーキとドーナツとパイをたいらげた。それから給仕に向かって、自分は金《かね》と名のつくものには、ただの一セントといえども縁のない男だという事実を打ち明けた。

「だから、さっさとお巡りを呼んで来い」とソーピーは言った。「紳士を待たせるもんじゃないよ」

「いや、おまえのようなやつには、お巡りなんか要らない」給仕はバターケーキを頬張ったような、くぐもった声で言うと、カクテルのマンハッタンのなかの桜桃《さくらんぼ》のような眼になった。「おい、コン、ちょいと手を貸してくんな」

ソーピーはふたりの給仕に放り出され、あっと思ったときには堅く冷たい舗道に左の耳をしたたかにしてもの見事に倒れ込んでいた。大工の折尺《おりじゃく》のように、関節をひとつずつ伸ばしながら起き上がり、着ているものから埃を払った。勾留されることは、薔薇色の夢なのかもしれなかった。〈島〉までの道程がやけに遠く思われた。二軒先のドラッグ・ストアのまえに警官が立っていたが、その警官も笑い声をあげながら、歩き去ってしまった。

通りを五ブロックほど歩くうちに、ようやく逮捕される努力を再開する勇気が湧いてきた。今度こそ、またとない好機が降って湧いたのだった。ソーピーが単純にも、ひと目で、こいつは〝楽勝〟だと思い込んでしまうような状況が。ある店のショウ・ウィンドウのまえに、好もしくも慎ましやかな服装の若い女が足を止めていた。そこに陳列されている髭剃り用のマグカップやらインクスタンドやらに眼を輝かせながら見入っているようで、さらにその二ヤードほど先には、厳めしい顔つきの大柄な警官が消火栓にもたれていたのである。

ソーピーが企んだのは、紳士の風上にも置けない卑劣なる〝軟派師〟を演じることだった。眼をつけた女は見てくれが優雅でいかにも品が良さそうだし、すぐそばには謹厳実直を絵に描いたような風貌の警官も控えている。これならもう、あのこぢんまりとしたちっちゃな〈島〉にひと冬の宿を予約したも同然だった。もうじき、あの警官の力強い手にむんずと腕をつかんでもらえそうだった。

伝道会のご婦人から贈られたネクタイをまっすぐに整え、引っ込み思案なカフスを袖口まで引っ張り出し、帽子も小粋に角度をつけてかぶりなおすと、ソーピーは若い女ににじり寄った。意味深長な流し目をくれ、咳払いやらエヘンという声の不意討ちを喰らわせ、邪気のない笑顔をこしらえ、思わせぶりな薄ら笑いを浮かべ、要するに〝軟派師〟の厚顔無恥にして浅ましい常套手段を臆面もなく、ひと通りやってみせた。警官がこちらをじっと見ているのが横目でわかった。ショウ・ウィンドウのまえの若い女は二、三歩遠ざかると、またしても髭剃り用のマグカップを眺めはじめた。それを追ってソーピーは大胆にも彼女の隣に擦り寄り、帽子を持ちあげて言った。

「やあ、ベデリア！　どうだね、これからうちに来ないかい？」

警官は、まだこちらを見ていた。あとはもう、このしつこく言い寄られて困惑した若いご婦人が、指をちょっと挙げて合図してくれさえすれば、目指す楽園に送り出されたも同然だった。ソーピーは早くも警察署の心地よいぬくもりが感じられるような気がした。若い女が振り向き、ソーピーのほうに手を伸ばしてきて上着の袖をつかんだ。

「いいわよ、マイク」若い女は嬉しそうに言った。「ビールを一杯ご馳走してくれるんなら。こっちから声をかけようと思ってたんだけど、ほら、お巡りが見てたじゃない？」

オークの木に絡みつく蔦と化した若い女を連れて、ソーピーは肩を落として警官のまえを通り過ぎた。この身はどうやら、永遠に自由のまま生きていかなくてはならない運命のようだった。

次の曲がり角のところで相手の女を振り切り、ソーピーは駆けだした。立ち止まったところは、夜になるとどこよりも明るい通りと、どこよりも華やかで浮かれた空気と、軽々しい愛のことばと歌と踊りと芝居とが出現する界隈だった。冬空のもと、毛皮をまとった女や厚地の外套を着込んだ男が颯爽と行き交っていた。ソーピーは急になんともいえない不安を覚えた。もしかすると自分はとんでもない呪いをかけられ、何があっても絶対に逮捕されない身体になってしまったのだろうか。そんな思いが頭をかすめていささか焦っていたからかもしれない。構えのひときわ立派な劇場のまえをもったいぶった様子で行きつ戻りつしている警官の姿を眼にすると、ソーピーはとっさに〝治安紊乱《びんらん》〟という安直な藁《わら》にすがりついた。

舗道から酔漢のようなどら声を張りあげ、訳のわからないことをわめき散らしてみた。跳ねたり、踊ったり、泣き叫んだり、暴れまわったり、ほかにもあれこれ試みて、夜の空気を掻き乱した。

警官は警棒をくるりとまわし、ソーピーに背を向けた。通行人のひとりにこう言っているのが聞こえた。

「エール大学の学生ですよ。ハートフォード大学を零点に抑えて大勝ちしたもんで、浮かれてるんです。騒々しいだけで、別に害はありません。それに指示が出てるんです、ああいう輩は放っておくようにって」

打ち萎《しお》れて、ソーピーは甲斐のない馬鹿騒ぎを中止した。おれを逮捕してくれるお巡りは、どこにもいないのか？　あの〈島〉はいつから、永遠にたどり着けない桃源郷《アルカディア》になっちまったんだ？　身を切るように冷たい風になぶられ、ソーピーは慌てて薄っぺらな上着のボタンをかけた。

葉巻屋《シガー・ショップ》の店先を通りかかったとき、店内で立派な身なりの男がとびきり高級そうな点火器で葉巻に火をつけているのが、ソーピーの眼にとまった。店の出入口の扉の脇に、その男のものと思われる絹の傘が立てかけてあることも。ソーピーは店内に入り、その傘をつかんで、ゆっくりとそとに出た。葉巻に火をつけていた男が、慌てて追いかけてきた。

「おい、きみ、それはわたしの傘だが」男は気色《けしき》ばんで言った。

「へえ、そうかい？」軽窃盗を働いたうえに、相手を侮辱するというおまけをつけて、ソーピーは鼻先で笑った。「だったら、どうしてお巡りを呼ばない？　あんたの傘なんだろう？　おれはそいつを盗ったんだよ。お巡りを呼べばいいじゃないか？　ほら、あの角にひとり立ってるぜ」

傘の持ち主は足取りを緩めた。ソーピーもそれに倣《なら》った。またしても幸運《つき》に見離されそうな、嫌な予感がした。街角の警官は訝《いぶか》しげな眼差しを向けてきていた。

「いや、その、なんと言うか――」傘の持ち主は口ごもった。「――よくあることだろう、こういう……つまり、その、勘違いは？　わたしは――いや、それがきみの傘なんだったら、どうか許してもらいたい。実は今朝ほど、あるレストランからついうっかりと持ってきてしまったものなんだよ。だから、もし、きみが見てきみの傘だって言うんなら、きっときみの傘なんだろうし、その……わたしの勘違いはどうか大目に――」

「ああ、もちろん、おれの傘だよ」ソーピーは自棄《やけ》になって言った。

傘の元持ち主は退散した。街角の警官は、夜会用のマントを羽織った背の高いブロンドのご婦人のところに駆け寄り、二ブロック先から近づいてくる路面電車のまえを渡るのに手を貸してやっていた。

ソーピーは足を東に向け、道路工事で掘り返された通りを歩きだした。腹立ちまぎれに傘を工事の穴に放り込んでやった。ヘルメットをかぶって警棒を所持している連中を呪い、口のなかでぶつぶつと文句を垂れた。こっちが捕《つか》まえてもらいたがってるもんだから、あいつらはわざとおれを、何をやってもお咎《とが》めなしの王様かなんかのように扱ってやがるんだ。

東に向かってしばらく歩き、一本の通り《アヴェニュ》に出た。街の燦《きら》めきと喧噪《けんそう》は遠くかすかになっていた。その通りを、ソーピーはマディソン・スクエアのほうに向かって進んだ。帰巣本能というのは、たとえしがない公園のベンチ住まいであっても、抜きがたく残るものなのである。

ところが、やけに静まりかえった、とある街角で、ソーピーの足がはたと止まった。そこには何様式《ようしき》ともつかないけれども、切妻《きりづま》を戴《いただ》いた風情ある古い教会が建っていた。薄紫のステンド・グラスの窓越しに柔らかな明かりが洩れてきていた。おそらくは教会のオルガン奏者が次の日曜日の礼拝で歌われる予定の賛美歌の下稽古をかねて、鍵盤に指をさまよわせていたのだろう。妙《たえ》なる楽の音《ね》がソーピーの耳に忍び込んできて、彼の心を捕らえ、その身体を渦巻き模様の鉄柵に釘付けにしてしまったのである。

中天にかかった月は、澄んだ穏やかな光を撒き散らし、車も歩行者の影も見あたらなかった。軒端の雀が眠そうに囀《さえず》り交わしている――少しのあいだ、そこが田舎の教会のように思われた。オルガン奏者の弾く賛美歌は、ソーピーを鉄柵にしっかりとくくりつけてしまっていた。それは彼にとって、実に馴染み深い曲だった。ソーピーの日々の暮らしのなかに、まだ母親や薔薇の花や青雲の志《こころざし》や友人や無垢な憧れや糊のきいた襟《カラー》といったものが存在していた時分に、よく聞いていた曲だった。

当人の気持ちが柔らかくほぐれたことと古い教会の感化力が相まって、ソーピーの魂に突然の驚くべき変化がもたらされた。ソーピーは自分が落ち込んでいた深い穴を振り返った。今の自分を造りあげている自堕落な日々を、下劣な欲望を、枯れ果てた希望を、無駄にしてしまった能力を、さもしい目的を振り返り、空恐ろしくなって慌てて眼を背けた。

次の瞬間、この清新な気分に感応して、ソーピーの心が震えた。熱く強い思いが一挙に胸に湧きあがってきた。絶望的な運命と闘わずしてなんとする？　ソーピーは奮いたった。この泥沼から這い出すんだ。もう一度、真人間になろう。この身に染みついた悪癖をきっぱりと断ち切って。今ならまだ間に合う。今のこの年齢なら、まだ若い部類に入るはずだ。昔の一途な志を甦らせ、今度は途中でよろめいたりしないでひたむきに努力を重ねていけばいい。その厳かで甘美なオルガンの調べが、ソーピーの心に革命を起こしたのである。明日は賑やかなダウンタウンに出かけていって、仕事を見つけるつもりだった。以前にある毛皮の輸入商から、運転手にならないかと誘われたことがあった。明日はまず、その人のところに訪ねて行って、雇ってもらえないか訊いてみることにした。そうして、ちゃんとした一人前の人間になるんだ。ああ、そうとも、このおれだって――。

ソーピーは腕をつかまれるのを感じた。すばやく振り返ると、警官の大きな顔が待ち構えていた。

「何をしてる、こんなところで?」と警官は言った。

「別に何も」とソーピーは答えた。

「そうか、だったら一緒に来てもらおうか」と警官は言った。

「禁固三カ月」翌朝、治安判事はそう言い渡した。

賢者の贈り物

The Gift of the Magi

一ドル八十七セント。それだけだった。しかも、そのうちの六十セント分は、一セント銅貨。食料雑貨店や青果店や肉屋で買い物をするたびに値切れるだけ値切って、あるときは一セント、あるときは二セントと貯めてきたものだ。店の人は誰も何も言わないけれど、心のなかではそんなけちくさい買い物ぶりを非難しているにちがいなく、値切るほうはまさに顔から火の出る思いだった。そうして貯めたものを、デラは三度数えなおした。一ドル八十七セント。明日はクリスマスなのに。

小さなみすぼらしいソファに身を投げ、思いっきり声をあげて泣く以外に、何ができるというのか? だから、デラはそうした。そうしたことで、ひとつの悟りを得た――人生は〝むせび泣き〟と〝すすり泣き〟と〝微笑み〟から成り立っていて、なかでも〝すすり泣き〟の時間がいちばん長い。

むせび泣いていたこの家の主婦は、やがていくらか落ち着いたすすり泣きの段階に移行すると、部屋のなかを見まわした。週八ドルの家賃で借りている家具付きのアパートメント。ことばに窮するほどではなくとも、窮していることには変わりなく、いっそのこと路上の生活困窮者を取り締まる警官隊を呼び止めて、ついでにここの貧乏神も追い立てていってくれないかと頼みたくなる。

階下の玄関口にある郵便受けは、手紙などただの一通も届きそうになく、呼び鈴は誰がどう押そうと絶対に鳴りそうにない代物。そこに「ジェイムズ・ディリンガム・ヤング」と記した名刺が貼りつけてある。

その「ディリンガム」も、名前の持ち主が週に三十ドルを取っていた景気のいい時分には、そよ風に翩翻《へんぽん》とひるがえる旗のように威勢よく見えたのだが、収入が週二十ドルに減った今は、「ディリンガム」の一文字一文字が不鮮明にぼやけ、何やら虚勢を恥じ、慎ましく、頭文字のDだけに身を縮めることを真剣に検討しているようでもある。しかし、当のジェイムズ・ディリンガム・ヤング氏が帰宅し、二階の自分のアパートメントに足を踏み入れると、いつも必ず「ジム」という呼び名で迎えられ、諸君にはすでにデラという名前で紹介ずみのジェイムズ・ディリンガム・ヤング夫人に、ぎゅっと抱きしめられることになるのである。その部分だけは、実に心温まる光景である。

デラは涙がおさまると、濡れた頬を白粉《おしろい》のパフで叩いてから、窓辺に立ち、灰色の裏庭の灰色の塀のうえを灰色の猫が歩いていくのを、眺めるともなく眺めた。明日はクリスマスなのに、ジムに贈り物を買うお金がたったの一ドル八十七セントしかない。何カ月ものあいだ、一セントの無駄遣いもしないで倹約してきたはずなのに。週二十ドルの収入では、高《たか》が知れているというものだった。もろもろの出費はデラの心づもりより嵩《かさ》んだ。そういうものなのだ、出費というものは。おかげでジムに贈り物を買うお金がたったの一ドル八十七セントしかない。誰よりも大事なジムのための贈り物だというのに。ジムに何かすてきなものを贈ろう、デラはそう考えて幸せな時間を過ごしてきた。何か気がきいていて、めったになくて、正真正銘の本物と言えるもの——ジムの持ち物になる栄誉を担うに足るような、それが無理でもせめて少しでもそれに近いもの。

窓の横、隣の窓とのあいだの壁に姿見鏡《すがたみ》が掛けてあった。といっても週八ドルの家賃の部屋で見かける程度の姿見である。うんと痩せていて、うんと敏捷な人なら、その鏡に映る自分の姿の細長い断片をすばやく綴りあわせて、かろうじて自分の全身像に近いものを見ることができるかもしれない。デラはほっそりとしていたので、その技術《すべ》を身につけていた。

窓辺にたたずんでいたデラは、くるりと向きを変え、その鏡のまえに立った。眼をきらきらと輝かせて鏡をのぞき込み、時間にして二十秒ほど見つめるうちに、彼女の顔から血の気が引いた。デラは結いあげていた髪をすばやくほどき、長さいっぱいに垂らした。

ところで、このジェイムズ・ディリンガム・ヤング夫妻には、たいそう自慢に思っている〝財産〟がふたつあった。ひとつは、ジムの祖父から父に、父からジムへと受け継がれてきた金時計で、もうひとつはデラの髪の毛だった。通気孔を隔てた向かいのアパートメントに、あのシバの女王が住んでいたとしたら、ある日デラが洗い髪を乾かそうと窓から顔を出しただけで、ソロモン王に贈るはずの宝石や宝物の数々が一挙に市場価値を下げてしまうことになっただろう。またそのソロモン王が、あまたの金銀財宝をこの集合住宅の地下室に押し込め、ここの管理人をしていたとしたら、ジムが通りしなに金時計を取り出すたびに、羨ましさのあまり顎鬚《あごひげ》を掻きむしる王の姿を眼にすることになっただろう。

デラのその美しい髪は、褐色の滝のように彼女の身体に沿って豊かに波打ち、つややかな輝きを放っている。膝下あたりまで達するので、まるで長い上着を羽織っているかのようだった。少しして、デラは追い立てられるようなせっかちな手つきで、もう一度髪を結いあげた。そこで一瞬、ためらった。じっと立ちつくすうちに、すり切れた赤い絨毯にぽたりと一滴、続いてもう一滴、涙の粒がしたたり落ちた。

着古した茶色のジャケットに袖を通し、同じくくたびれた茶色の帽子をかぶると、デラはスカートの裾を翻し、眼に光るものを溜めたまま、そそくさと戸口を抜け、階段を駆けおり、表通りに飛び出した。

〈マダム・ソフロニィ——結髪用具　各種〉という看板の出ている店先で、デラは足を止めた。店の玄関までの階段を駆けのぼり、息を切らしながら気持ちを落ち着けた。

マダムは大柄で、色白と呼ぶには白すぎ、いかにも冷ややかで、どう見ても優雅でたおやかなソフロニィという名には似つかわしくなかった。

「わたしの髪の毛を買っていただけますか？」とデラは言った。

「買いますよ」とマダムは言った。「帽子を取って、まずはちょっと見せてちょうだい」

褐色の滝が、豊かにうねり、流れ落ちた。

「二十ドルね」物慣れた手つきで毛束を持ちあげながら、マダムは言った。

「では二十ドルください、今すぐ、この場で」とデラは言った。

それからの二時間、時間《とき》は薔薇色の翼に乗って、軽やかに飛び過ぎていった。いや、こんな手垢まみれの陳腐な比喩などどうでもいい。デラは店から店へと巡り歩いて、ジムへの贈り物を探してまわった。

そして、ついにそれを見つけた。ほかの誰のためでもない、まさにジムのために作られたものだった。訪ねた店はどこも隅から隅まで丹念に見てまわったけれど、これほどのものはなかった。どの店にもなかった。慎ましやかで落ち着いた作りのプラチナの時計鎖。逸品とは本来そういうものだが、その鎖もまたけばけばしい装飾など無用の、品質だけで充分にその価値を伝えられるものだった。あの時計につけても見劣りしないものだった。これはもう絶対にジムのものだ――ひと目見たとたん、デラはそう思った。そうしなくてはいけない気がした。まさにジムにぴったりのものだったから。地味で目立たなくとも本物の価値がある――それはどちらにも、鎖にもジムにも、当てはまった。時計鎖の代金として二十一ドル支払うと、デラは残った八十七セントを持って家に急いだ。あの時計にこの鎖をつければ、ジムは誰のまえでも堂々と時刻を確認することができるようになるだろう。時計自体はどこに出しても恥ずかしくないものだったが、鎖の代わりに古い革紐を使っているので、時と場合によってはこっそりと盗み見るようにして時計をのぞかなくてはならないこともあったのだ。

自宅に帰り着くと、熱に浮かされたような気持ちもいくらか醒め、理性と分別が戻ってきた。デラは整髪用の鏝《こて》を取り出し、ガスをつけ、愛情に気前のよさが加わったために生じた被害箇所の修復作業に取りかかった。そう、親愛なる諸君、こうしたことには常に並々ならぬ労力が傾注されるのである。とてつもない難事業なのである。

四十分後、デラの頭はきっちりと巻き込んだ小さなカールで隙間なく覆われていた。なんだか学校をずる休みした少年のようだった。鏡に映ったその姿を、デラは批評家の厳しい眼で、じっと長いこと見つめた。

「少なくとも、いきなり殺されちゃうことはなさそうね」自分に言い聞かせるように、デラはひとりつぶやいた。「でも、コニー・アイランドのコーラスガールみたいだって言われるかもしれない。だけど、仕方ないじゃない？　ええ、そうよ、仕方ないじゃない？　一ドル八十七セントしかなかったんだから」

七時になるとコーヒーが淹《い》れられ、すぐに肋肉《チョップ》を焼けるよう焜炉《こんろ》の火口《ひぐち》にかけてあったフライパンも熱くなってきた。

ジムの帰宅が遅れたことはなかった。デラは時計の鎖をふたつに折って手のなかに握り込み、テーブルの角に腰をあずけて、眼のまえの戸口からいつものようにジムが入ってくるのを待った。少しして、階下からあがってくる階段の、最初の段を踏むジムの足音が聞こえた。ほんの一瞬、デラの顔から血の気が引いた。彼女は日常生活のごくささやかな、なんということのない場面でも、短い祈りのことばを口にするのが癖になっていたので、このときも思わず小声でつぶやいていた。「神さま、お願いです。わたしのこと、やっぱりきれいだって、あの人に思わせて」

ドアが開いた。ジムが入ってきて、ドアを閉めた。面やつれした、生真面目そのものといった顔をしていた。気の毒に――二十二歳の若さで、もう一家という重荷を背負わなくてはならないとは。コートもそろそろ新調しなくてはならないし、手袋もはめていなかった。

ジムは戸口から一歩入ったところで、鶉《うずら》の臭いを嗅ぎつけたセッター犬のようにぴたりと立ち止まった。彼の眼はデラに向けられたまま、動かなかった。デラにも読み取れない表情が浮かんでいた。そのことがデラを怯えさせた。ジムの眼に浮かんでいるのは、怒りではなかった。驚きでも、非難でも、恐怖でもなかった。彼女が覚悟していたどんな反応でもなかった。そのなんとも言いようのない奇妙な表情を浮かべたまま、ジムはなおもデラを見つめた。

デラは身をよじるようにしてテーブルを離れ、ジムに近づいた。

「ジム、あなた」思わず叫ぶような声で言った。「そんな眼で見ないで。髪を切って売っちゃったの。あなたに贈り物のないクリスマスなんて、わたし、どうしてもいやだったから。髪の毛なんて、すぐにまた伸びるわ。だから、気にしないで——ねっ？わたしがそうしようって決めてしたことなんだし。それにわたしの髪は伸びるのがとっても速いの。ジム、『メリー・クリスマス』って言ってちょうだい。そして、楽しく過ごしましょうよ。わたし、あなたへの贈り物にすごくすてきなものを見つけたのよ——きれいで、立派で、それはもうすてきなものを」

「髪を切っちゃったんだね？」ジムはようやくそれだけ言った。いくら頭をひねっても、眼のまえのその歴然たる事実がどうしても腑に落ちないという口ぶりだった。

「切って売っちゃったの」とデラは言った。「でも、これまでどおりに、わたしのこと、かわいいと思ってくれるでしょう？　髪の毛なんかなくたって、わたしはわたしだもの。でしょう？」

ジムは怪訝そうに室内を見まわした。

「きみの髪の毛は、もうなくなっちゃったってことだね」惚《ほう》けたようにジムは言った。

「探したって見つからないわ」とデラは言った。「売っちゃったんですもの。売って、もうなくなっちゃったんですもの。ねえ、今夜はクリスマス・イヴよ。意地悪なことは言わないで。あなたの役に立ちたかったんだもの。大丈夫よ、わたしの髪の毛はきっと神さまが数を数えてくださったから」[37]そこで急に甘い声になってデラは続けた。

「でも、わたしのあなたを想う気持ちは、誰にも勘定できないと思うわ。ジム、そろ

37　マタイ伝第十章三十節にちなむ。ここでは、神はすべてを見守っている、の意。

そろお肉を火にかけましょうか？」

ジムはふと我に返ったようだった。彼は愛するデラを抱き締めた。さて、ここで暫時、脇道に逸《そ》れて、さして重要ではないものの、ひとつ慎重に考察してみたいことがある。週に八ドルと年に百万ドル――その違いはそれほど大きなものだろうか？　数学者や知恵者に訊いても正解は得られまい。かの東方の賢者たち[38]は貴重な贈り物を持ってやってきたが、その贈り物のなかにも正解はなかった。この謎めかしたことばの意味は、いずれ明らかになるはずだ。

ジムはコートのポケットから小さな包みを引っ張り出し、テーブルに置いた。

「誤解しないでくれ、デラ」とジムは言った。「ぼくはそんな男じゃないよ。奥さんが髪を切ろうが、剃ろうが、洗おうが、そんなことぐらいで愛情が減ったりなんかするもんか。でも、その包みを開けてみればわかると思う。さっき帰ってきたときに、ぼくがどうして呆然としてしまったか」

色白の指がすばしこく動いて、包みの紐と紙を引きちぎった。次の瞬間、感極まったような歓びの声があがった。それが、ひと呼吸置くなり、なんとしたことか、たちまち感情の大波にさらわれた女の涙と号泣に転じたものだから、この部屋の主人《あるじ》は大至急、ありとあらゆる慰めの手段を駆使する必要に迫られた。

包みから出てきたのは、ひと揃いの櫛《くし》――結いあげた髪の後ろと横に挿せるよう、揃いになった櫛。ブロードウェイの店のショウ・ウィンドウに飾られているのを、デラがまえまえから憧れの眼で眺めてきたものだった。本物の鼈甲《べっこう》を使い、縁《ふち》に宝石をあしらった、なんとも美しい櫛だった。今や影も形もなくなってしまった、あの豊かな褐色の髪に挿すには、まさにもってこいの色合いだった。眼の球が飛び出るほど高価な櫛だということはわかっていたので、ただ切なく憧れるだけで、自分のものにすることなど夢にも思っていなかった。それが今、デラのものになったのだ。なのに、今度はその憧れの櫛を飾るべき長い髪がなくなってしまっていた。

それでも、デラはその櫛をしっかりと胸に抱き締め、しばらくすると顔をあげた。そしてうるんだ眼で笑みを浮かべて、こう言えるようになった。「ジム、わたしの髪は伸びるのがとっても速いの」

38 マタイ伝第二章一節〜十二節。キリストの誕生を祝って黄金、乳香、没薬《もつやく》を持って訪れた三博士のこと。

それから不意に毛を焦がした仔猫のように、跳びあがって叫んだ。「そうよ、そうだわ！」

ジムはまだ、彼のために用意された、あのすてきな贈り物を見ていなかった。デラはいそいそと手のひらに載せ、ジムの眼のまえに差し出した。デラの燃え立つような想いが反射したのか、鈍く光る貴金属の地肌がきらっと輝いたように見えた。

「どう、ちょっと洒落てるでしょう、ジム？　街じゅう探して歩いてようやく見つけたの。これからは一日に百回ぐらい時間を見たくなるわよ。時計を貸して。きっとぴったりだと思うの。付けて見てみたいわ」

時計を手渡す代わりに、ジムはソファに坐り込み、頭のうしろで手を組んで笑みを浮かべた。

「デラ」と彼は言った。「ぼくたちのクリスマスの贈り物は片づけて、しばらくそのまましまっとこう。今のぼくたちには上等すぎる。あの時計は売っちゃったんだ。きみの櫛を買うのに金《かね》が必要だったから。さて、そろそろ肉を焼いてもらおうかな」

そう、東方の賢者たちは、言うまでもなく賢い人たちだった——すばらしく賢い人たちで、秣桶《かいばおけ》のなかの嬰児《みどりご》に贈り物を持ってきた。クリスマスに贈り物をすることは、そこから始まったのである。賢い人たちだったから、その贈り物も、もちろん賢い贈り物だった。同じ品物が重なった場合には、ほかの品物と交換できる特典などというものもついていたにちがいない。ところで、わたしはここに、わが家の最も大切な宝物を、最も賢くない方法で互いのために犠牲にした、アパートメント住まいの愚かで幼稚なふたりの人間の、波瀾万丈からはほど遠い物語を拙《つたな》いながらもお聞かせしてきたわけだが、最後にひと言、現代の賢い人たちに申しあげたいことがある。贈り物をする人たちのなかで、このふたりこそが最も賢い人たちだった、ということだ。贈り物をあげたりもらったりする数多《あまた》の人々のなかで、このふたりのような人たちこそ賢明なのである。いかなる時空にあっても、いかなる境遇にあっても、このふたりほど賢明な人たちはいない。彼らこそ賢者である。

解説

齊藤 昇
（立正大学文学部教授・アメリカ文学）

南部をルーツとする都会派、O・ヘンリー

O・ヘンリーは、一八六二年にノースカロライナ州で生まれた。本名をウィリアム・シドニー・ポーターという。ニューヨークを舞台とした短編小説で広く知られるが、生まれは南部の田舎町である。そしてその前半生は、およそ都会派の作家とは思えないほどの起伏に富んでいる。彼の作品群に微妙な陰翳を投げかける、その波乱の人生を駆け足で追ってみよう。

父は薬剤師兼医師、母は地元で〝ジェントリー〟と呼ばれる有閑階級の出で、文才・画才ともに秀でた教養人だった（O・ヘンリーは原稿執筆だけでなく器用に絵も描いたが、その素質は、おそらくこの母に負うものと思われる）。しかし、不幸にも母は彼がわずか三歳の時に他界する。母を失ったO・ヘンリーは、未婚の叔母に養育された。文学好きの彼女は、躾《しつけ》に厳しい反面、愛情が深く、技量に長《た》けた有能な教師で、その教育

のもと、十歳くらいで彼はアレクサンドル・デュマやヴィクトル・ユーゴーの小説、また『千夜一夜物語』などを愛読するようになる。

二十歳になった頃からO・ヘンリーは気管支系の病を患《わずら》い、医者のすすめで空気の乾いた西部のテキサスへ療養に向かう。知人の牧場に滞在する約二年半の間、彼は読書のかたわら、乗馬、投げ縄、射撃などカウボーイに必要な技術と、スペイン語も習得した。しだいに経営の苦しくなった牧場を離れた後、彼はテキサスの州都オースティン(当時の人口約一万)で、製図工補佐として土地管理局に身を置いた(本書に所収の「ミス・マーサのパン」には、この時の経験が盛り込まれているようだ)。この頃、十九歳の娘アソルと最初の結婚をしている。義父は裕福な商人だった。

結婚して初めて、O・ヘンリーは家族のために少しでも多くの収入を得ることを考えるようになり、「デトロイト・フリー・プレス」紙やニューヨークの「トゥルース」紙に送った原稿が採用されている。テキサス生活を題材にした小品などはきわめて評判がよかった。こうして、徐々に文筆によって生きる自信を深めていったのだった。

だが、O・ヘンリーの家庭生活を次々と苦難が襲う。まず、結婚の翌年に誕生した男の子が、生後わずか数時間で亡くなる。次の年に妻は長女マーガレットを無事出産することができたが、すでに家事を行うことができないほど衰弱していた。肺結核であった。

一八九一年、就職を世話してくれたテキサス州土地管理局長が知事選挙に敗れて辞任したため、O・ヘンリーも転職を余儀なくされる。苦境に立った彼は、知人の推薦でファースト・ナショナル銀行の出納係へと転身する。

当時の銀行業務はきわめて杜撰《ずさん》で、情実がらみの融資など法律違反は日常茶飯事だったようだ。後に書かれた短編「サン・ロサリオの友」は、通りを挟《はさ》んで建つ二つの銀行の支配人が、検査官から不正を隠すため庇《かば》い合う話で、この時期の銀行における体験がヒントになったとされている。

O・ヘンリーはこうした銀行の実状に辟易《へきえき》しながらも、家族の生活を守るため、昼は出納係として働き、帰宅後は原稿を書くという日々を送っていた。そして間もなく、義父や友人たちの援助を受けて、彼自身が主筆・イラスト・編集を担当する週刊新聞「ローリング・ストーン」を創刊する。しかし、O・ヘンリーたちの強い意気込みにもかかわらず、部数も千五百ほどと売行きは伸び悩んだ。そしてこの新聞事業は、その後の彼の人生を大きく変えることになるのである。

「ローリング・ストーン」紙創刊から八カ月後、O・ヘンリーは銀行を退職した。表向きの理由は、新聞の編集に専念するためといわれたが、その資金繰りに行き詰まっていた時期でもあった。その頃ファースト・ナショナル銀行では、連邦銀行検査官の指摘によって、帳簿の収支が合わないことが発覚する。「出納係が金を横領した」という噂が流れたのは、まさに彼が銀行を辞めた一八九四年十二月半ばであった。けっきょく、彼はこの件で起訴されることになるのである。

＊＊＊

翌年、O・ヘンリーは「ローリング・ストーン」を廃刊し、ヒューストンに移って地元紙「ヒューストン・ポスト」に寄稿を始めた。だが、一八九六年に横領容疑で正式に起訴され、連邦裁判所から召喚を受けた。二月十四日、O・ヘンリーは裁判に出頭するため、ヒューストンから西のオースティン行き列車に乗り込んだ。周囲の人々が潔白を信じるなか、本人は有罪の予感に心を重くしていた。そして彼は何を思ったか、乗換駅で、東に向かうニューオーリンズ行きに飛び乗ってしまう。十カ月にわたる逃亡生活の始まりであった。

偽名でニューオーリンズの新聞に寄稿した後、彼は中米ホンジュラスに渡る。O・

ヘンリーの逃亡生活は、計画的だったのか衝動的だったのか、また、どこにどれほど滞在したのかも明らかではない。だが、後の創作活動に強い影響をもたらしたことがいくつかある。一つは、ラテンアメリカを作品の舞台とし得るほど各種の見聞を広めたこと、もう一つは、ジェニングズ兄弟との出会いである。

アルとフランクのジェニングズ兄弟は、列車強盗犯として官憲に追われていた。当時ホンジュラスはアメリカとの間に犯罪者引渡条約が締結されていなかったため、アメリカ人逃亡者には恰好の避難先だったのだ。異国で意気投合した三人だが、とくに兄のアルとは奇妙な縁があり、後年、O・ヘンリーが横領罪で収監された刑務所やニューヨークで再会している。刑務所を出た後に書かれた異色作「ある列車強盗の告白」は、アルの語りという形式で、O・ヘンリー作品の中では珍しく、事実をベースとした作品とされている。

一八九七年一月、妻アソルの病状悪化の知らせを受けて、O・ヘンリーは帰国する。ファースト・ナショナル銀行横領事件の裁判への出頭や、再度の保釈手続きを進めるうち、七月二十五日に妻アソルは二十九歳の若さで逝去した。

裁判の結果はO・ヘンリーにとって苛酷なものだった。弁護士は、ファースト・ナショナル銀行の帳簿処理があまりに杜撰なので事実関係を正確に調査できないこと、また被告は信頼に値する人物と評されていたことなどを挙げて反論した。裁判官デューバル・ウェストも被告O・ヘンリーに同情的であったが、妻の死以来ひどく落ち込んで抑鬱《よくうつ》状態になっていた彼は、法廷でついに一言も弁明しなかったのだ。けっきょく、懲役五年の判決を受けた彼は、オハイオ州立刑務所に移送され、〝連邦囚人第三〇六六四号〟となった。

この横領事件について、前出の裁判官ウェストは、晩年に次の言葉を残している。「その頃の銀行規則では、どの従業員でも、すぐに返却しさえすれば、銀行から〝借りる〟ことが認められていた。どこでもやっていたことで、O・ヘンリーは、この慣行をやめさせるための見せしめにされたにすぎない」どうやらこれが真相のようだ。

父と同じく薬剤師の心得があったO・ヘンリーは、診療所の労役に配属された。医師たちからも信頼され、薬品の管理と調剤に専念するうち、彼は徐々に抑鬱状態から立ち直り、執筆を再開した。

ただし、囚人であるO・ヘンリーが刑務所内から新聞社や雑誌社へ投稿するのは規則違反であった。そこで彼は、はじめて〝O・ヘンリー〟の筆名をもちい、彼を信頼する医師や職員の手を借りて作品を発送したのだった。他の囚人たちの身の上話に耳を傾けることも多く、後年それらの経験が「甦った改心」などの作品に生かされるのである。

そのペンネーム〝O・ヘンリー〟の由来だが、実のところ、定説はない。彼自身は、生涯一度だけ受けたインタビューで、新聞の社交欄にあった平凡なヘンリーの名を選び、とびきり簡単で呼びやすいアルファベットのOをファースト・ネームにしたと語っている。しかし、この時の彼の問答には、過去を隠蔽《いんぺい》しようとする意図もうかがえるので全幅の信頼を寄せることはできない（彼はもともと過去を語るのを好まず、たとえば娘マーガレットには、生前ついに服役の事実を打ちあけなかったほどである）。

その他、可愛がっていた野良猫の呼び方という説、オハイオ州立刑務所（Ohio Penitentiary）のアナグラム説、あるいは親身に接してくれた看守長オリン・ヘンリー（Orrin Henry）の名を借用したなど、諸説が挙げられている。

ペンネームの由来はさておき、以後、ごく少数の例外はあるものの、ほとんどの作品を〝O・ヘンリー〟名義で世に出している事実を踏まえれば、彼の本格的な作家人生は刑務所から始まったともいえよう。

逃亡・服役時代にさまざまな人々と接触し、〝人生の滋味〟といったものを会得したことは、O・ヘンリーにとってきわめて大きな収穫だった。また、この時期をふくめた南部時代に、O・ヘンリー文学の基礎は定まったといっても過言ではないだろう。ニューヨーク進出後、彼は「人を喜ばせることが何よりも好き」を信条としたが、彼の執筆姿勢も、作品を生み出すインスピレーションの源泉も、多くをこの南部時代に負っているのである。

＊＊＊

模範囚だったO・ヘンリーは五年の刑期を三年三カ月に減刑され、一九〇一年七月に出所した。囚人生活が彼の人生にとって一大転機となったのは確かであるが、彼が獄中にあった十九世紀末から二十世紀初年にかけては、アメリカ合衆国にとっても激動の数年間だったといえる。それまでもっぱら国内の開発に躍起《やっき》になっていたアメリカが、外部へと侵出するべく、帝国主義的な一歩を踏み出したのである。キューバ、プエルトリコを制圧し、さらにスペインと覇権を争ってフィリピンを獲得した。また独占資本の形成が進むにつれ、日常生活にも著しい変化が起こった。短期間で電気と電話が広く普及し、自動車も実用化されていった。

O・ヘンリーは出所後、娘や義父母のいるピッツバーグに身を寄せたが、一九〇二年、ニューヨークへと居を移す。当時のニューヨークは、彼がかつて暮らした南部・西部の中小都市とは桁《けた》違いの大都市で、すでに四百万の人口を擁《よう》していた。作品の買い手にも不自由しない大市場であり、創作意欲をかきたてる材料にも事欠かない環境であった。

一九〇三年から一九〇六年にかけては、O・ヘンリーの四十七年の生涯で、もっとも活発に創作の行われた期間であった。「エインズリー」誌などをはじめとする多数の雑誌や新聞に寄稿したが、なかでも、「ニューヨーク・ワールド」紙との間に結んだ契約は特筆すべき出来事だった。同紙の日曜版に毎週一編百ドルで作品を書く、という契約である。彼のこの驚異的な多作のペースは四年間にわたって持続する。

人気絶頂の彼は、雑誌に掲載した短編「牧場のマダム・ボピープ」が縁で、二度目の結婚をする。相手は「サリー」と呼ばれる、O・ヘンリーの幼なじみだったが、テキサスを舞台とするこの物語を読んで、彼に問い合わせの手紙を寄せてきたのだった。

だが、新しい家族との暮らしも長くは続かなかった。最大の原因は、極度に悪化したO・ヘンリーの健康である。長期間の過度の飲酒による重篤な肝障害に加え、糖尿病と心臓病を併発していたのだ。サリーの懇請にもかかわらず、彼の飲酒は続いた。浪費癖も止まず、相当な収入があるにもかかわらず経済的に逼迫《ひっぱく》していく。家族と別居し、たった一人で執筆を続ける彼に、もはや昔日《せきじつ》の活力は残っていなかった。

彼の生涯で最後の三カ月については、ほとんどわかっていない。一九一〇年六月三日、彼は出版関係の知人と、プラトニックな女友達アン・パートランに助けを求めた。半ば意識を失って彼は病院に担ぎ込まれたが、自室のベッドの下には空のウイスキー壜《びん》が何本も残されていたという。六月五日、日曜日の午前七時すぎ、O・ヘンリーは四十七年の短い生涯を終えた。葬儀は、「多忙な株式仲買人のロマンス」「警官と賛美歌」などに登場した、マディソン・スクエアの〈角《かど》の小さな教会〉で行われたと伝えられている。

彼の残した作品は、従来、二百八十編前後といわれてきたが、最新の研究成果では、未発表作品や草稿も含めて五百編を超えるとされている。

アメリカ文化とO・ヘンリー作品

ここで、O・ヘンリーの描く文学的世界について触れてみたい。彼の作品は、背景となる時代や地域によって、かなり鮮明な違いを示している。

たとえば彼は、本書にも収められている「赤い族長《レッド・チーフ》の身代金」など南部を舞台にした約三十編の短編小説を、「ヒューストン・ポスト」紙に発表している。これらは、いわゆる古い南部のホラ話や、自慢話の類である〝トール・テイル〟や、南北戦争前後の南部の苦悩を題材とし、古くからの南部人気質と彼らの日々の生活を見事に描いたものである。数量的には、彼の全作品中、一割未満にすぎないものの、O・ヘンリーがいかに深く南部の文化とかかわりを持っているかを感じさせる作品群である。

O・ヘンリー文学の苗床《なえどこ》が南部時代の初期に用意されたとするならば、次に移り住んだ西部、テキサスでの年月は、彼の文学を成長させ開花させたといえよう。彼はこの地で十四年間を過ごすが、フロンティア精神が色濃く残り、ロマンチックな雰囲気に満ちた当時のテキサスは、「隠された宝」や「女を探せ」といった彼の作家人生の始動期における作品に貴重な素材を提供している。本書所収の作品では、「1ドルの価値」がまさに西部を舞台としており、刑務所帰りの〝がらがら蛇〟と地方検事との銃撃戦は、O・ヘンリー作品には珍しい野性味に満ちている。

ホンジュラスでの逃亡時代を反映した〝中米もの〟といわれる作品は二十六編あり、

大半は最初の短編集『キャベツと王様』に収められている。本書所収の作品では「靴」がそれにあたり、〝トール・テイル〟と中米の異国情緒が混じり合った、独特の味わいを残している。

ニューヨーク移住後、彼の作風は一変する。とくに前述の「ニューヨーク・ワールド」紙に執筆した作品群は、この都市の生活と風景を題材にしたものばかりである。二十世紀に入って間もないニューヨークは、ヨーロッパ諸国からの移民はもちろん、アメリカ各地からやってくる若い男女も魅了する都市だった。彼らはみな、近代資本主義が生み出した新しいタイプの労働者階級である。とくに、職業婦人や、〝ショップ・ガール〟と呼ばれた女性店員たちの生活は、O・ヘンリーにとって、この街に移り住むまでおよそ接したことのない世界であった。

彼がこういった近代的な大衆を作中で活写することができたのは、先述のアン・パートランの尽力に負うところが大きい。彼女自身も作家を志望していたので、しばしば進んで女性の集まる会合などに顔を出していたが、その折に必ずO・ヘンリーも同席させたらしい。さらに彼女の仕事仲間の女性たちにも引き合わせるなど、取材の便宜を図《はか》り、彼が見聞を広めるのを助けたというエピソードが残っている。本書所収た典型的な作品である。

O・ヘンリーがニューヨークで最初に住まいとしたのは、ユニオン・スクエアのアーヴィング・プレイス五十五番地だった。この小路の名は、アメリカ・ロマン派を代表する作家ワシントン・アーヴィングに由来する。住居のすぐ斜め向かいには、物語より先にイラストが完成したというエピソードのある名作「賢者の贈り物」を執筆した酒場「ピーツ・タバーン」があった。ちなみに、この店は今も"Welcome To The Tavern O. Henry Made Famous"という看板を掲げて営業している。

ニューヨークを舞台とする作品は、全作品の約半数に当たる三百編近くに上る。なかでも、もっとも広く愛読されている「最後の一葉」は、一九〇五年十月十五日の「ニューヨーク・ワールド」紙日曜版に掲載された秀作である。「煉瓦造りの三階建てのずんぐりした建物の最上階に、スウとジョンズィはアトリエを構えていた」（本文より）と描写されるアパートは、実在する住宅「グローブ・コート」（一八五四年建設）がモデルである。当時の若い画家たちは、ニューヨークの中でもとびきり個性的な魅力をもったグリニッチ・ヴィレッジに誘惑されて、そのあげく安価な屋根裏部屋の住人となって苦闘したのであった。

こうした文学的な趣の漂う一角から少しはずれると、マンハッタンはまた別の顔を見せる。ホームレス、中南米からの放浪者、娼婦たちがたむろする街区や、ヨーロッパからの移民が急速に流入するロワー・ミッドタウンなど、スラム化しつつあった地域があるいっぽうで、次々に建設される摩天楼、市街地を網羅して延びる地下鉄など、この街はエキサイティングに躍動していた。

O・ヘンリーは、物語の題材を求めてマンハッタンのいたるところを歩き回り、こういった新奇な風景をつぶさに観察したのだろう。そして、その豊富な語彙《ごい》と想像力、鋭い観察眼で、ニューヨークという巨大な素材と対峙《たいじ》したのだ。その成果は「最後の一葉」以外にも、マディソン・スクエア周辺のホームレスの皮肉な運命に焦点をあてた「警官と賛美歌」、嵐のような慌《あわ》ただしさで主人公が働くオフィスの風景と男女の愛の機微を描いた「多忙な株式仲買人のロマンス」、そして「楽園の短期滞在客」、「賢者の贈り物」などの秀作として結実している。世相へのシニカルな視点を保ちつつ、温かみをけっして失わない語り口は、観察力もさることながら、作中人物の人間的尊厳に周到に配慮した、O・ヘンリーの人間性に負うところが大きいといえよう。

越境するO・ヘンリーの文学力

十九世紀初頭、辛辣《しんらつ》な批評家としても知られる、イギリスのシドニー・スミスは、「この地球上で、誰がアメリカ人の書いた小説など読むものか」と、当時のアメリカ文学を揶揄《やゆ》した。たしかに、ナサニエル・ホーソーン、ラルフ・ウォルド・エマソンといったアメリカ独自の文学黎明《れいめい》期の作家や思想家たちは、ヨーロッパ古典文学に強く影響され、アメリカ文学を確立する直前の、苦闘のさなかにあった。後世のアーネスト・ヘミングウェイ、スコット・フィッツジェラルド、ウィリアム・フォークナーらとは別の意味で、彼ら十九世紀の文人たちは、アメリカ文学のアイデンティティを求めて苦悩した、もう一つの〝さまよえる世代〟であったかもしれない。

このようなアメリカの文学状況のなかで、短編小説というジャンルだけは、アーヴィングやポー、そしてマーク・トウェイン以来、高い評価を得てきた。文学史的にみても、アメリカ文学の本流はこちらだといっていいほど、質的にも充実している。O・ヘンリーは、まぎれもなくその伝統の系譜に連なる作家の一人であった。たとえ大都会を舞台とした軽妙洒脱な作品でも、その根底には、アメリカ人にしか描けない南部や西部的な民衆の人生が息づいている。この短編小説の分野で初めて、ヨーロッパ古典文学のくびきから自由になり、真のアメリカ文学が誕生したといえよう。

しかし、彼の作品に対する評価はその時代時代でさまざまであり、かならずしも一定した高い評価を批評家から得ているとは言い難い。たとえば、「彼の作品は自己や人生に対して真摯《しんし》ではない。そのような瑕疵《かし》が散見されるために皮相的で現実性がない」「文学作品としての重量感に欠ける」などと酷評され、アメリカ文学史からその名が抹消された時期すらあったのだ。

そのいっぽうで彼の作品は、本国アメリカのみならず、世界中の国々で愛読されてきたのも事実である。たとえば、ロシアにおいてはチェーホフやトゥルゲーネフに匹敵するアメリカ人作家として高く評価され、翻訳書の発行部数は、一九二〇年代の数年間で百万部を突破するほどであった。人気の高さでは、続いてロシアの読者に紹介されたジョン・スタインベックやヘミングウェイらとは比較にならない。奇《く》しくも、二人ともノーベル文学賞を受賞する以前に「O・ヘンリー賞」（一九一八年設立）を受賞しており、それぞれその恩を返している。

たとえばスタインベックは、オムニバス形式でO・ヘンリーの代表作五編をチャールズ・ロートンやマリリン・モンローなど魅力的なキャスティングで映画化したヘンリー・キング監督の『人生模様』（一九五二年）で、自ら幕引き役のナレーターを担当している。また、ヘミングウェイは受賞作である短編「殺人者たち」の冒頭場面で、二人の殺人者が入る〝ヘンリー軽食堂〟（本文では〝Henry's lunchroom〟と表記されている）という店名に、まぎれもなく敬意を込めてO・ヘンリーの名を冠しているほどだ。

ちなみに、日本に紹介されたのは一九二〇年（大正九年）、江戸川乱歩《えどがわらんぽ》や甲賀三郎《こうがさぶろう》らの探偵小説家たちが活躍した雑誌「新青年」に、短編「運命の道」が掲載されたのが最初である。それ以来、日本では翻訳書あるいは英語教科書などを通じて、彼の作品は絶えず読者の目に触れ続けてきた。翻訳は大正期の初お目見えから今日まで、種々の出版社から刊行されている。ただし、これまで紹介された作品は、ニューヨーク時代の代表的なものが多く、膨大なO・ヘンリー作品のうち、ほんのわずかでしかない。また、日本での彼のイメージも非常に偏ったものになっていた。南部・西部時代の作品や中米ものも収録した本書は、コンパクトな中に、O・ヘンリーの全貌を明らかにするはじめての試みといえよう。

前述のように彼の作品は、時には評論家たちの苛酷な批評にさらされながらも、本国アメリカはもとより、世界各国で愛読されてきた。時代や国境を超えて、強く読者の心に訴える力があった証左であろう。そして、二〇一〇年の没後百周年を控えて、何度目かの再評価の動きが本格的に始まりつつある。

＊＊＊

本書を読了すればきっとおわかりいただけるだろうが、O・ヘンリーの紡《つむ》ぎ出す物語の魅力は、平凡な日常の出来事を綴りながら、主人公をめぐるさまざまな人間模様を丁寧に描いて、読み手の感情をゆさぶる秀逸な筆運びにあると言っていい。たった三千語前後という制約の中で物語を展開する枠組みにこだわりつつ、微妙な心理の襞《ひだ》や人情の機微を描くことで読者の心をとらえ、終盤のサプライズ・エンディングへと導く筆の冴えこそ、技巧派と呼ばれる所以《ゆえん》であろう。

昨今、文学環境の衰微が嘆かれ、〝感性の喪失〟が憂えられている。そのような状況下でO・ヘンリー文学を読むということは、広義の意味での〝ホメオスタシス〟の機能を高めること――人生における渇《かつ》を癒す、ともいえるのではないか。

〝ホメオスタシス〟とは、生物が自分にとって適切な状態を保とうとする働き、すなわち恒常性の維持を意味する。彼の作品を読んでいると、ふとした瞬間に、この種の機能を回復させる文学の力を感じるのである。

ともあれ、二十三の珠玉短編が咲き揃ったこのたびの新訳は、O・ヘンリー独自の意匠を凝らした作品世界を一望する絶好のチャンスであると同時に、古典文学の面白さを再認識させる最良の贈り物であると言って差し支えないと思う。O・ヘンリーの文学に憩い、感性を蘇生させてくれる至福を味わいたい。

なお、本稿を書くにあたり、主として Eugene Current-Garcia, *O.Henry* (New York: Twayne Publishers, 1965), Richard O'Connor, *O.Henry, The Legendary Life of William S. Porter* (New York: Doubleday & Co.,1970), David Stuart, *O.Henry: A Biography of William Sydney Porter* (MI: Scarborough House/Publishers,1990)、大久保康雄訳『O・ヘンリ短編集㈠』（新潮社、一九六九年）、小鷹信光編訳『O・ヘンリー・ミステリー傑作選』（河出書房新社、一九八四年）を参考にさせて頂いた。さらに、詳しいO・ヘンリーの伝記に関心のある方は、拙著『「最後の一葉」はこうして生まれた――O・ヘンリーの知られざる生涯』（角川学芸出版、二〇〇五年）を参照していただければ幸いである。

O・ヘンリー年譜

一八六二年
九月一一日、ノースカロライナ州ギルフォート郡グリーンズバロに生まれる。本名はウィリアム・シドニー・ポーター（William Sidney Porter）であったが、成人してミドルネームの綴りをSydneyに変えている。

一八六五年　三歳
母メアリーが肺結核で死去。父アルジャーノンは薬剤師兼医師であったが、発明熱が高じて仕事を顧みなくなる。そのためにO・ヘンリーの養育と教育は主に叔母エヴァリーナ・マリア・ポーターに任せられる。

一八七四年　一二歳
叔母の私塾では戯画などに稀有な才能を発揮する。

一八七七年　一五歳
叔母の私塾での教育を終える。進学を断念して叔父クラーク・ポーターの経営するドラッグ・ストアで見習い薬剤師として働き始める。この頃より文学作品の読書に没頭してディケンズやウォルター・スコットなどの小説に強い関心を示す。

一八八二年　二〇歳
気管支系の病気療養のためにテキサス州ラ・サール郡へ。知人のリー・ホール大尉の経営する牧場で働き始める。その間にも文学への関心は深まり、ミルトン、シェイクスピア、バイロンなどが愛読書に加わる。またスペイン語を熱心に独習する。

一八八四年　二二歳
州都オースティンに移って新たな生活を始める。不動産会社に帳簿係として就職する。

一八八七年　二五歳
製図工補佐として土地管理局に勤務する。七月、テネシー州出身のアソル・エスティス・ローチと結婚。「トゥルース」紙に寄稿して、初めての原稿料を受け取り、文筆活動を始める。

一八八八年　二六歳
五月、男児が誕生したが、数時間後に死亡。

一八八九年　二七歳
九月、長女マーガレット誕生。

一八九一年　二九歳
ファースト・ナショナル銀行の出納係となる。帰宅後は「トゥルース」紙、「デトロイト・フリー・プレス」紙への原稿を書き、文筆業にも勤《いそ》しむ。

一八九四年　三二歳
四月、週刊紙「ローリング・ストーン」を創刊。一二月、O・ヘンリーの銀行資金横領疑惑が浮上。

一八九五年　三三歳

四月、週刊紙「ローリング・ストーン」は売れ行き不振で廃刊。七月、銀行資金横領疑惑は大陪審で不起訴裁定。妻アソルの病状悪化。一〇月、「ヒューストン・ポスト」紙に転職。

一八九六年　三四歳

大陪審において銀行資金横領疑惑の再審決定。横領容疑で起訴される。保釈中の二月、出廷途中で逃亡。

一八九七年　三五歳

一月、妻アソル危篤の報を受けて、中米ホンジュラスでの逃亡生活から帰還。保釈金を追加納入して保釈される。七月、妻アソル死去。

一八九八年　三六歳

三月、懲役五年の有罪判決を受ける。四月、オハイオ州立刑務所に連邦囚人第三〇六六四号として服役。服役中も文筆活動は続けられた。

一九〇一年　三九歳

七月、模範囚として三年三カ月に減刑され釈放される。

一九〇二年　四〇歳

娘マーガレットを義父母ローチ夫妻に託し、ピッツバーグを経て単身ニューヨークへ。

一九〇三年　四一歳

「ニューヨーク・ワールド」紙と一編百ドルの契約をして本格的な文筆活動に入る。

一九〇四年　四二歳
連作短編集『キャベツと王様』が出版される。
一九〇六年　四四歳
短編集『四百万』が出版される。
一九〇七年　四五歳
短編集『手入れのよいランプ』『西部の心』が出版される。ノースカロライナ州出身の幼なじみサラ・リンゼー・コールマンと再婚。だが、O・ヘンリーの健康の悪化と経済的疲弊を理由に翌年には別居。
一九〇八年　四六歳
短編集『優しいペテン師』『都市の声』が出版される。
一九〇九年　四七歳
短編集『運命の道』『選択権』が出版される。
一九一〇年
短編集『厳しい商売』が出版される。
六月五日、肝硬変と心臓病による合併症で死去。享年四七。

訳者あとがき

O・ヘンリーの短編と言えば、ニューヨークの裏町に暮らす市井の人々のあれこれを描いた人情話というイメージを持っておられる方が多いように思う。かくいう訳者も、そうした暖かくて、ちょっとほろ苦い持ち味に心惹かれ、長年愛読書としてきたのだが、今回、O・ヘンリーの短編を新訳という形で紹介できる機会を得て、改めて原文に触れたとき、これまであまり紹介されてこなかった作品のなかには、ニューヨーク以外を舞台にした、いくらか雰囲気のちがう作品がいくつもあることを知った。そして、そうした作品がどれも雰囲気はちがうのに、いわゆる〝ニューヨーク裏町もの〟同様にひねりがきいていて、人情の機微がうまくすくいあげられていて、いかにもO・ヘンリーらしい魅力にあふれているということも。

読み進むうちに、何やら、普段は何をしているのやらよくわからないけれど、話だけはめっぽう面白い遠い親戚の叔父さんに久しぶりに会い、その叔父さんの語る奇想天外な物語に時を忘れて耳を傾けている気分を味わった。ロマンティックな話ほど、凝った比喩や、一読しただけではわかりにくい〝ことば遊び〟を多用しているところに、作者の照れのようなものを感じたりもした。物語が本という活字を介して伝播《でんぱ》するようになる以前の、文字どおりの〝語り〟だったころの名残を感じた、とも言えるかもしれない。それもまたO・ヘンリーの魅力なのだ、ということも今回改めて知ったことだった。ものを知らない人間というのは、新たに知ったことをやたらと吹聴したくなるものらしい。せっかくなので今回の短編集には、訳者が知ったそんなO・ヘンリーの、これまであまり知られてこなかった面も盛り込もうとの野心が湧いた。

そういう理由から選んだのが、「1ドルの価値」や「十月と六月」「サボテン」「心と手」などの作品だ。「意中の人」はニューヨークが舞台ではあるけれど、「最後の一葉」や「賢者の贈り物」とはまたひと味ちがった〝落ち〟のつけ方に惹かれた。O・ヘンリー・ファンを自任しながら、そんなことも知らなかったのか、と言われそうだが、彼の最初の短編集『キャベツと王様』が、南米の架空の国、コラリオを舞台とした連作だったことも今回初めて知った。そのなかからは「靴」を選んだ。これには「船（Ship）」という後日談がある。ここでその内容を詳述するのは、〝読書の楽しみ〟

という観点からは、あるいはルール違反に当たるのかもしれないが、「靴」の少々わかりにくい結末にも関係するので簡単に触れておくと——、
主人公のジョニーは故郷のデイルズバーグ在住の恋敵、ピンクニー・ドウスンに〝おなもみ〟(川原の草むらなどを通ったときに、セーターなどにくっついてくる、あの一センチぐらいの楕円形の、いがいがした棘《とげ》だらけの実)を大量に送らせ、それをコラリオの町の通りという通りに撒《ま》くことで、当人いわく「領事として同胞の新規事業を支援」するため「靴の需要を急増させる要因」をこしらえる。結果はジョニーの狙いどおり。コラリオの住人はヘムステッター氏の靴店に押し寄せ、商売は大繁盛。斯《か》くして急場をしのいだジョニーはついでに想い人まで伴って無事に帰国を果たすのだが、入れ替わりになんと本国から〝おなもみ〟の送り主であるピンクニー・ドウスンが乗り込んできてしまう、という筋書きだ。今回は、なるべくいろいろなO・ヘンリーを知ってもらいたくて、紹介を見送ったが、この『キャベツと王様』は、こうしたちょっととぼけた、大がかりな法螺《ほら》話の連作で、いつの日か紹介できたら愉しいだろうなと思っている。

ニューヨークを舞台にした定番の作品は、訳者にとっては憧れの作品とも言うべきもので、翻訳に取りかかったときには、わたしなりのO・ヘンリーを訳出するのだと意気込み、肩に力が入りすぎて、ついにはにっちもさっちもいかなくなった。そんなときに助けとなったのが、同じ作品を翻訳なさった諸先輩方の訳業だった。陽に灼《や》けて茶色く変色したページに綴《つづ》られていた日本語のなんと豊かでふくよかだったこと。自分の未熟さを思い知らされ、無駄な力が抜けていく気がしたものだ。諸先輩方の訳業を味読し、勉強する機会を与えられたことも、訳者には大きな歓びだった。

O・ヘンリーの短編を訳している、と言うと、どの作品がいちばん好きか、とよく訊かれた。そのつど、いろいろに答えてきたけれど、振りかえると、年齢とともに愛読する作品も変わってきたように思う。幼いころは、「甦った改心」の顚末《てんまつ》にどきどきし、「赤い族長《レッド・チーフ》の身代金」に同じ子どもとして喝采を送った。少し分別がつくと「最後の一葉」の切なくて明るいラストに心惹かれ、「水車のある教会」の主人公の数奇な運命に感慨を覚えた。大人になりかけるころには「警官と賛美歌」や「二十年後」に人生の皮肉を見た気になった。恋を知ってからは、もう断然「賢者の贈り物」。このふたりのように想いあう間柄に憧れ、そんな相手に巡り会うことを夢見た。そして、いくらかは現実というものを知った今、「献立表の春」の難解なレトリックに隠された、一途に人を想う甘い物語に胸をあたためられ、「楽園の短期滞在客」の主人公たちの不器用で地道な生き方が、なにやら愛おしく思える。O・ヘンリーには、そのときのその人なりの楽しみ方があるのかもしれない。この短編集を手に取ってくださった方に、そのときのその方なりのO・ヘンリーを見つけていただけたら、訳者としては何より嬉しい。

本書の翻訳では、さまざまな方々にお世話になった。光文社古典新訳文庫の駒井稔編集長と編集部の川端博氏には、本書の翻訳という得難い機会を与えていただいた。同じく編集部の瀬尾健氏、大橋由香子氏にも折に触れて貴重な助言と助力とを頂戴した。校閲部の方々にも丁寧に原稿を見ていただき、感謝申しあげている。そして、ひとりひとりお名前は挙げきれないが、貴重な知識や知恵を惜しげもなく貸してくださったり、絶妙のタイミングで励ましてくださった多くの方々に、この場を借りて心から御礼申しあげます。

kobunsha classics
光文社古典新訳文庫

1ドルの価値《かち》／賢者《けんじゃ》の贈《おく》り物《もの》 他《ほか》21編《ぺん》

著者　O・ヘンリー
訳者　芹澤恵《せりざわめぐみ》

2007年10月20日　初版第1刷発行
2015年2月10日　第6刷発行

発行者　駒井稔
印刷　萩原印刷
製本　ナショナル製本

発行所　株式会社光文社
〒112-8011東京都文京区音羽1-16-6
電話　03（5395）8162（編集部）
03（5395）8116（書籍販売部）
03（5395）8125（業務部）
www.kobunsha.com

落丁本・乱丁本は業務部へご連絡くだされば、お取り替えいたします。
ISBN978-4-334-75141-8 Printed in Japan

いま、息をしている言葉で、もういちど古典を

長い年月をかけて世界中で読み継がれてきたのが古典です。奥の深い味わいある作品ばかりがそろっており、この「古典の森」に分け入ることは人生のもっとも大きな喜びであることに異論のある人はいないはずです。しかしながら、こんなに豊饒で魅力に満ちた古典を、なぜわたしたちはこれほどまで疎んじてきたのでしょうか。

ひとつには古臭い教養主義からの逃走だったのかもしれません。真面目に文学や思想を論じることは、ある種の権威化であるという思いから、その呪縛から逃れるために、教養そのものを否定しすぎてしまったのではないでしょうか。

いま、時代は大きな転換期を迎えています。まれに見るスピードで歴史が動いていくのを多くの人々が実感していると思います。

こんな時わたしたちを支え、導いてくれるものが古典なのです。「いま、息をしている言葉で」——光文社の古典新訳文庫は、さまよえる現代人の心の奥底まで届くような言葉で、古典を現代に蘇らせることを意図して創刊されました。気取らず、自由に、心の赴くままに、気軽に手に取って楽しめる古典作品を、新訳という光のもとに読者に届けていくこと。それがこの文庫の使命だとわたしたちは考えています。

このシリーズについてのご意見、ご感想、ご要望をハガキ、手紙、メール等で翻訳編集部までお寄せください。今後の企画の参考にさせていただきます。
メール　info@kotensinyaku.jp